曲韵人生

李侃　著

漓江出版社
·桂林·

图书在版编目（CIP）数据
曲韵人生 / 李侃著. -- 桂林 : 漓江出版社, 2025.
1. -- ISBN 978-7-5407-9978-6
Ⅰ. I267
中国国家版本馆CIP数据核字第20240MD929号

Quyun Rensheng
曲韵人生

李侃　著

出 版 人　刘迪才
策划编辑　张　谦
责任编辑　胡子博
封面题字　王亚平
封面设计　唐秋萍
责任监印　张　璐

出版发行　漓江出版社有限公司
社　　址　广西桂林市南环路22号
邮　　编　541002
发行电话　010-85891290　0773-2582200
邮购热线　0773-2582200
网　　址　www.lijiangbooks.com
微信公众号　lijiangpress

印　　制　河北赛文印刷有限公司
开　　本　787 mm × 1092 mm　1/16
印　　张　21.25
字　　数　235千字
版　　次　2025年1月第1版
印　　次　2025年1月第1次印刷
书　　号　ISBN 978-7-5407-9978-6
定　　价　78.00元

目　录

第二辑 艺苑撷英

第三辑　人生旅途

为了民族曲艺花繁叶茂(代序)

我1957年从湖南农村来到桂林求学,一晃眼60多年了!记得1958年春天的一个夜晚,我和同学参加七星公园的游园活动,在园内,我们看到鲜花缀满枝头,彩灯亮在树梢,这边有莲船荡舟,那边是狮子抢青,我们陶醉在节日的喜庆之中,享受这难得的欢愉。忽然,从光华璀璨的月牙山上传来阵阵乐声,有如天籁。我们循着声音到山腰的一个亭子间,只见一队民间艺人在演唱乐曲,唱的是《玉簪记》里陈妙常在秋江追赶书生潘必正的爱情故事,其情节十分凄婉,其曲调悱恻动人。这之前我在家乡听惯了花鼓戏,猛然听到这清丽如漓江之水的旋律,真是如痴如醉。在这么美好的夜晚,在这秀甲天下的桂林山水之间,有这么丝丝入扣的美妙音乐,深深打动着我的心灵。历史记载着,这一天是广西壮族自治区成立的日子,我从此结识了广西的代表性曲艺品种——广西文场。而且,竟然爱上了她,开始了自己的曲韵人生。

20世纪60年代中,我从桂林中学高中毕业,进入建筑公司,成为一名建筑木工。随后我参加了单位的"毛泽东思想文艺宣传队",用业余时间编写了不少演唱节目,并在《桂林日报》发表了我的曲艺处女作——桂林渔鼓《王杰抗洪》。后来我有意识地写了一些有说有唱有人物有故事的唱词,市曲艺队的老师帮我把文本谱上曲子,并告诉我:这就是曲艺。不久,我开始在《广西日报》《广西文艺》和广西人民出版社出版的《演唱》上发表曲艺作品,我的创作渐入佳境。

1980 年 1 月,我作为业余作者的代表,有幸参加了广西第三次文代会。这是"文革"结束之后广西首次文艺工作者的盛会。在会上我有感于广西曲艺家还没有"组织",连夜起草了《关于成立广西曲艺家协会的建议书》,有 14 位代表在建议书上签了名。建议书得到大会支持和自治区党委宣传部的批准,几经筹备,同年 11 月 27 日广西曲艺家协会正式宣告成立,我被选为理事。由是,我的曲艺生涯随着广西曲艺一道,掀开了崭新的篇章。

我 1979 年调到桂林市群众艺术馆创编室。1981 年 10 月,中国曲艺家协会在扬州召开全国中长篇书创作座谈会,我作为广西代表与会。这是"文革"之后全国首次举行的高端曲艺盛会,代表近 100 人,我在会上结识了曲艺界许多著名的专家、作家、演员、领导,这为我曲韵人生走上国家级层面搭建起了阶梯。

1995 年我被推举为广西曲艺家协会主席,后又连任了一届,并被选为中国曲艺家协会理事,我肩上的担子更重了。从此时起,我下定决心,为广西民族曲艺敬业奉献,矢志不渝。在创作中,我时刻不忘使命,牢记责任,不入歧途,不剑走偏锋,坚持为百姓创演。这些年我写过数十个曲艺作品,出版了曲艺集《爱的女神》《李侃曲艺作品选》,散文随笔集《艺苑漫步》《侃侃而谈》《广西文场》等。我的作品有描写人性光辉的《情深意切》,有颂扬金融卫士拼死保卫国家财产的《热血金穗》,有让心灵与山水同美的《漓水谣》,有歌颂少数民族重诺守信的《诺言》,还塑造有为圆中国梦而默默坚守瑶乡八十载的老红军……由于这些作品来自生活,脚踩坚实的大地,高扬社会主义核心价值观，歌颂普通人民心灵崇高之美，一经上演即受到人民群众的喜爱。有专家分析我的作品，概括出：内容，普通劳动者的生活及其美好情怀；形式，短小精悍，因小见大；结构，开口很小，层层推进，巧妙缀连；语言，简明生动，富于张力；内涵，挖掘深层次的社会底蕴。这是对我曲艺作品艺术特色的总结。

广西文场《春兰吟》是一个地道的广西曲艺节目。一天，我在桂林榕湖饭店采访，听到 1963 年朱德同志在桂林栽种兰花、送兰花的故事。朱德是中国人民解放军总司令，战功卓著的开国元勋，他戎马倥偬数十载，感情世界却如此细腻。他的崇高，与故事发生地的奇山秀水交相辉映，愈益光彩照人。我对这一题材认识上的升华，使自己的精神得到陶冶，十分兴奋，迅速进入创作状态。几易其稿写出了抒情颂歌《春兰吟》。这个节目经过作曲、导演、演员、乐手的倾情演绎，终于获得成功，1997 年评上了文化部文华新节目奖和广西文艺创作铜鼓奖，开创了广西小节目获全国大奖的先河。

在较长的时间里，我一方面做好出版社本职工作，另一方面找时间深入生活，下乡采访民俗民情，加强曲艺创编知识的学习，接连不断地写出新的作品，陆续获得奖励。

我没有上过艺术院校，何况以前也没有专门的曲艺学校。我的曲艺创作纯粹是“摸着石头过河”。当我在《曲艺》杂志发表了数十篇作品之后，编辑部有意让我总结创作经验，鼓励我写作曲艺理论文章。于是，我回望走过的艰难创作道路，细细地梳理自己作品的脉络，写出了一批理论文章，有《曲艺鲜花为群众开放》《根植于民族沃土中的广西曲艺》《我怎样创作少数民族题材的曲艺作品》《少数民族曲艺如何在继承传统上创新发展》《试谈短篇叙事唱曲类作品的短和精》《南方人看相声》《广西曲艺六十年》等，我的这些文章，有的是自己作品的实例，没有像许多论文那样列有一长串参考书目。读者的评价是：实在，实用。由是，我不但是曲艺作家，在《中国曲艺志》中，我的名字词条里，还被冠以“曲艺理论家”称谓。我感到理论对实践的指导意义十分重要，在我任自治区曲协主席时，组织了一次“广西曲艺发展与先进文化前进方向研讨会”，还先后策划参与过三届“广西文场展演和发展论坛”，为广西曲艺发展在理论上总结经验、探索方向。

2004 年，我正式办理了退休手续。正当我以为自己身体健康、精力旺盛，准备大干一场的时候，病魔却悄悄向我袭来，我被检查出罹患结肠癌。2007 年 7 月动手术后，在生命经受严峻考验之时，我咬紧牙关下定决心要战胜病魔，前后共做了 6 次化疗。在住院期间，就在病床上，我一只手在做化疗点滴，一只手在帮助青年作者修改作品，此节目后来荣获第三届全国少数民族曲艺展演一等奖和广西文艺创作铜鼓奖。演出方领导提出给我在作者名单中挂名，被我婉拒。化疗期间，中国曲协领导刘兰芳、姜昆等冒着天寒地冻到桂林看望我，送来了无比温暖，给了我战胜病魔的力量，亦是对广西曲艺的亲切关怀。近些年，我不顾年事已高，仍积极参加广西文艺志愿者活动，先后在广西、广东等 10 多个地市的曲协和学校做曲艺创作辅导讲座，并义务为业余作者看稿改稿，受到大家的尊重。

我时刻不忘一个文艺工作者的责任担当。我学习了习近平总书记在文艺工作座谈会上的重要讲话后，深受鼓舞。近年来，我除了创作与时俱进的曲艺作品，考虑得更多的是如何继承民族曲艺的优秀传统，使之焕发新的光辉。我认为非物质文化遗产产生和存在于特定自然和社会文化环境，并随之演化而被传承或绝灭。客观事实是非物质文化遗产总是在变化发展中传承的。我们的广西文场，在表演形式上，过去艺人而特别是盲艺人，囿于自身条件，多数是坐唱，所谓“坐地传情”。新中国成立后，慢慢发展为走唱和多人演唱，加进戏剧和舞蹈动作，一改文场呆板的表演形式，活了起来。如果还是原来那样坐在那里唱，内容不能唤醒观众的共鸣，唱腔又没有多少变化，观众听起来便索然无味，唱的人也打不起精神，久而久之曲种就会消亡。创新，是保持艺术多样性的生发点。非遗因创新得以传承，传承也超不出这一规律。

时光荏苒，60 年弹指一挥间。我从一名普通的工人业余作者起步，成为一名“曲艺作家”。我曾先后荣获文化部文华新节目奖，广西文艺创作政府奖——铜鼓奖（共五次），被授予新中国 60 年“突出贡献曲艺家”及“曲艺界优秀共产党员”的光荣称号。感谢广西这方肥沃的土地，不断地供给我丰腴的营养，使我有永不枯竭的创作源泉，持续不断的新作。

花红柳绿风漫语，春璀璨，正开端。这些年，在自治区曲艺人的共同努力下，广西曲艺从默默无闻到在全国崭露头角，尤其是在少数民族曲艺创作演出方面，已然被曲艺界所瞩目，占有了一席之地。成绩来之不易，我将和同志们一道，始终不渝地遵循为人民服务的神圣使命，不忘初心，牢记责任，为广西曲艺花繁叶茂，发展进步，奋斗终身。

第一辑

瑶乡新绣

一诺千金

红洛瑶寨的早晨特别清朗。从寨子旁边不远的小山岗上转出两个人：一个母亲，一个儿子。母亲四十多岁光景，认识她的人都叫她阿孃，看起来很是净扮；儿子叫盘蛟，今年十八岁，崭新的瑶服穿在身上，很有精神。儿子指着前方对母亲说："阿妈，看，我们的瑶寨！"母亲擦了擦双眼，定睛一看："真是的，好漂亮的瑶寨。""快看，那是我们家的木楼。"母亲喃喃自语："我们家的木楼？怎么还在呢……已经十二年啦。"

……那一年，六岁的盘蛟还没有上学，整天在寨子里玩耍。一天，同村的另一个孩子捡到一个打火机，噼噼啪啪在他面前打火，炫耀着它的神奇。盘蛟从来没有见过这么好玩的东西，就用两个鸟蛋做交易，换回打火机玩一个中午。妈妈下地去了，盘蛟躲在床上玩打火机，一不小心就把蚊帐点着了。火"嘭"的一下燃了起来，他吓慌了神，拼命往屋外跑。火焰很快飙了起来，蹿上了屋顶。瑶寨多是木楼，而且一栋连着一栋，那景象就像是火烧连营。尽管老乡们都来救火，但收效甚微。等到救火车从县城赶到，一半瑶寨已被烧得七残八落了。

盘蛟的母亲从山地赶回来，找到躲在草堆里蜷曲成一团的儿子，哆嗦着说：“儿啊，你撞大祸了，这如何得了呀。”盘蛟却说：“我们赔人家吧。”“赔，我们赔得起吗？拿命赔吧！”这时从寨子里传来七嘴八舌的人声：“不小心，也是要判失火罪的。”“总得给我们一个交代呀！”“我们全家哪样活啊！”“首先该把纵火的抓起来！”阿孃听到这些话，霎时头都蒙了。她一急，忽然就蹦出了一个念头：跑，逃得远远的！不容细想，她拖起盘蛟就跑。他们先到了隔壁村，借了一张纸，请人写了一行字：“我们去讨米，去打工，我们一定回来赎罪还债。”这是她想到的最好办法，并拜托人将这承诺书交给本寨的人。

他们这一走就是12年。

她正回忆着，忽然听到寨子里传来锣鼓声。有人在村口大榕树下拉起了横幅：“热烈欢迎阿孃盘蛟回家！”“热烈祝贺盘蛟选上北京大学！”这一定是县上给村里传递了消息，才有这举动。娘俩激动万分，快步奔向人群。他们看到几乎全寨的人都来了，走在头里的是寨主三叔公，紧跟其后的是众乡亲。三叔公迎上前拉着他们的手，深情地说：“阿孃，盘蛟，可把你们盼回来了！这些年我们天南地北找你们，找得好苦啊！”阿孃哽咽地说：“我们有罪，心里愧疚，不敢回来见乡亲啊。”大家忙说，快别这样讲了，倒是要请你们原谅当年激愤的我们，是政府及时处理了火灾善后事，又重新建起了新瑶寨，我们才有这越过越甜的好日子。

阿孃平复一下激动的心情，接着向乡亲们汇报在外的生活经历。娘俩出逃后，起初靠打工、拾荒度日，住工地，钻桥洞，生活十分艰难。不久他们流落到海边的一个小镇子上，还是打工，仅仅能够维持温饱。后来，为适应当地的开放形势，开了一家“瑶乡油茶店”，一首自撰的山歌吸引了许多食客：“瑶乡油茶喷喷香，蒜蓉茶叶加黄姜，‘7’字木棰轻轻敲，敲出健体爽神汤。”更吸引人的是阿孃打油茶的厨艺，在当地人看来，阿嬢烹煮油茶的过程，简直就是艺术，具有形体美、色彩美、音乐美。随着那种适合大众鼻腔肠胃的异香飘散，半条街都醉了，直让许多人垂涎欲滴。这种来自民间、经济适用的养生保健品，一下子招徕不少顾客，生意越来越好。与此同时，盘蛟刻苦学习的精神，被校方树为典型，他的成绩步步攀升，成为全校的"学霸"。最难熬的是过年过节，每当这时，他们饮水思源，望月思亲，想到了瑶乡，想到了瑶寨，想到父老乡亲，眼泪不知浸湿了多少枕巾！更使他们不能忘怀的是那一纸承诺书，何时才能兑现。她也曾想过回乡，但赎罪还债的钱，还远远不够，只好赖着。直到这次盘蛟被北大选中，需要回乡办理手续，才决定回瑶山。他们头天到了县教育局，领导听到瑶族小伙选上北大的喜讯，兴奋莫名，马上把他们第二天回家的消息通知了瑶寨。

乡亲们听了她的叙述，都感动不已，齐声说："你们吃苦了！""盘蛟真是我们瑶寨的骄傲！"这时，阿嬢从怀里取出一个小红包，一层一层打开，是一个存折。她把存折交给盘蛟，盘蛟跪下来，双手捧着存折，高高地举过头顶，说："阿公，请接受我们的赎金吧！"寨主用手将存折挡了回去："你们这是干什么，快快收起来吧。"乡亲们跟着齐声说："快快收起来吧！"盘蛟发起犟来，说："你们不收，我就不起来。"三叔公没有想到，盘蛟会这样使蛮，思索片刻，就说："好，好。我们收，我们收。"转过身，对乡亲们说："我们把这笔钱，回赠给盘蛟，作为他上大学的费用，好不好？"众人齐刷刷地响应："好！你们收下吧！"三叔公对阿嬢和盘蛟娘俩说："你们回来了，我们大家高兴啊。这些年，你们在山外也不容易，尤其是盘蛟，刻苦学习，调皮娃成了棒小伙、高才生，我们瑶寨的山鹰就要展翅高飞了！"他继而对大伙儿说："乡亲们，瑶人不做亏心事，自古诚实守信到如今。阿嬢母子为我们做出了榜样，我们要高山刻石，记住他们的事迹，弘扬他们的精神。今天是我们瑶乡的大喜日子呀，快，快把乐春鼓擂起来，让我们唱起来，跳起来吧！”

瑶乡一下子沸腾起来了。

（本文2017年荣获广西区直机关文联“忠诚、干净、担当”文学作品征稿活动评比第一名。）

瑶乡新绣

在大瑶山,十里八乡最出名的针黹能手,莫过于红洛瑶寨的盘美虹了。她曾经到省城参加过刺绣比赛,荣获过金光闪闪的第一名牌匾。这么说吧,她绣的花朵红得格外鲜艳,蜜蜂飞来不忍离去;她绣的荷叶,上面的水珠子晶莹透亮,好像要滚动一般。真是活灵活现。省作协采风团正是在展览会上看了她绣的《瑶乡新绣》之后,才一路打听追踪而来的。老作家麦紫眼见瑶乡的巨大变化——崭新的村容村貌后,打心眼里高兴,抑制不住怦怦的心跳,当场赋诗一首,诗曰:

青砖黛瓦流古韵,
池塘碧波映桃花。
青石板路通幽径,
小桥流水看落霞。

这正是今日红洛的真实写照。在一片叫好声之后,麦紫老师拉着美虹的手问:"美虹,你们的瑶寨实在太美啦。你方便带我们去看看旧瑶寨么?"美虹说:"老师,去旧寨,只怕你吃不消。""路途好远吧?”美虹说,远倒不远,看得到,就在那里。她抬手直指云天,在半天云的山坳坳里,仿佛看到有一些旧木楼,已经破败不堪了。美虹说,望山走死马,按常规大约要走接近 3 个小时。麦紫听了只好放弃,她过完今年就要年满 65 岁了。麦紫又问,你们过去很苦吧。这一问,说到了美虹的痛处。“老师,我们是过山瑶,上几辈子都吃不饱饭。”她轻轻地哼起了一首瑶歌:

过山瑶,过山瑶,
年年过山年年逃。
种下玉米长不高,
一半收获猴子掏。
乌鸦还有树做窝,
我们落叶四处飘。

唱完,她缓缓地叙述起来:新中国成立后,过山瑶族人在瑶山坳搭起了木楼,这才有了个家,定居下来。但是以玉米野菜度日,日子并不好过。改革开放之后,政府多方扶持,瑶民生活好多了。但是由于地少石头多,历史负荷重,小打小闹利不大,总体生活水平低下,日子还是过得紧巴巴。在这种情况下,要脱贫致富难上加难。于是政府决定将红洛村整体搬迁,从大山坳搬到山下小平地建新村。

她们说话间,来到一家油茶店,店门脸招牌上书写四个字——“西施油茶”,很是显眼。麦紫从油茶店这诱人的店名,敏锐地感到这是一个有故事的地方,于是驻足探望。她看到正在忙碌打油茶的老板娘,果然是标致的瑶家美女,虽然年龄可能有 40 多,但风韵犹存，脸盘儿端庄，红白相间，不施粉黛更显质朴美。美虹何等聪明，就说，麦老师，我讲讲她的故事给你听吧。大前年，第一书记小张下村来，传达了上级关于红洛村整体搬迁的方案，要建设特色生态旅游新农村，让大家不离乡土照样搞开发，他描绘的未来美景那真是狗撵鸭子——呱呱叫。一番话说得大家心里暖烘烘的，村民们争先恐后看图纸，奔走相告传喜讯，憧憬着来年的美好生活。这时候，唯独二嫂——也就是这位开油茶铺的西施——说话了："莫信他，讲鬼话！牡丹画得再美再大，只怕是朵水中花，哪个信了是哈（傻）崽，到时候我要你后悔喊阿妈！"大家劝说不灵，二嫂居然做出了出格行动：她大哭大喊，我的油茶排档啊，我的老屋我的艾叶粑啊，我下半辈子哪门过哟，还不如……死到塘里去喂鱼虾。她这样喊叫着，就朝村头池塘一步一回头走去。一旁有人大喊起来："二嫂跳水了！""油茶西施跳塘了！"其实，山坳的池塘很浅的，最多也就是齐大腿那么深的水，二嫂只不过姿势吓人罢了，那里绝不会淹死人。这时候，驻村第一书记小张奔跑了过来，冲到塘里，把二嫂拉了回来，说："二嫂，你这是何苦呢！"二嫂一把鼻涕一把眼泪地诉说："拆了我的老屋，我的油茶摊子没有了，我下半生不活了？"小张安慰她："你莫急吵，暂时困难我们一起来克服它，大家的生计问题政府早想到了，你们先到临时过渡屋里去安家，一年后就可以搬进新屋了。你照样开油茶店。""哦，这一年过渡我喝西北风呀？""大家都在过渡区居住，人还是很多的，你还是开你的油茶铺。我都帮你打算好了。"说着小张从包包里拿出证件，"这是我帮你领的营业执照。"二嫂感到吃惊："这真是我的证书？"小张说，你看看这是不是你的大名：杨二妮。真是自己的。"还帮你贷了一小笔款子，你好马上开张。"她高兴得又哭了，泪腺真浅啊。她说："张书记，我一想到我的老屋小排档，舍不得那些坛坛罐罐破瓦碴，我真是个头发长见识短的女人家。谢谢你！”小张说，我们是一家人，不言谢。

二嫂一开通，全村基本上思想工作都做通了。择定吉日良辰，大家热火朝天开始搬家了。小张书记真是给力，捋起袖子帮大家扛东西，从清早忙到天麻麻黑，一滴汗珠摔在地上成了八瓣花。

往后一切按规划图纸进行。全村房屋青砖灰瓦，街道有序，小道蜿蜒，绿树成荫，有文化室、健身房，有篮球场、游泳池。每一户都是三层的小别墅，可办商店，可做民宿，屋后还能养鸡种菜，办小作坊。美虹在小张的支持下，办起了瑶乡十里红绣娘合作社，绣品远销到了上海、广州和东南亚。村子不远处是集体的苗木园，按季节种植各种花卉果树，可供游人四季观赏。那大片大片的砂糖橘，硕果累累，小山坡上的罗汉果压满了枝头，树杈都快撑不住了。二嫂看着这一切，感叹出了声：“我不是来到了天堂吧！”她的油茶店率先开张，燃放了不少的鞭炮，一直以来顾客盈门，生意异常红火。她隔壁的电商店，接单不迭，更是忙得不亦乐乎。……

听了红洛的故事，看了红洛的新貌，麦紫作为一个资深作家，不由得对美虹发出疑问：“小盘，你们这里真好，你知道的真多，这小张书记也真能干，在一两年内把瑶寨打了一个翻身仗，彻底脱贫了，你带我们去见见他吧。”小盘说：“对不起，他今天不在家，去省城和外商谈生意去了。”

麦紫问：“去省城，你怎么知道他是去见外商了？”

美虹略带羞涩却不无骄傲地：“不好意思，他是我老公。”

梦圆时分

大瑶山，山连山，瑶寨睡在半山间。清晨，当太阳从山峰上露出一点点笑脸，盘桂山老人就收拾停当，随即喊醒了孙女："阿鹃，油茶都滚了三遍啦，还不起床！"杜鹃一个鹞子翻身跳下床来，揉着眼睛说："爷爷，我早就睡醒了，在想问题呢。"她飞快地洗漱完毕，爷孙俩各喝了三碗油茶，吃了两块艾叶粑粑外搭一根苞米。阿鹃将头天晚上准备好的崭新瑶服穿上，还特意佩戴了头饰、项圈、耳环，然后在木楼上学着城里模特的样子，走了两个来回，那周身的银器就叮当叮当响了起来，怪中听的。

告别家人，爷孙俩朝山下走去。老爷子毕竟九十多岁的人了，走着走着就赶不上趟了。阿鹃在前面喊："爷爷，快走呀！"爷爷说："莫急，莫急，太阳才上一竿呢！"见路旁有一个大石头，他干脆坐下歇歇脚。孙女踅转回来，说："累了吧，爷爷？"爷爷一边说着不累，一边从怀里拿出大红纸的请柬，念了起来："兹邀请盘桂山老先生为剪彩嘉宾，哈哈哈！"孙女问："爷爷，这邀请函你都看了三遍啦，高兴吗？"爷爷边抹眼泪，边说："高兴，高兴得很哪！"孙女见状吃惊地说："高兴，为什么还流泪呀？"爷爷说："我这不是高兴的眼泪嘛！""不对，不对，我看你这不是高兴的眼泪，你这是伤心的泪啊！"爷爷不说话了,停了好一刻,才说:"鹃儿啊,爷爷是又高兴又难过啊……嗯,我来问你,爷爷姓什么?"杜鹃猛一听爷爷说这话,吃惊不小,继而说:"哎哟,爷爷你老糊涂了吧,哪个不晓得你姓盘,叫盘桂山!"谁知爷爷严肃地讲:"不,不,我不姓盘,我原本姓刘,我的名字叫作刘昌连。"这一下,如同晴天霹雳,杜鹃好像被击蒙了:"你真的姓刘,叫作——刘昌连?"爷爷从激动转而异常平静:"是呀,爷爷本是江西兴国人士…… 八十年前……我才十四岁,就跟着你太爷爷参加了红军。"有这事? 杜鹃不相信似的:"爷爷,你是红军? 我怎么从来没有听你讲过呢?""唉!"爷爷叹了一口气,声音略带僵硬,有点哽咽,说:"让我来告诉你吧……一九三四年冬天,红军走上了漫漫的长征路。在桂北的湘江战役中,炮火连天,硝烟弥漫啊! 那天,你太爷爷奉命指挥新圩阻击战……"

他苍劲的叙述,把杜鹃带回八十年前那腥风血雨的湘江畔。战斗惨烈地进行着,红军一次又一次前赴后继的进攻,都被敌人击退。杜鹃的太爷爷调来小钢炮,指挥着:"同志们,正前方,敌人阵地,放!""打中了!""敌人山头阵地,放!""又打中了!"敌机几度投下燃烧弹,把阵地烧成了一片火海! 太爷爷愤怒了,端起机关枪:"狗日的,老子今天和你拼了! 冲啊!"可是,不幸,一颗流弹向他飞来,击中了他的头部,他倒在了血泊之中。杜鹃的爷爷高喊着:"爹,爹,你怎么啦?"太爷爷用微弱的声音说:"昌连儿,我不行了,我是看不到胜利的那一天了。你上山吧,山上有瑶家兄弟,他们会收留你的。往后你一定要走出大山,让天下劳苦大众过上幸福的生活啊。"说完就闭上了双眼。那时,杜鹃的爷爷也身负重伤,他一步一跪地向瑶山爬去。瑶家兄弟顺着血迹发现了昏迷的他,瑶胞们用泉水给他洗干净伤口,用树枝扎成担架,小心翼翼地抬起他往山上走去……

听到这里，杜鹃关切地问：“爷爷，那后来呢？”爷爷说：“瑶医治好了我的伤，好心的瑶家收养了我。十八岁我入赘做了上门郎，到了你奶奶家，从此我就改姓了盘。”他歇了一口气，继续说：“在瑶乡几十年，我和乡亲们一道开山造田，劈山修路，我怀里装着前辈遗愿，盼望美好生活的梦想早日实现。”杜鹃听了爷爷这番话，若有所思，扑闪着双眼说：“爷爷，你的梦想我知道。”爷爷微笑着问：“哦，你知道，你知道什么呀？”杜鹃故意卖了个关子，拉起爷爷朝山下走去，边说：“我当然知道呀，你听我慢慢讲。”

她想到了，她还只有五六岁时，别的女孩按旧俗要去放羊，割猪草，下地劳作，而爷爷却让她早早地背上书包，上学去。当时山上还没有开办学校，爷爷每天背着她到山下镇上读书，来回就是十多公里，风雨无阻。她想到了，稍大一点，爷爷要求她刻苦学习，成绩好还不行，思想更要好，于是她很早就加入了共青团，坚定了跟党走的信心。十七岁，快要参加高考了，爷爷三番五次叮嘱她，让她报考道桥专业。爷爷说：“瑶乡要彻底改变面貌，就要修路，打通瑶山的道路。”杜鹃想到自己十多年求学的历程，想到爷爷的苦心培育，一下子心胸畅通了。她把这些向爷爷说了，爷爷看到后辈已经成长接班，好生欣慰，说：“好聪明的孩子！”

杜鹃大学毕业回到了瑶乡，加入了公路的建设队伍，参加建起了这条高速路，这正是她爷爷和太爷爷当年走过的长征之路，革命前辈曾经用鲜血染红的道路。今天这条红色高速公路贯通了，通车庆典马上就要开始了，爷孙俩能不激动吗？

他们踏上平坦宽阔的红色高速路，心情格外舒畅，抬眼望去，一条大路从天边飘了过来，像一条彩色的玉带，把瑶山和外面的世界紧紧地连接了起来，他们仿佛看到，繁忙的车队满装着一车车幸福在日夜奔忙。爷爷遥对苍天在心底大声呼唤:“父亲啊,你看到了吗,瑶乡如今发生了翻天覆地的变化,你的梦想正在实现。”杜鹃在前面叫他了:“爷爷,你听,庆典大会的锣鼓已经敲响了,我们快走吧!”爷爷兴奋地应答着:“来哒,来哒!”

他们大步朝前走去。

象饮清漓

清晨,红红的太阳从尧山顶上朝气勃勃地升起,把万道霞光洒向锦绣桂林的河山。从猫儿山那边款款走来的漓江,经过朝霞的梳洗,一下子变得格外妩媚了。只一会儿,国家五A级景区象山公园就热闹了起来。一队队旅游者,跟着打小彩旗的导游迤逦而行。几拨人群之后,有两位自由游的姑娘特别显眼,一位是身材修长,一袭的白衣白裙,另一位略矮一些,着红色的短衣黑色长裤,皮肤白里透红,很是健硕。她们手提画架,肩背画板,走到爱情岛上,选好一个地方,立起画架,拉开架势,瞄准象鼻山,就描画了起来。

她们全神贯注地画着,没有注意到身后聚集了不少围观者。只听有人说:“这两个美女画得不错啊。”又听另一位说:“好是蛮好,但还是没有那边那位老画家画得好。”这时两个姑娘才发现离她们不远处还有一位长者在作画。那人身板硬朗,银髯齐胸,画姿挺立,一看就知道是个技艺不凡的艺术家。高个姑娘说:“我们过去看看。”于是两人放下画笔,走去看老人画画。她们在学校已经学了三年多的国画,自然分得清画的好坏,只看了一眼老者的画,便“哇”出了声,心里暗暗佩服:“真是高手!”你看老人家笔下的象山,生机勃勃,鼻眼分明,仿佛是有灵性的大象。矮个姑娘情不自禁地赞叹:“老人家，您画得太好了！”高个说：“老师，请您教教我们，好吗？”老画家取下眼镜，眯着双眼打量面前两个姑娘，问：“你们是……”“我们是上海美术学院的学生，专程到桂林来写生的。”矮个回答。老人呵呵一笑，率先伸出了手：“那，我们是同行了。我在师范大学美术学院工作，我叫韦丹田。幸会！”停了一下，他若有所思地说：“姑娘啊，莫把丹青等闲看，画意尤在笔意先呀。”“意在笔先？”“是呀，画者必先理解你所画的对象，你们来看，”韦丹田向前走出一步，来到了漓江边，遥指远方，“象山顶上有什么？”“宝塔。”“孩子，在我看来，那不是宝塔，那是一把剑柄！”姑娘诧异了：“剑柄，有这么大的剑柄？”“有啊，那是天宫里的宝剑啊。”姑娘们说：“天宫里的宝剑……怎么插在大象的背上呢？”

老画家在一个大石头上坐下，神情凝重起来，他的叙述低沉而苍劲：“天地玄黄，宇宙洪荒，日月盈昃，辰宿列张……孩子啊，在那很古很古以前，我们这脚下原是一片美丽的地方，地肥水美，人寿年康。可是，有一年，恶魔火神挑起事端，制造灾殃，一团团火球从天而降，滚过了田野，烤干了水塘，人们在死亡线上挣扎……”这显然是一个神话故事，两个姑娘听得津津有味。韦丹田的声音激昂起来：“忽然间，长空闪过一道金光，有一条彩虹横跨蓝天，有头金象乘着祥云，从天宫风驰电掣般来到了人间。金象把他长长的鼻子伸进龙潭里，吸足了水，然后喷向干涸的大地。五颜六色的水花在空中飞舞，久旱禾苗逢甘霖，男女老少高兴得跳起舞来。可是，火神不甘心斗不过金象，赶忙添油加醋向玉帝报告，玉帝听信谗言，怒火中烧：‘好哇你个贱象，胆敢放着我的御花园不浇，偷下凡间管闲事，该当何罪？’托塔李天王领密旨找到金象，嘴巴甜得像抹了蜜糖一样：‘金象啊金象，玉皇夸你心肠好，拯救黎民功劳大，特别派我下得凡来，破格封你为华夏王，掌管神州好江山。”“那，老师，金象他接受了封号没有?”天真的姑娘问。

老画家继续说：“没有，孩子！金象不为官禄所动，继续吸水抗旱忙个不停。锦衣卫士假惺惺地给他披戴官服，趁他不备，将毒剑刺进了他的背脊中间！……啊，金象遇难血流如注，溶于漓江犹灌良田呀……”韦丹田的故事讲到这里，两个姑娘沉浸在深深的思索之中。老画家缓过劲来，接着说：“一日复一日，一年复一年，金象在漓江边变成了一座石山，人们望山常相忆，泪洒漓江水不断啊。就这样，剑柄长留在大象的背上，但是大象为人民鞠躬尽瘁的精神，永远留在了我们的心间。”两个姑娘异口同声地说：“老师，您说的意在笔先，我们懂了!”

韦丹田大步走到画板前，铺开一张 4 尺宣纸，挥笔写下了一首诗，赠送给这两位后学，诗曰：

莫把丹青等闲看，
画意尤在笔意先。
倾注心血写灵魂，
像与不像亦自然。

半年后，全国青年美展在首都北京举行，一幅名为《象饮清漓》的硕大国画作品，悬挂在展厅很显眼的地方，吸引了无数的观摩者。该画的作者是美院大四学生余鱼和李倩敏，画作的题跋正是韦丹田老师的这首诗。

侗寨的故事

培英出嫁了！

培英是我们侗乡十里八寨出了名的美人儿，曾经有一个下乡采风的诗人给她“画像”，诗云：“侗家勒惹（姑娘）水灵灵，银圈手镯响叮叮，美发柔顺像云朵，脸似榴花红殷殷。”真是美若天仙了。培英不但人长得美，山歌也唱得好，素有“小百灵”的美称。昨天晚上，姐妹们聚集在她家里，大家掏心窝子说了大半夜的悄悄话，也唱了几箩筐的山歌，句句都是舍不得她出嫁离家。培英最后一锤定音：请姐妹们放心，我永远不会离开侗寨，我要一辈子和大家在一起。

今天清晨，姐妹们早早地就帮培英梳妆打扮好了，单等那吉时到来。这时，东头寨口芦笙、唢呐吹响了，勒汉（小伙）们开始闹场子了。男女老少一下子把鼓楼坪挤宽了，欢声笑语快追上天边的彩云啦。只一会儿，听见有人喊：“迎亲的过来了！”“在哪里，在哪里？”老人们问。“咧，那不是，从风雨桥那边走过来了！”人们疑惑了：“怎么只是新郎官一个人哪？”来人走近了，众人一看，人倒是蛮精神的，只是长着一头茅草似的黄头发，还有一双天蓝色的眼睛，哦，原来是一个外国小伙子！他落落大方地和大家打招呼：“父老乡亲，你们好！我是你们的女婿克林顿，来自大洋彼岸的波士顿。”一听这话，大家在诧异之余又多了几分不高兴:"你就想当我们的女婿了,结亲有那么容易？你晓不晓得侗家的规矩?"他想接触培英,却被青年们拦住了,不得近身。培英也无可奈何。这时,小伙子们合计了一下,高喊:"嘎莎困!"原来,侗家有个习俗,外人进寨,要经受考验,要回答盘问。嘎莎困的意思,嘎即歌,莎是拦,困是路,以歌拦路意即招呼大家唱起"拦路歌"。大伙唱:

噢嗨顶！噢嗨顶！
砍下树枝遮坡岭,
外人进寨寨不宁。

噢就是歌的意思,嗨是一种语气助词,顶即友好,表示对人很友善。"噢嗨顶"就是相互打招呼的歌,同汉语的喂、哎类似。那克林顿来时是做了功课的,他答道:

噢嗨顶！噢嗨顶！
砍下树枝莫遮岭,
外人进寨寨安宁。

嗬,还给他答上啦！好吧,下一步,拿酒来！众人唱:"贵人到来少远迎,一碗糯酒把客敬。呼啦——喂！二碗美酒莫嫌轻,侗家待客心最诚。呼啦——喂！侗家美酒喝三碗,方可进寨登山门。呼啦——喂!"一首侗味十足的《敬酒歌》唱罢,克林顿被灌了三碗山寨"土茅台",终于过了饮酒关。他得以走近培英,高兴地拉起了她的手。这时小姐妹才反应过来:莫不是老外要接培英去美国,远走异国他乡了？她们舍不得呀，姐妹一场真的就要分别了，好伤心啊……培英看到了姐妹的真情流露，忙说：叔伯姐妹们，你们听我讲嘛。她用一首山歌说出了自己和克林顿的恋情，以及她的决心。她唱道：

北大同窗四年整，
久弹琵琶成知音。
好花引得蜜蜂来，
要学阿牛哥树缠藤。
培英誓当“孩子王”，
恋乡恋土不离亲。

大家见培英这般表态，十分开心，但又担心克林顿会拉她的后腿，就问：“那，克林顿你有什么打算呢？”克林顿的态度很干脆，他说：“请大家放心，我有心做个上门郎，乐为侗乡献青春。老话不是说得好嘛，嫁鸡随鸡，嫁狗随狗，嫁个猴子满山走吗？”哈哈，这个他也知道！他幽默的话语，逗得大家大笑起来。有一个小青年建议：“那好吧，克林顿，刚才我们拦路是武考，现在来一场文的，若是考试不通过，你还是莫想讨我们侗家妹子！”这一倡议得到大家的附和，克林顿也表态赞成，他说：“OK，在学校，我每次考试都是狗撵鸭子——呱呱叫的。”

大家请出了主考官——寨主三叔公。三叔公当仁不让，嘿嘿两声，手持水烟枪，吸了一口烟，说道：“小伙子，先考最重要的。你可听好了：自古侗家多友善，和蔼可亲一家人，祖上规矩可懂得？晚辈要把老人敬。”克林顿头脑迅即“过电”，马上想到了侗家自古就有乡规民约,俗称“款”约,他保证:“叔公,入乡随俗遵‘款’约,一条一款我记得清。”三叔公进一步说:“本寨姚公是个孤寡人,无儿无女日子过得好凄清,我们全寨立下了铁规矩,众人添柴暖他心。”三叔公拿出一个木牌,上面密密麻麻写满名字。克林顿疑惑了:“这是值日牌,要我打扫卫生……”培英指点他:“这是我们的‘敬老牌’,我们全寨人轮流给姚公送饭,照顾他,每户一天。”原来这姚公是一个孤老,十年前因风寒感染沉疴,从此丧失了劳动力,于是全寨人开会做出决定,每户帮扶一天,轮流值日。从那时到现在,风霜雨雪匆匆过,不觉十个寒暑了。克林顿手接着沉甸甸的值日牌,内心无比激动,他愿意融入这个侗乡大家庭,真诚地说:“阿公,请添上我的名字吧。”众人一齐鼓起掌来:“好啊!好啊!”这时培英从家里捧出侗家三宝“酸鱼、酸鸭、酸肉”来。她高声招呼大家:婚礼举行之前,我们先给姚公送饭去!大家又是一阵叫好,于是芦笙、唢呐吹响了,锣鼓也敲响了,大家热热闹闹朝姚公家走去。

在侗寨蜿蜒的山道上,流淌着一股温馨的暖流。

漓江渔火

西边的太阳快要落山了,漓江水面静悄悄。这时,从江边凤尾竹掩映的渔港,走出一队人,划出了十张鸟排,一字前行。领头的人叫盘老敢,今年刚好60岁,是一个远近闻名的“老漓江”。他生于斯,长于斯,谙熟水性,是寨子里头公认的权威人士。在他的竹排前端,灯下,站立着一个雄赳赳的鱼鹰,这是一只斑头红脸鱼鹰王,黑色羽毛光亮闪烁。安静时它昂首挺立警惕四方,捕鱼时它一纵身跃入水中任意翻腾,十分骁勇善战。

“哟嗬,哟嗬咳——”老敢唱了起来,“划起鸟排乐呵呵,唱支山歌丢下河,砸得河水浪飞飞,水里飞出幸福歌,嗬哟!”

正高兴,这时从远处飞快地划过来一个竹排,撑排的人高喊等一等。“叔公,等到我——”大家回头一看,哟,原来是舟妹。老敢见是侄孙女,正色道:“妹,你来凑什么热闹?”“叔公,我来和你们一起表演‘漓江渔火’呀。”青年渔民盘蛟说:“女娃子,回去！从来划船是男人,女人在家做细活。”舟妹听他们这般说,好着急,连忙申诉:“叔公,乡亲们,你们听我讲嘛,过去渔家女娃缺衣少吃,在社会上也没有地位,学习、劳动的权利都剥夺了啊,就是好像我们手中的撑船篙,莫提起,提起来泪珠洒江河啊……现如今,社会进步大发展,渔家女儿也能上学读书，可是读了书你们反而不要我参加劳动了，这有道理么?”老敢马上接过她的话说：“进城读了书就要去当干部，何苦还回乡来干农活?”舟妹说：“学了知识，就要学以致用!”盘蛟问：“你在大学学堂里难不成还是学的鱼鹰抓鱼?”舟妹说：“我学的就是渔牧业，内容可多了，养殖是门必修课。还有如何保护江河，保护环境，讲究生态，不能滥捕滥杀，要让鳜鱼、鲣鱼、娃娃鱼……珍稀鱼种保成活。”大家听她这么一说，可兴奋了，都说我们桂林现在正在建设国际旅游胜地，正是要改善漓江的生态环境，只有旅游经济大发展了，渔家的生活才能矮子上楼梯——步步高啊。

他们边说边朝前划去，真想不到大学渔牧业课里还有这么多板路。舟妹说：“叔公，乡亲们，还有呢，我和同学们还开发了一项彩灯捕鱼新技术，很适合我们漓江旅游，这个创意一定能吸引更多的游客。”老敢说：“这个好，这个好，非遗表演，传统节目又有新发展。可是，这个项目我们还没有见过。”舟妹说：“那我今天就来做个演示吧。”

他们来到“漓江渔火”表演区。舟妹挂起一盏盏渔灯，彩色光华一下子亮了起来，千百条金丝银线撒向河面，编织成一幅璀璨的画卷。喜得鱼鹰翩跹起舞，矫健翻腾好活脱。陆续到来的游客，兴致勃勃观看着从未见过的彩灯下鱼鹰捕鱼表演，乐得大家齐声称赞，太过瘾了。老外也竖起了大拇指：“漓江渔火，‘外里咕’!”“桂林旅游，OK!”

这时老敢又唱了起来：

桂林旅游观渔火，
渔歌高唱人欢乐。

走出旅游致富新路子，
齐奔小康新生活。唔喂！

探　监

在城郊不远的一座小山前，在高高的围墙里边，有一个特殊的建筑群，屋宇整齐、森严。这就是有名的金山监狱。

久雨初晴，天气清明，初升的太阳定定地照耀在监狱那白墙灰瓦上，像铺上一层云锦，给人以平和的感觉。今天是一月一次的探监日，瑶族大妈黄彩云，早早地来到接待室外等候。她有 50 开外的年纪，沧桑岁月在她的额上过早地镌刻出深深的年轮。两年多的时间没有见到自己的儿子了，她焦急地等待着。探监的人很多，10 点一到，她听到喊声："蓝雅文！"有一个她熟悉的声音答道："到。"她看到她的儿子从会见室那头远远地走了过来，被引导到她的对面坐下，母子之间隔着一道玻璃屏幕。他们拿起了电话听筒。

她忍不住喊了一声："儿啊，狗贱呀！"对方忙回答："阿妈，是我啊，我在这里。"母子相见在狱中，咫尺天涯难近身。黄彩云未曾开言已是老泪纵横，万般辛酸不知从何说起。一刹那，她想到儿子小时候是多么乖巧听话，上小学从来没有吃过早饭，问他饿不饿，他总是说："阿妈，我不饿，晌午多吃一点就好了。"天寒地冻，他衣衫单薄，课间十分钟，他就去跑步增加热量。上中学，要住校，他更是节衣缩食，自己带米去学校伙房蒸饭，吃的总是家里的咸菜、豆酱。

难忘有一次，是一个倒春寒的日子，彩云进城卖鸡蛋，顺便看看儿子，给儿子送些米。天气出奇地冷，斜风细雨飘在她的身上，她不禁索索发抖起来。她在教室旁的屋檐下蜷缩着。不一会，下课的铃声响了。最先冲出教室的一个同学看到了她，用嘲弄的口吻说："哟，这是哪来的老太婆。"走在后头的蓝雅文一看是自己的母亲，喊了一声"妈"，就要把她拉进教室避雨。原先那个同学阻拦说："别，别拉她进来，看搞脏了教室。"蓝雅文高声嚷："这是我妈！"那个同学说："你妈又怎样，像个叫花子，脏兮兮的。"蓝雅文一听此言，火冒三丈，想都没有想就给了对方一拳，对方毫不示弱还击，于是两人扭打成了一团。直到班主任过来，才制止了这场厮斗。由于打架是蓝雅文率先动手，所以校方给他做了记过处分。

从那次事故之后，蓝雅文像换了一个人似的，变得沉默寡言起来。他想成绩才是硬道理，从此立下擎天志，发奋读书誓为人上人。他一门心思刻苦学习，清晨别人还未起床，他早早在林间背诵课文了；夜晚别人已经睡觉，他还在路灯下预习第二天的功课。他的成绩扶摇直上，高中毕业他以全校第二名的成绩被中国人民大学录取。毕业后，分配在省政府工作，几经奋斗，30 多岁便成了一个副厅局级领导干部。可世事如棋局局新，谁能料到在一场"回头看"中，他被查出了问题，幸得他还算识时务，主动退出了全部赃款，人民法院依法从轻处罚，判了他 10 年徒刑。

黄彩云想到这一切，内心无比悲痛，当初送子读书还真不如送子养猪，或者学一门走村串寨的剃头佬技术，也好天天在家早晚能见到，多好。她常常自言自语："当什么官啊，当什么官啊。"她当然记得，那年送米到学堂，有人见她身穿破烂骂她是叫花婆，被羞辱的她无地自容好似万箭穿心。可是儿子咸鱼翻身后，当了大官，就正道不走走岔道，见钱眼开，贪得无厌，铸成大错……这时蓝雅文好一阵忏悔，把自己臭骂了一通，他说，妈妈呀，我不该妖风刮来瞎了眼，我不该贪得无厌陷沉沦，我不该忘了娘的教导党的恩，身败名裂铸成千古罪人……黄彩云边听边思考，好好的一个孩子，怎么说变就变了呢？全怪社会环境吗？为什么那么多的干部没有受到污染，唯独你会变坏？看来要从根子上找原因：为人在世怎样活，怎样活着才是人？这点必须弄明白。一个人丢尽尊严就会丧失人性，丧失人性就会什么事都干得出来……母子相见话语长，都是掏心窝的话儿，一个刮骨疗伤痛悔恨，一个爱恨相加心情难以平复。眼看分别时刻就要到了，雅文猛然跪了下来。这时候老母亲突然问儿子："狗贱哪，你站起来，看看阿妈这身瑶装好看么？"雅文说："好看，好看，阿妈，是新缝的五彩瑶衣吗？"妈妈说："这是我特为见你熬夜赶缝的呀。"雅文不解："特为赶缝的……为我？"妈妈叹了一口气："那一年我身穿破烂去看你，遭到小人恶语相戕害得你颜面丢尽。多少年想到这件事我心里好生愧疚，今天我穿体面就是好让你人前有自尊。我只盼你痛改前非除掉恶习，重新树立起尊严，脱胎换骨做新人。十年后为娘我定来接你回山寨，到那时规规矩矩做个清白人。"

老妈妈含着泪朝门外走去，她的话犹如警钟久久敲击着蓝雅文的心灵。

漓水谣

漓江的早晨天清气朗。5点多钟，群山还似睡未醒，一张张白雾飘了过来，竟自在群峰间游来走去，远远望去，好像丝巾围绕在美女的脖子上，十分妩媚。

在寨子东头的大榕树旁，崭新的农家小院里，壮族大妈韦彩虹打好了一锅油茶，她一口气喝了三碗，就拿着提篮出门去。小孙女兰兰一边抹着嘴巴，跟屁虫似的跑了出来，叫道："阿奶，等到我，我要跟你去抓'坏蛋'！"阿奶说："今天是星期天，你在家好好复习功课，下礼拜要期考了。"孙女说："不嘛，我的功课早就复习好了。"

祖孙俩来到漓江边。她们抬眼望去，秀丽的漓江从遥远的群山之间娉娉婷婷而来，恰似一条青绿色的带子。晨曦初露，给玉簪似的群峰镶上了五彩花边，有如一幅美丽的壮锦。阿奶轻轻地喟叹道，我们的家乡实在是美呀。她们开始了工作——捡垃圾，漓江边的人们对此有一个文雅的说法——"帮漓江洗脸"，而阿奶说得更直白是"抓'坏蛋'"。这些年，漓江旅游火爆起来了，天南地北的人们谁不想游一游这秀甲天下的山水呢。可是个别游客不自觉，常常把果皮纸屑等废物丢下河，污染了环境。韦彩虹看不惯这些人的做派，只好用自己的行为来美化环境、教育游客。每天，她忙完家务事，就下河捡垃圾了。真是不怕烈日晒，何惧暴雨落，寒来暑往二十载了，她从一个俊俏的媳妇，熬成了一个脸上长起了菊花、背脊有点佝偻的阿奶，但给漓江美容她从来没有耽误过一天。她的事迹登过报纸，上过电视，小学校长认为这是一个好典型，便写成乡土教材发给同学们学习。她的行动，首先是感染了孙女兰兰，然后由兰兰发起，在学校组成了一个红领巾义务清洁漓江小分队。红领巾们经常到漓江边来跟着阿奶捡垃圾，叽叽喳喳像一群小麻雀，欢快极了。正当他们忙着，阿奶突然看到江边不远的河里，有一个易拉罐在一沉一浮漂动着。她竹篙这么一点，借助竹篙的弹力，身轻如燕般飞上了竹排。她划着竹排追了好一程，终于逮住了那个该死的“坏蛋”易拉罐。

哨声吹响了，大队长宣布休息，在河滩上，一场“老鹰抓小鸡”的游戏开始了。趁着这当儿，学校《红领巾园地》主编毛思伟见缝插针采访了韦彩虹奶奶。毛主编问：“请问阿奶同志，您到漓江捡垃圾，是每天都来吗？”答：“是的。”问：“您这么大年纪了，捡垃圾累不累？”答：“不累，一点都不累。”问：“您捡垃圾是哪个领导布置的？”答：“没有领导布置，是本领导自己布置的。”下面思伟不知问什么好，他想到在报社小记者班学习时，老师说过，写文章要有深度，写人物要有高度，切忌平铺直叙寡淡如水，于是他问道：“请问阿奶，您捡垃圾有什么伟大的理想在支持着您？”阿奶本来回答得很顺溜，不想这小伙子会有这样高深的提问，一下子便噎住了，答不上来，只好说：“我一个乡下老太婆，有什么伟大理想？”毛主编没有想到她答不上，机灵的他便改变了问话：“阿奶，我是说你做好事，一做就是二十年，总有一个想法吧？”这个问题好回答，阿奶很快说：“说起来我也没有什么多的想法，我想得好简单的，就是家里搞干净点生活方便舒服些，把漓江搞清爽点,也好迎接四面八方的客人啊。”此话一出,毛主编可高兴了,这正是他想挖掘的平凡人伟大之处。旁听的同学们给阿奶鼓起掌来。

休息过后,大家继续捡垃圾。漓江上游船一艘又一艘开过去了,像穿梭一般,船上的游客看到一个老太婆带着一群红领巾在捡垃圾,十分感动,也很新奇。这时船上的讲解员说话了,她向大家介绍,这是一位壮族大妈,为了漓江的环保,在为漓江“洗脸”——捡垃圾。于是游客们纷纷竖起了大拇指,拍照留影。在他们眼前呈现出一幅极美丽的画面,在百里漓江百里画廊的屏幅上,又添了一幅新景:捡垃圾的老人镶嵌在这幅画上,她在江面上好像一朵荷花凌波开放着。

姊妹花

玉苹和玉琴是瑶乡的一对孪生姐妹,长得一模一样,就连她们的妈妈有时也认错人。虽然玉苹比玉琴只早出世几分钟,但懂事的程度就大不一样,做事老成得多了。妈妈老是交代玉苹要带好妹妹,说要是妹妹有什么闪失,就拿她是问。这就使玉琴从小也产生了依赖心理,动不动就说:"阿姐,你看这事怎么好?"姐姐则说:"你晓不得动动脑筋呀。"说话间到了有一天上午,两姐妹修鞋店开门不久,玉苹要去进货,就对妹妹说:"妹呀,阿姐去进货,你可要看好店堂,我一会就回来了。"玉琴一边应答着:"阿姐,你就放心吧。"还不忘瞄一眼手机里的朋友圈。

也是事出有因,在玉苹走后不到 10 分钟,店堂里急急地走进来几个外国人,那位高大的名叫威尔逊的老太太用生硬的中国话说:"美女,我的皮鞋开了口子,不好走路,请你帮我修一修,好吗?"玉琴慢条斯理地看了看,觉得是个小活,有点小瞧。正准备动手干活,那老太太说话了:"美女,你快一些好不好?等一会我们要去盘龙山游览,车子马上要开了。"玉琴有了一丝丝不悦,心想,你要去游览为什么不早些过来呢?想是这么想,嘴巴也没说,但手头没歇着——你要快还不容易?那就赶快吧。皮鞋裂口本来不大,玉琴涂胶抹水,三下五除二就补好了鞋子。威尔逊太太将鞋子穿在脚上,试走了几步,感觉没有问题,一边说着 OK,一边给付了费用,道一声拜拜,就出了门。

趁玉苹还没有回来,现在插空介绍一下两姐妹修鞋店。玉苹本来带着玉琴在珠海一个制鞋厂打工,收入也还可以。近几年改革开放的春风吹遍了山区,给瑶乡带来了勃勃生机,在家乡也能创业致富的信息不断传到她们的耳里。原本在城里她们学过制鞋修鞋的技术,就想回乡在县城开一家修鞋店,试探一下行情,慢慢再扩大业务范围,打出一片天地来。于是两个月前,就有了这家"姊妹花修鞋店"。

话说姐姐玉苹进货回来,问妹妹她走后的情况。玉琴告诉姐姐,她替一个外国老太太补了皮鞋。细心的玉苹看到原来柜子里有一块沙胶剪去了一块,就问妹妹是不是用的这块胶,妹妹说正是。玉苹一听就着急了,那是一块质量不好的沙胶,怎么能用它呢? 玉琴说:"那人老是催要快要快,我是忙中有错哩。""妹呀妹,你工作毛糙太随性,姐姐多次和你讲过,我们进城返乡再创业,靠什么立世做人? 靠的是双手塑造自我形象,凭的是热情服务质量上乘啊。"玉琴觉得姐姐批评得有道理,不停地自责:"都怪我,忘记了姐姐的嘱咐……姐,我们还能挽回吗?""挽回? 如何挽回?""我们去找她,帮她把鞋子重新补过。"姐姐觉得这个主意好是好,但茫茫人海,如何找寻? 妹妹却说,她听威尔逊太太讲过,她们游览盘龙山后,中午回到城里,下午还要去虎跳峡漂流呢。现在差不多到了吃午饭的时候,他们也该回来了。"我们就去涉外宾馆堵他们。"主意已定,于是两姐妹带齐工具材料,来到瑶乡国际酒店,在服务总台查到正有一位英籍客人威尔逊太太,姐妹俩就在大门边"守株待兔"了。那天进进出出的外国人真多，说来奇怪，玉琴发现那些外佬长相都差不多，清一色的黄头发、蓝眼睛、高鼻梁，她几次喊到了嘴边，看清人后才知不是威尔逊太太，马上把声音咽了回去。她们双眼不眨目不暇接仔细察看，生怕漏看了人。这时间说着说着就到了中午1点了，又走进一拨外国人，倒是其中的一位首先发现了玉琴，走到她身边："哈喽，补鞋的美女，你怎么在这里呀！"玉琴跳了起来："我是来找你的呀，威尔逊太太！"威尔逊太太很是诧异："找我，我的钱没有给够吗？"妹妹着急了："不是不是，是我犯了错误，没有把你的鞋子补好。"威尔逊太太听后反倒糊涂了："补得很好啊，姑娘。"这时玉苹发话了："太太，是这么回事。"正当威尔逊太太感到奇怪怎么又有一个长相相同的姑娘时，玉琴忙说："这是我姐姐。"玉苹继续说："真不好意思，我们没有把您的鞋子补好，现在我们拿来了上等的材料，要重新帮您补过。"威尔逊太太大惑不解："No！No！不必了，我看补得很好。"玉苹坚持："我们不能在自己的工作中留下丝毫的遗憾！我们要保证您的鞋子能穿更长的时间。"威尔逊太太被她们的真诚感动了，立即脱下鞋子让她们重新修补。玉苹撕去老补丁，选择了最好的材料，细心地打磨起来，然后用最好的胶水粘上。她将重新补过的皮鞋递过去："太太，您看这行吗？"威尔逊太太看了看，一迭连声说好："Very good！太好了，简直看不出补过的痕迹，中国两姐妹补鞋店，OK！"她手足无措起来，竟然从手上取下金戒指："姑娘，一点小小的意思，请收下我对你们的敬意。"玉苹说："这怎么行呢，补好鞋子是我们应该做的，礼物我们不能收，拜拜！"

两姐妹高高兴兴挥手而去，大堂里目睹了这一幕的外宾们心情却久久不能平静，用赞许的目光送她们走了很远很远。

瑶山春燕

在桂北的青山绿水之中，层层梯田之上，有一个百多户人家的盘龙瑶寨。这里生态环境好，近年开辟“农家乐”旅游，全国各地有不少游客前来观光。这天晌午，盘龙商店的盘九送走第三拨客人，就忙着点票子了。他口中念念有词，一二三，三二七，七八七九八十一，数着数着，还发现几张花花绿绿的票子，那是外币。他一高兴就唱起了调子来：“今天又要创新高，创新高啰，哪嗬嗨……”

正在兴头上，就听到有人喊：“九癫子，不要乐了，又有客人来了。”盘九朝山下来路打量，见是一个穿制服的人。他没有在意，自顾自忙着。一会儿，那人走到面前，他看仔细了：这人长得眉清目秀，一双大大的眼睛好像会说话，帽子上的金徽闪闪发光——原来是堂妹春燕。俗话说，女大十八变，越变越好看。才几多日子不见，这春燕变得差不多认不出来了。盘九打趣道：“贵客啊，是什么风把你吹到大瑶山里来了？”春燕叫了声“九哥”，双眼环视小商店，开言道：“九哥，我调到盘龙乡税务所来了，今天是来执行公务，请你按章纳税。我看你这商店面积不大，就定税吧。”说着扯下一张税票递了过去。盘九心里不爽快了，哪有这门事，才见面堂妹就把手伸到哥子的荷包里来了，便说：“我小本生意，开张也不久。这税，你就免了吧。”春燕说:“九哥,纳税是每个公民的义务,请你支持我的工作。”盘九见春燕一脸的严肃,不再求她,说:“我看你是大水冲垮了龙王庙,自家人不认得自家人,你我莫非血脉断了缘?”春燕说:“九哥,共个祖宗共座山,血浓于水,血缘难断。可是,我现在是公家的人,职责在肩,国家使命大如天啊!”九哥说:“你以为我是三岁娃子好哄?怕我不晓得瑶山北京隔天远,国家不差这点钱。”“国家建设靠税收,涓涓细流才能汇成大江大河啊。”你一言,我一语,盘九话语中就有了刺:“妹子啊,给个棒槌你当真(针),哪个叫你死心眼!”春燕毫不放松:“为国家聚财是我的责任,一分一厘也不能怠慢。”盘九话锋一转:“你如今能自立了,反倒六亲不认,唱起了高调,忘记了是谁养你度饥寒。”春燕怎会忘记,自己三岁时,一场车祸夺去了双亲。她诚恳地说:“春燕从小无爹娘,多亏三叔公收养了我。”盘九说:“你还记得么,我阿公说男娃子有力气饿不死,含着眼泪教我种田,却送你进了学堂。”春燕说:“我读了诗书才知法懂理呀。”盘九眼见过去拖着两条鼻涕的“跟屁虫”,如今一套一套地在自己面前不饶人,声音不由得高了起来:“我少进学堂不懂规矩难画圆!今天我宁可拿糯饭去喂狗,狗见了主人还会摇头摆尾讨好呢,哼!”盘九这就把话说绝了,当时真好像有一柄无情的利剑,深深地刺伤了春燕。她内心痛苦地煎熬着。唉,亲情国情怎相融啊,有谁知道税收工作有多难呀。她强忍着心痛,说:“九哥啊九哥,往日里为收税我受尽白眼,未曾想你也抗税还骂我,我心里格外寒。你想一想,谁没有三叔四婶,谁没有个同学同事?倘若是人人都徇私枉法偷税漏税,国家还有什么法可言?”春燕没有多想,接着说:“这样吧,你我本是一家人,今天你这税钱——我交了!”她立即从挎包里掏出了钱……

“且慢!”这时从后屋里走出一位银髯白发的老者,大声喝住。

春燕恭敬地叫着："三叔公！"这三叔公正是盘九的阿公，在寨子里威信颇高，人称"一把手"。他开言道："春燕，你刚才说的话我统统听到了，你讲得好，做得对呀！"在这关键时刻，三叔公可说一锤定音。他对春燕同时也是对盘九说："笋子靠竹竹靠山，禾苗靠水水靠潭。瑶山致富全靠党，生活好了抗拒纳税就是没心没肝！"春燕感激地："三叔公，谢谢您支持我的工作！"三叔公把春燕拉到一边，小声说："春燕啊，盘九他胸无墨水，他是碗里养鱼看得浅，你让他小河撑船慢慢转弯吧。"而在一旁的盘九，经过思想，拿出了税款，结结巴巴地说："我……我……"三叔公点着他："我什么我，你呀……嗨！"春燕看着他的憨态，笑了，柔柔地说："九哥，你真好。"

导游“莫狗肉”的故事

桂林导游莫忆莲，神清气爽地登上旅游车，开始了一天的工作。她扫视了一下车厢人数，和大家打起了招呼：“各位大爷、大妈，伯伯、伯娘，叔叔、婶婶，大哥、大姐，小弟、小妹们，大家早晨好！”她换了一口气，接着说：“我先介绍一下我自己，我姓莫，大家叫我小莫、莫导好了。还可以叫我‘莫狗肉’。”游客们一听这话感到莫名其妙，都笑了起来，有位北方大妈插嘴说：“姑娘，你是人啊！”忆莲笑笑：“我知道我是人，为什么又可以叫狗肉呢？这是我们桂林的地方风俗，凡是好朋友，都可以称为‘狗肉’的，最好的朋友还可以叫作‘血狗’。大家入乡随俗，叫我莫狗肉吧，这样称呼亲切啊。”

“莫狗肉”是瑶女，旅游学院毕业生。她从小沐浴着大瑶山里的轻风细雨，长得白白净净，天生丽质。当导游在外人看来是一个不错的选择，举着一杆小旗子，招呼那像鸭子般的人群，每天都在游山玩水，好耍得很。可忆莲却说，天天让你吃肉，你厌不厌？

厌还是不厌，接着往下看。导游天天走的是老路，不变的是景点，念的是十年一贯的老词；但变的是人，一拨人走了，一拨人又来了，全是新面孔。既然是人，那就什么意想不到的事情都有可能发生。你得用一颗火热的心，面对千变万化的世界。就说今年春上的事吧，小莫忙了一天刚回家躺下，“叮铃铃”一阵电话铃声把她叫醒。原来是有游客生病了，异常焦急，她一骨碌翻身跳下床，顾不得穿外衣就匆匆赶去宾馆。“大嫂，孩子情况怎么样啊？”“狗肉妹啊，孩子烧得滚烫滚烫的哟。”“哎呀，不好，快，快送医院！”小莫抱起孩子就往医院跑。在医院她奔前跑后，上楼，下楼，挂号，交费，取药，配合护士给孩子打针，喂药，忙得就像一个飞旋的陀螺。快天亮的时候，孩子终于退烧了。孩子得救母安乐，可小莫大半夜未合眼，清晨还得上班呢。孩子妈妈好感动，含着眼泪说：“桂林导游真是好狗肉呀，深情厚谊胜过了亲姐妹。”

导游要负责一个团队的吃、住、行，让游客住好、玩好是首要职责，吃好也不能含糊，介绍桂林的特色美食是题中应有之义。有位美国游客是个美食家，六七十年前曾来过桂林，参加抗日“飞虎队”，和我们一道并肩作战打击过日本鬼子。他很想再尝尝桂林的风味小吃，体会那历史的味道。“威尔逊先生，桂林小吃美又多，不知您想吃的是哪一种？”他也说不准自己曾经吃过的是哪种美食，只好比画着：“啊，有一种小吃，这么大，这么长，两头圆圆的……吃到嘴里，啊哟，爽爽的，酥酥的……”这可让小莫犯了难，问：“是不是茶叶蛋？”“No！”“不然是汤圆？”“No，no！”“这不是，那不是，那……是哪一种呢？”小莫只好将记忆中的桂林小吃竹筒倒豆子般全部倒了出来，好像唱山歌一样：“米粉、粽子、萝卜糕，麻花、馓子、盐糖果，油堆、油香、油鲜子，油条、糊辣、炸乳鸽，搭连、粉利、沙琪玛，沙谷、薏米、煮白果，凤翅、鸡爪、印子粑，芋角、虾饼、伴喝螺……”小莫一口气背了二三十种名称，还要往下数，却被威尔逊打断了：“慢，慢。就是这个芋角——我记起了，它是用荔浦芋头做的，就是刘罗锅吃的那种。芋角，这么大，这么长，两头圆圆的……吃到嘴里，啊哟，爽爽的，酥酥的。Yes，芋角，Very good！”小莫明白了：“芋角，先生，请您放心，我一定找到它！”下班后，她沿着大街小巷找寻，也问了不少饮食店，可是就是没有找到。无可奈何，她回到家里，发动全家做芋角。好在她妈妈是大山里的瑶民，做这种东东手到擒来。她买好上乘的食材，老妈妈略施小技，终于在半夜完成各项工艺。第二天清晨早餐时分，她准时将芋角捧上了桌。客人们高高兴兴吃芋角，跷着大拇指直夸这是世界上最好的食品。小莫看到客人们如此高兴，自己也乐得和大家一起会心地笑了起来。

旅游有时也很烦闷，长时间乘坐汽车，更是疲倦。她为了活跃气氛，常常讲点可乐的小故事，但更多的时候是以一曲山歌逗得大家兴趣盎然。她的嗓音甜美，好像深山溪水般流淌。她用《刘三姐》的曲调对歌，游客很爱听，比如唱：

什么山像碧玉簪，
什么水像青罗带，
什么山上有九马，
什么山像莲未开？

这首歌本来她是自问自答的，不料有一次一位老先生站起来做了回答，唱道：

桂林山像碧玉簪，
漓江水像青罗带，
画山上面有九马，
碧莲峰像莲未开。

答得好，获得大家一阵喝彩，顿时将疲劳赶到九霄云外去了。接着她又把歌词里的山川故事饶有兴趣地讲了一遍，大家立马精神焕发起来。

这就是桂林一个普通导游的故事，她叫小莫，人称“莫狗肉”。

情系北部湾

这一天傍晚，落日铄金，海水平平，喧闹的大海安静了下来。大海边，海风带着一丝丝的咸味，吹拂着绿绿的椰子树，把温情传送给人们。椰子树下，走来了一伙外国青年，这是中国小伙姑娘们邀请来的东盟嘉宾。他们自带工具，燃起了篝火，围成了一个圆圈，开始了联欢晚会。晚会主持人韦淑艳，通晓东南亚多国语言，又是一个调节气氛的高手，把晚会打理得风生水起，热闹异常。当第五个节目演过之后，就进入到自由发挥的环节，她示意各位嘉宾踊跃参与，各显神通，展示才艺。

“主持人，我可以表演一个节目吗？”这时候从嘉宾席上站起一位年轻姑娘，略带羞涩地问。她说的是越南语，韦淑艳马上用普通话和越南语回答她：“欢迎，欢迎！”继而用越南语说：“请你做一个自我介绍，好吗？”“好的。”原来她能讲普通话，接着说，“我来自越南广宁省，是一个小学教师，名字叫作阮氏萍。”韦淑艳带头鼓掌：“热烈欢迎阮老师友情出演！”

阮氏萍一袭白色长衫，手持天琴款款走到人群中间。她先行了一个礼，随后侧身坐下，有如玉树临风一般。她介绍说，她表演的节目是天琴弹唱《海之韵》。天琴本是桂南壮族和越南的民族乐器，它最先的名字叫作“叮咚”,天琴弹唱就是一种用天琴伴奏的故事说唱形式,是曲艺的一个品种。阮氏萍转轴拨弦定正音,轻轻地抚弄了一下琴弦,那乐器便发出了十分动听的声音。她开始描摹的正是风平浪静的海上一片幽静。俄顷,琴声急促了起来,海上开始涌起了波涛,继而琴声大作狂风骤起,无边巨浪冲向天庭！这时唱词述说有一艘越南边贸货轮在北部湾海上突遇强风,海水已经进舱,情况十分危急。风大浪高,茫茫大海何处逃？真是喊天天不应,叫地无回声啊！

人一急,往往突生智慧,紧张之中船长连忙呼救:“中国海事,中国海事！我是越南货船,我们在海上遇险,请求紧急救援！紧急救援！”

中国海事部门接到求救电话,二话不说,马上下达救援命令,海巡 1912 船奉命火速施救,茫茫大海上闪烁着它那红蓝色的警灯。这边越南边贸货轮上的船员全部撤到驾驶台上了,海水紧追着他们,已经漫过腰身,眼看货轮就要沉没。正在命悬一线之际,中国海事救星赶到了。

“越南兄弟,我们来了!”

“我们是中国海事海巡船,请配合救援,请保持镇定!”

中国海巡船靠拢,靠拢,再靠拢,在大风大浪中,像一个椰子壳在水中晃荡,终于艰难地把缆绳系上了！海事救助人员冒着生命危险,一次又一次向越南船员伸出手,他们高喊:“抓住我的手!”

战斗结束,七名越南船员全部获救了。

阮氏萍唱到此神情大振,她放声高歌战风斗浪的钢铁汉,有着大海情怀的中国恩人。歌毕,现场出现了片刻的宁静。她回过神来,表明了自己的身份,道出了来意:原来那艘越南边贸货船的船长，正是她父亲。她这次参加东博会，就是要代父寻找大恩人。她深情地说："拜托各位，帮我找到中国救命恩人，我要当面向他们致谢。"

韦淑艳不无遗憾地说："阮老师，真不巧，广西那艘海巡船正在海上执行公务。"阮氏萍感到诧异："你怎么知道？"韦淑艳笑了笑，说："不瞒你讲，我就是那海巡船韦船长的妹妹。""真的？"阮氏萍激动地拥抱起韦淑艳："太好了！谢谢你阿哥，谢谢中国海事，谢谢中国！谢谢！"韦淑艳忙说："我们是同志加兄弟，救助是我们的责任，不言谢！"

夜深了，无边的海浪还在轻轻地歌唱，唱的是"一带一路"手足爱，中国和东盟兄弟大海情。

闪光的金子

时令已到仲秋,秋风一阵阵吹过,枫树叶由黄慢慢转为红色了,遥望长空,只听到一行行“嘎嘎”的雁叫声。孙嘉淦感到有些许寒意,不由得紧了紧衣衫。他想到今日就要离开京城了,不免有所惆怅。他回头叫了一声:“孙宝!”孙宝闻言应答:“大人,有何吩咐?”“行囊都打点好了吧?”孙宝是孙嘉淦从老家山西带来的贴身家人,人勤心巧,他早已经将行囊准备停当。“回大人,行囊全在此,这是书籍和笔墨纸砚,这是衣物,还有几箱……”他欲言又止,孙嘉淦忙说:“几箱什么……但说无妨。”阿宝只好直说了:“几箱砖头瓦碴!”孙嘉淦有意纠正他:“错了,错了,是金子!”孙宝原已经知道大人的用意,但他不服,偏说:“哎,这哪是金子,分明是建皇城丢弃的砖头瓦碴!”他再次提起昨天说过的话,大人啊,您在朝廷三朝为官数十载,曾是响当当的两部尚书,现如今告老回乡,带些砖头瓦碴回去,岂不出尽洋相?孙嘉淦无奈地说:“孙宝,你知道我为官从来不贪钱财,如今回乡见父老乡亲,囊中羞涩脸无光啊。所以才出此下策,嘿嘿,你懂的。”孙宝是聪明人,说:“我懂,我懂,您是拿一些砖头瓦碴塞满箱子,充当门面哟!”孙嘉淦赞许地:“知我者,阿宝也。走!回乡啰!”不贪赃,不枉法,主仆二人心敞亮,他们迈着轻快的步子朝城外走去。

他们走了大约一个时辰，见身后来路上有一标人马追了过来，为首的官员大声呼喊：“孙大人，孙大人，请留步！”孙嘉淦一看，连忙止步，上前施礼：“啊，原来是李公公？公公，您不在朝廷服侍皇上，赶来何事？”李公公哈哈一笑：“孙大人，你我同朝为官数十载，如今您告老回乡安度晚年，今后咱们怕难再相见了，所以，我来送你一程。”孙说：“谢公公美意。”李公公看了看孙嘉淦的行囊，指着箱子说：“哟，孙大人，行装不少啊，这是——”孙宝抢着说：“箱子！”李公公说：“我知道是箱子，是装满金子的箱子吧？”孙嘉淦笑笑：“我哪来的金子啊！当然木箱可以装金子，但这个不是。”“不是金子，是玉器古董吧？”“实不瞒公公，是些破衣衫旧鞋子。”李公公说：“我倒是好奇，你为官数十载，就带些破烂回去？能开箱看看么？”孙嘉淦不高兴了：“公公，你这是要检验我吧？我担心有臭气熏倒了您哪！”李公公回说：“皇后的马桶都是我倒的，还怕你这点臭气？来来来，让我看看！”孙嘉淦见李公公执意要看，便绕开他：“除了破衣烂鞋子，还有几本书。”“那是您的新作《南游记》？”“对对，其中有《南游记》！”李公公见孙家淦把话岔开了，便直说了：“大人，朝廷不少官员，当了要职，面对诱惑，人就变了，特别是在要退休之前，都抱着‘有权不用，过期作废’的心态捞他一把……当然，你不是这类人，那就请你开箱拿本书送我做个纪念吧。听说大作能和《徐霞客游记》媲美，是么？”“只要公公不嫌弃，我就送你一本。可是，书不在箱子里，在那边的篮筐里！”“孙大人，既然箱里没有书，那箱子肯定是装的古董了？”他把话又说了回来。“李公公，我哪里来的古董啊？”“孙大人不是负责修缮紫禁城吗？紫禁城乃明清两朝皇宫，据说大清入关前，明崇祯皇帝把大量的古董埋在紫禁城脚下，莫非……”孙嘉淦正色道：“公公可不要妄言！纵然紫禁皇城脚下有古董，那也是我大清朝的公共之物，我岂敢妄自掠取？”李公公反驳道：“这不是，那也不是，这箱子里肯定是金子了。”孙嘉淦气不打一处来：“我孙某人一生清廉，哪里有这许多金子？”李公公见对方迁怒，反而平静了：“孙大人息怒！你听说过‘三年清知府，十万雪花银’吗？你历仕康熙、雍正、乾隆三朝，皆受皇上赏识，曾任两部尚书，如此高官显爵，逢年过节收点礼性，也属人之常情嘛。”孙嘉淦严厉地说：“人情归人情，钱财要分明，倘若当官的都收礼，天下何以得太平？”李公公不依不饶：“大人呀，多少贪官身披两张皮，台上台下、人前人后讲的都不一样，说起来口吐莲花，做起来贪赃枉法，一肚子的坏水！这些年我们还见得少么？”“公公！我孙某人以国为国，以天下为天下，虽说管过被人称羡的盐务、河工、银库等要差，但账目分明，毫厘不差。你不会以为这箱子里面真的装的是金子吧？”“不是金子，又是什么？”孙宝接上：“是砖头！”“砖头？砖头何来？”“修缮紫禁城的废弃堆里捡来！”“拿砖头何用？”孙嘉淦被逼迫无奈，只好直截了当说了：“公公呀！嘉淦本是乡下人，农家本色没有忘。倘若两袖清风箱中空，故友定会笑我寒酸。更怕有人生戏谑，无中生有诽圣堂，使咱皇上脸无光啊。我这才万不得已出此下策，用砖头压箱回家乡。”“此话当真？”“千真万确。”“此话不假？”“一点不假。若有半句虚言，我宁愿一头撞死在这箱子前，以表清白！”“既如此，开箱查验！”这时孙嘉淦反而阻止了：“且慢！”李公公说：“反悔了？”孙嘉淦凛然道：“这箱里装的是我的清白，如若没有金子，李公公将又如何？”“如若里面没有金子，我也学孙大人样，一头撞死在这木箱前。”“那倒不必，我只求李公公向皇上明言，不要让那些奸佞小人再进谗言，陷害忠良！”“那是自然。”

于是，开箱查验。孙嘉淦亲自打开了箱子，这时，有一道金光从箱内闪射出来。李公公赶忙拿起一块金砖，哈哈大笑：“孙大人，这难道是紫禁城的破砖头？这可是金光灿灿的金砖呀！”孙嘉淦无比惊愕：“这……这是怎么回事?!”李公公嘲笑道：“孙大人，你刚才还振振有词说是砖头，怎么这会儿变戏法了?”孙嘉淦悲愤至极：“那，这……哎哟！”他一下子内心痛苦不已，他感到百口莫辩，决心兑现誓言，以死明志。他一头撞向木箱，被李公公拦住了：“孙大人，这不过是一箱金子，你何苦要寻死觅活?”孙嘉淦摸着良心诉说：“李公公呀！嘉淦我一生忠厚善良，曾订出《居官八约》高悬厅堂，功藏于民、清费廉取时刻记在心上，想不到到晚年落此下场，不明不白地多出这些金子，累我生不如死，但愿得以死证我清白！”他这一番话彻底震撼了李公公，他内心无比感动，他在心里讲，孙嘉淦果然是堂堂正正好儿郎，我大清朝有了这样的顶梁柱，国家社稷能不永固金汤？接着，他说明了真相，原来坊间有传孙嘉淦告老回乡，带了十多箱金子。居然有人禀报了皇上，皇上一听气歪了嘴，派李公公暗中查访，一定要查他个水落石出，如果案子坐实，老孙头纵使逃到天边，也要将他通缉归案！但现在孙嘉淦的下人确实往箱子里面放满了砖头，李公公星夜呈报乾隆皇上。皇上知他性格，懂他心思，大为感动。命李公公悄悄往他的木箱里装满了金子，让他回乡也好派上用场。真相大白，孙嘉淦立即跪拜，道：“谢皇上隆恩！谢李公公好意！可我，不能接受这箱金子！”“哦，为什么?”“我向皇上告老还乡之时，皇上已经体恤老臣，送我一千两银子，这足够老臣后半生之用。若我再接受这箱金子,一来怕自己清廉名声受累,二来这是公家的财产,如接受也有损皇上的声誉!”“孙大人,这可是满满的一箱金子啊!”“李公公,刚才我准备在这箱金子前以死明志,难道您还不了解我吗?”李公公不再说话了,恭敬不如从命,他马上吩咐将这箱金子带回去复命了。

(与蒋志伟合作)

军歌嘹亮

初夏的一天，是个周末，天气出奇地好。一大早太阳就把万道霞光洒向了大地，好像锦缎一般铺了开来。漓江的岔河桃花江秀秀气气地流淌着，两岸的杨柳枝被轻轻的和风梳理得柔顺极了，那柳梢头在江面画出一波又一波水纹，好像唱片的纹路一般，不停地荡开去。这时候江边走来一个人，年纪70开外，一身旧军装被岁月洗得发白，整整齐齐地穿在身上，军帽上的五角红星闪闪放光。看他这装束，就知道他是一个退伍军人。他边走边唱着："雄伟的井冈山，八一军旗红，开天辟地第一回，人民有了子弟兵……"这是一首军歌，他感情充沛，唱得激越嘹亮。他叫金华林，背上背着渔具包，肩上扛着钓竿，就像军人扛着机枪上战场一样威武雄壮。他在江边察看了好一会地形，选好了点，就放下家什，准备战斗了。只因为市里举办的"钓王杯"争霸赛快要临近，这位老战士正抓紧时间练兵呢。

他抬眼看了看天，伸出手掌感受了一下风向，不禁一阵窃喜，心想，今日西南风，十钓九不空。等到晚间在庆功宴上，油炸一碟小鱼崽，炒上二两花生米，和老伴美美地喝它两盅，岂不快意？哈哈！他随即布窝投料，忙个不停，真的今日运气不错，他发挥出了高水平，钓了一条一条又一条鱼，全是肥咚咚的川条子，可能要刷新本人的纪录了。

正当他全神贯注盯住浮漂时，不知什么时候身后冒出一帮红领巾。他们七嘴八舌地嚷嚷："鱼崽咬钩了！咬钩了！""快，快起钓！""快呀！"小朋友们这叽叽喳喳一阵嘈杂，就好像一群小鸟飞进了树林，唉，一下子把要咬钩的鱼儿赶得没了踪影。金华林回头看着他们，无可奈何地说："我的小祖宗，你们莫吵了好不好？看把我的鱼都吓跑了。"小朋友齐刷刷地喊道："金爷爷好！"金华林忙不迭地回答："好、好、好！小娟好！小军好……大家都好！"可是问过了好，小朋友并没有走开的意思，反倒提出了要求："金爷爷，给我们讲一个故事嘛！""讲你抓敌人的故事！""讲你在公共汽车上抓扒子手的故事！""我要听你给贫困山区送温暖的故事。"这要求没完没了啊，得想办法尽快把他们打发走。老金说："爷爷今天不得空，改天一定加倍给你们讲好多好听的故事，好吧？"还是小娟年岁大一些，带头表了个态："那，就准你吧……同学们，我们去抓蜻蜓蝴蝶做标本吧！"大家立马响应："好！""走！"望着离开的小朋友，金华林嘱咐道："孩子们，你们要多加小心，回水湾旁路滑水急，要注意安全啊！"小孩子齐声回答："晓得的，金爷爷！"

老金退休后，没有其他的爱好，就喜欢钓鱼，一位书法家朋友给他题诗一首，题目是《钓王金华林》，诗曰："不搓麻将不打牌，不迷红裙不贪银，碧波荡漾心荡漾，感悟自然心境平。"他很认同，这正是他生活的写照，遂把这幅作品挂在房屋大厅正面墙上。说起来他本是野河垂钓高手，加上今日人勤气爽干劲倍增，收获确实与往日大不相同。正当他兴致勃勃要创高产纪录时，忽然听到江上游不远处有人高声喊叫："快来人啊，小军跌下河啰！""救命啊！"老金手搭凉棚抬眼望去，只见二三十米开外江里，有个小孩掉进水里了，小脑袋正一上一下一浮一沉，情况十分危急。哎呀，不好，真是有小孩落水了！他不容多想丢掉钓竿就往上游跑去，跑到出事地点，来不及脱掉衣服就往河里跳。哪晓得水流湍急、水深莫测，他根本踩不到河底，而落水的小军见有人施救，一把将他抱得铁紧，使他挣扎十分费力。小军用力挤压着老金肩胛里残留的弹片，老金只觉得一阵阵钻心的疼痛，眼睛一黑，手一软，这一老一小就往那深水里沉去——呀，不好！情况相当危急！好个金华林，不愧是身经世面的老将，他立即命令自己冷静、冷静！他聚集起全身的力量，双脚用力一蹬，头终于冒出了水面，仿佛听到岸边有人高喊："老金，快抓住！"他睁眼一看，原来是几位老战友伸过来的竹竿，他急忙抓住竹梢，被岸上的人拽向了岸边，他双脚一着地，一颗悬着的心随之也落地了。一老一小终于得救了！

金华林奋不顾身救起小军，这时小军的父母也赶到了。热泪盈眶千恩万谢："金爷爷，你是我们全家的救命大恩人。"金华林忙说："快别这么讲了。情况紧急，谁都会这么做的。"随后，他走向他原先钓鱼的地方，收拾好渔具，他要回家换衣服。

他大踏步走着，止不住又放开了嗓门，唱的还是那首军歌："雄伟的井冈山，八一军旗红，开天辟地第一回，人民有了子弟兵……"

依依春兰情

又是一年春草绿，桂林山水更明媚。在国宾馆榕湖饭店花园，我漫步在兰苑，看到晶莹的露珠跃上兰尖的欢欣，洁白的花蕾簇拥向上的蓬勃，更喜那幽清淡雅的花香随风飘送。每当这时，我就不由自主地想到一位老人，50 多年前他给桂林送兰花的情景。

事情的缘起是，1995 年 5 月中国曲艺家协会发出通知，将于当年 10 月举办第二届中国曲艺节。桂林市曲艺团跃跃欲试，准备参赛。当务之急是征集曲艺脚本，而于我来说，长期以来，在我内心深处有一个强烈的愿望——创作出一件与桂林山水紧密相结合的、既有时代精神又有地方特色的文艺作品，来报答养育我的这方水土。机遇在寻觅中得到。一天，我在榕湖饭店采访时，听说 1963 年朱德同志下榻在此，77 岁高龄的他在政务繁忙之余常去花圃看花、认花，与花工谈花、种花，还到七星公园赏花。他总是问种花人："你们这里有些什么品种？我和你们交换好不好？"在他离开桂林前，还特意将亲手编著的《兰花谱》线装本赠给桂林（现存桂林图书馆），并送去随车带来的墨兰 3 盆。当我听到这里，灵感如电石火花瞬间爆发出来，这是一个多么有意义的题材啊。朱德同志是中国人民解放军总司令，战功卓著的开国元勋，在课文中我曾熟读《朱德的扁担》《回忆我的母亲》等作品，对他崇高的思想品德格外景仰。他戎马倥偬数十载，感情世界却极为细腻。他与普通老百姓心心相印，把自己的深情厚谊栽种在桂林山水之中。他对兰花情有独钟，兰花洁身自好、亮节高风的品格，正是他朴实而光辉形象的真实写照。他的崇高，与故事发生地的奇山秀水交相辉映，愈益光彩照人。我对这一题材认识上的深化，使自己十分兴奋，赶忙摊开稿子，迅速进入创作状态。我三天足不出户，终于写出了《春兰吟》的初稿。最后我将自己也融进了剧情之中，深情地写道："匆匆岁月水流东，种花人手捧香兰望长空。经历寒冬花更艳，桂林山水沐春风，兰在心在香永在，朱总形象万人颂。我今深情唱春兰，歌随花香入九重，恭请朱总回桂林，同赏香兰，醉入花丛。"

我手执《春兰吟》去应征。那天当我在曲艺厅朗读完本子后，整个大厅出现了短暂的沉寂。当年的"刘三姐"黄婉秋曾为朱总表演过《刘三姐》片段，朱总慈祥的笑容，一身正气两袖清风的崇高品格，又一次呈现在她的眼前，她动情地说："太感动了，我的眼泪都流了出来。"黄婉秋后成为该节目的导演。本子确定后，曲艺音乐家何红玉、阳继福欣然为之编曲，用美妙清新如漓江水般的旋律，生动地表现出本子所描绘的情景。曲谱既保留了传统文场音乐的特色，又融进了新的音乐元素，使曲谱明丽、婉约、抒情，具有很强的感染力。

《春兰吟》是一个独唱节目，演唱者是曲艺演唱家李伟群。当年李伟群41岁，她研读剧本，琢磨曲谱，建议在全曲结尾部分完全采用传统的越调，使演唱的效果更出彩。她是演唱文场的承上启下者，她的嗓音甜美，富于磁性，具有表现张力。她尝试发挥传统声腔优势，但又不拘泥传统，既注意字正腔圆的唱腔亮度，又重视纯美质朴、声情并茂的风格，有机地融进当代人演唱民歌及演唱兄弟曲种时的科学发声方法。她把《春兰吟》划分成三个演唱情绪段落，即对朱德同志“回忆”“歌颂”“缅怀”三个层面，一句一句地分析，做出具体的演唱方案。记得在平顶山市首场演出，是夜，一千多人的剧场坐得满满当当，开演数分钟，那明丽、柔婉的唱腔深深打动了观众的心，新华社专稿《一场〈春兰吟〉，倾倒众看客》写道：“感人至深的剧本和情真意切的表演，为曲艺节增添了光彩。”据悉，新华社为本届曲艺节单个节目发专电仅此一篇，中国国际广播电台向海外播发了这篇文章，中央电视台播发了节目录像。

跟随着春姑娘的脚步，闻着兰花清新弥漫的气息，我的心情也随之绽放亮丽，缅怀朱总的高风亮节，践行着文艺为人民的创作定律，我们扎实地前行在祖国的大地上。

海天书情

八月十五月儿圆,月圆人团圆。中秋节下午4点多钟,山城书店门市韦春燕店长就放出话来,说今天可以提前回去,做一些好吃的与家人团聚,晚上别忘了看月里嫦娥,看央视中秋晚会啊。至于店里的事,大家就不用挂心上了,有她和副店长顶班呢。

可能是人们都去忙过节了,来购书看书的人不多。但见书柜前有一位老者,白发银髯,戴一副深度老花镜,选书很是专注。韦春燕见他身旁小车上已经挑选了不少书,便走上前去热情地打招呼:"老伯,您好!您选了不少书啊,您有什么需要我帮助的吗?"老人看到这个姑娘态度和蔼,便与她答话。经过简短的交流,韦春燕知道这位老人是台湾一所知名大学的教授,是一位资深的文史研究员,名字叫作陈青松。陈老兴奋地说,"小姐,我们祖国文化博大精深,我今天真好像是走进了一座文化的大观园啊!有些书籍在台湾很难看得到。"春燕说:"老师,您要什么书,只管讲,我一定满足您的要求。"老人说:"差不多选够了……只是……""只是什么,先生?""只是,"他停了一下,说,"你知道我国有一个大作家、大学者钱锺书吗?"春燕忙接嘴:"知道,您是说《围城》?""不,不,不是他的小说

《围城》，是他的学术著作。”春燕脱口而出：“《管锥编》？”老人有点吃惊：“你知道《管锥编》？”春燕没有急着回答他，却口中念念有词：“‘管锥’二字出自《庄子·秋水》：‘是直用管窥天，用锥指地也，不亦小乎？’《韩诗外传》复有云：‘譬如以管窥天，以锥刺地。所窥者大，所见者小，所刺者巨，所中者少。’这就是‘管锥’，书名还来自钱先生的笔名呢。我说对了么，老师？”“太对了，你懂得真不少！”陈青松老人对眼前这个小姑娘，有了几分刮目相看，说，“我急需《管锥编》，是因为我们大学研究院正开展这项课题研究。”春燕低下了头，感到很抱愧：“老师，这，真不好意思，这本书我们书店已经脱销了。”陈青松感到失望：“哦，找不到啦？”韦春燕抬起头来：“不，先生，请您留下地址，我一定为您找到这本书！”陈青松表示：“谢谢，不过，我是晚上八点钟的飞机，时间来不及了……”

陈青松不无遗憾地离开了书店，韦春燕望着他怅然若失的背影，心情久久不能平静。她想到“为读者找书，为书找读者”是书店店规宗旨的第一条。“我一定要为陈教授找到书！”她这么想着，就开始了行动，她首先向总店经理做了汇报，请求支援，又在书店好友群上发了帖子，诚恳地写道：“各位亲们，有位台湾老教授急需钱锺书先生的《管锥编》，哪位有书，跪求一套！”但没有收到消息，她想是不是都在忙过节去了，没有顾上看手机？于是她一个一个打电话，重复着求书的话，口水都快讲干了，还是没有收获。“谁会有这套书呢？”她搜索枯肠。有如电光石火在脑际闪过，她突然想起几个月前，她中学的语文老师盘文宣曾经来买过《管锥编》。对，找盘老师！她交代了一声副店长，驾上电动车急如星火般奔赴郊区母校。盘老师听了她的请求，二话不说，马上包好了书给她。春燕接过书，说了一声“新书一到，就奉还”，顾不得多待，飞也似的奔向宾馆。可是，服务台小姐告诉她，陈青松已经退房去了飞机场。时间相当紧迫，韦春燕叫了一辆的士："师傅，快，快，去飞机场！"

此时的飞机场候机大厅里，飞台湾航班的乘客正在通过安检，韦春燕一眼看到队伍中的陈青松，高声喊道："陈教授，请留步！我给您送书来了。"陈老一愣，回过神来，只见一只春燕飞到了他的身旁。他颤巍巍地接过书，嘴唇微微翕动着，喃喃地说："谢谢你！你终于找到了书，还送了过来，辛苦你了，孩子！"他这句话像一股暖流从春燕的心中流过，她感到格外的舒坦，忙说："老师，您别客气，这些都是我们应该做的。"

陈青松一步一步走远了，还在回头不停地挥手致意。

烽火临阳

1945年春天，桂北大地乍暖还寒。一天，在阳朔县渔村的山道上，匆匆走来一个人，这人高挑个，单单瘦瘦，看起来只有二十挂零年纪，显得很精干的样子。他叫庄炎林，是地下党的交通员，此行是要执行一项重要的使命。庄炎林走上渔村旁的山坡，在风雨亭里歇歇脚。这时从山下走上一个学生模样的青年。庄炎林打量来人，若有所思。那人望了望山下的漓江，像是自言自语地感叹："桂林山水甲天下。"庄炎林悠然地说："碧莲峰里住人家。"他们相互看了一眼，那青年说："阳朔山水甲桂林。"庄炎林说："两斤'三花'行不行？"这是接头的暗号，全都对上了。两双手随即紧紧地握到了一起。那人小声说："同志，请跟我来。"他们来到一户人家的小阁楼上，庄炎林传达了省工委决定。为积极推进广西的抗日进程，1944年8月广西省工委根据中共中央南方局的指示精神，结合广西的实际情况，做出了开展抗日武装斗争的"八月决定"，确立了"一切为了建立抗日武装""一切为了发展游击战争"的中心任务。指示开展抗日武装斗争的最高要求是建立敌后抗日游击队。庄炎林宣讲完上级的指示，立即和阳朔的同志商议成立抗日武装事宜。此时兴坪一带已有本地学生和从桂林疏散来的青年学生、工人18人组成的抗日宣传队。

经过一段时间的宣传发动,宣传队改为青年服务队,发展到30多人。又经过一段时间的准备,成立游击队的工作基本就绪。1945年5月28日,抗日武装在阳朔回龙村召开大会,揭举起鲜红的中国共产党党旗,正名为"桂东北人民抗日游击队临阳联队"。有如黑暗中启明星放射光芒,党指引着临阳联队前进的方向。临阳联队很快发展为300多人,一场轰轰烈烈的军民抗日运动在阳朔大地掀起来了。

这年夏天,随着世界反法西斯战场形势的逆转,日本侵略者彻底完蛋了,但是他们不甘心死亡,拼命挣扎,豺狼本性暴露得更加凶恶了。他们在我美丽的家园烧杀抢掠无恶不作,一时间漓江两岸哀鸿遍野,民不聊生。上级党工委指示临阳联队开展袭击小股日军、切断鬼子供给线的游击战。五月中旬,一支日寇小分队从兴坪一带抢劫四船粮食,要运往阳朔县城,突然遭遇大雨,船被迫停了下来。兴坪鱼塘洲的赵友器、赵桂生冒着大雨来到联队向赵志光副队长报告这一情况。其时相当紧急,刻不容缓,联队领导立即决定连夜袭击日军船队。

战士们争分夺秒抢时间,翻过山岭涉险滩,冒雨赶到战斗地点牛尿塘。牛尿塘此地漓江河面宽阔,在闪烁的夜色中,只见河中远处停泊着的四条船在摇荡。当时是暴雨如注,河水波浪翻飞,江面宽,水流很急。大家观察地形,目测射程达不到。战士们犯了难,这可如何是好啊?时间不等人,怎么办?大家急中生智,勇从胆边生,有五个队员报名火速赶往上游,冒险涉水到了河对岸,那里离敌船比较近,并有树丛作隐蔽,是袭击的最佳选择地。他们听到船舱里鬼子呼呼大睡传来的鼾声,看到船头上哨兵瑟瑟发抖,蜷缩着好像一条蚕。"抓紧战机——打!"副队长赵志光轻轻挥手发号令,神枪手瞄准哨兵"叭"地就把他掀翻了,只见哨兵"咕噜"一声滚下了河,另一个伸头探风的鬼子兵也被击中了,这一下吓得船舱里的鬼子们周身筛糠脚打颤,一时间哇啦哇啦乱成了一团。战士们越战越勇,瞬间就击沉了两艘敌船,剩下两艘船上的鬼子兵,砍断缆绳随江流下了滩。鬼子兵弃甲丢枪落荒而逃,战士们迎着朝阳高唱凯歌回营了。这一仗保住了粮食和群众安全,打得真漂亮呀。紧接着,联队乘胜主动出击,不断取得新的胜利,吓得鬼子们不敢轻举妄动。临阳联队为抗日战争做出了卓越的贡献。

新中国成立后,阳朔人民在党的领导下,发扬临阳联队光荣的革命传统,在美丽的漓江两岸描绘出崭新的画卷。2015 年 9 月 2 日,在中国人民抗日战争胜利 70 周年纪念章颁发仪式上,习近平总书记亲自为 5 位抗日代表之一、中国侨联原主席、临阳联队发起人庄炎林佩戴了纪念章。

2019 年,百岁老人庄炎林回到了阔别 70 年的革命老区——阳朔县,他来到熟悉的日升亭,眼含热泪深情地说:“阳朔,我回来了!”

他抚今追昔,沉浸在深深的思绪里:当年高举抗日旗帜,如今乡村振兴旧貌换新颜,共产党一心为民谋福祉,人民脱贫致富走上了幸福的康庄大道,好日子真是山高水长万年长啊。

采访黄广辉

黄广辉何许人也？他是新中国第一任漓江木帆船运输合作社社长。家族四代都是船工。他会说两种白话及船上话，会唱漓江水上民歌，根据人物身份（男女）及心情现场编唱，可以见风唱风，见人唱人。

2003 年 5 月 17 日上午，我在曲艺厅巧遇黄广辉，发现他是漓江上的老船工，很健谈，便即兴对他进行了采访。现在事隔 20 年，当我翻看这份记录，觉得有一定的价值，便抽空整理于后——

漓江过去叫作抚河。下游的人到桂林叫作上省城。江分成三段：桂林至阳朔叫上抚河，阳朔到昭平叫中抚河，昭平到桂江叫作下抚河。有三潭六厅九洲十八角（七十二矶）之说，这些都是浅滩名称。我们叫作四上四下四真四假。一共有三百六十零半个滩，为什么出了个半滩？这是因为象鼻山砍了半个滩。整条漓江是山多、滩多、湾多、水清。还有石头多、巧，有乌龟石、浮石、浪石、棺材石，险。锣鼓双全闹鸳鸯，鸡子鸭子上滩站。船在水中行，人在画中游。过去拉纤摇橹，回音很好听。“呀柴啰”——意即一起（方言）。大的船用搅摇（搅盘），现在用的是卷扬机，比较陡的滩才用，较慢。上滩“蛮地牛”——拉纤，唱的是慢水歌，紧要时唱的是：哎哟，抓，抓、抓，呀柴拉姆盖呀呢……湾船啰，大嫂可以跟我们上街玩啰。（这一段不知道是什么意思，我只好按他的方言记下）。船上人结婚头天开始要连摆两天酒，叫新郎酒，其后摆媳妇娘家酒。竹标挂坏新郎衣，明天就有补衣人。彩调团以这个调参加民运会搞了个马仔调。

说点驾驶基本知识：顶风不能避风。狂风起事先觉察可到避风港，但已经遇到大风，一秒钟就要顶，如果船打横，则完蛋了，这是经验之谈。行船靠岸走。过滩好像过鬼门关。平乐到桂林浅滩多，平乐到昭平险滩多，昭平到梧州泥沙多。过去最大的船可载 4 万斤（20 吨），中等的 3 万斤（15 吨），这是指下水船，一般运的是油、桐油、纸、米、山货、薯粮；从梧州回来运的是盐、洋纱、煤油、火柴。

20 世纪 70 年代叶帅（叶剑英）访问漓江，他是从大圩上船的，因是枯水季节，汽车还要人下来推。他上船时脚上沾有泥巴，他紧（老是）擦脚。木船前面有舵，舵旁有铺，他就坐在那里和我说话。那时刚打倒“四人帮”，他心情好，是军委副主席。他对我说：你今天放开讲，什么“封资修”，没有的事。看到鹭鸶他问这是什么鸟，有什么典故。又指着一个村庄问，这个村庄姓什么的多，以种什么为主，一直不停问到阳朔。在阳朔上岸，我又陪他到阳朔饭店。先由革委会领导汇报。叶帅问：老黄呢？军区副司令走来反问我为什么不进去，我这才进去。叶帅让我坐好，招呼我喝茶。他对身边的人说：丫头，拿我游水的照片给叔叔看。当时我 40 多岁。说着说着，他问我是什么地方人，我答：我是九马画山人。他指着照片说：你们看，这就是老黄的家乡。他又要见我爱人，我爱人端果品进来，他握着我爱人的手说“你好呀”。这一次叶帅写了一首诗：

春风漓水客舟轻，

夹岸奇峰列送迎。
马跃华山人睇镜，
果然佳胜在兴坪。
（这首诗现在雕刻在兴坪码头石碑上。李侃注）

这次游漓江之后，尾后他还来过。他问我是哪一年出生的，我说是1930年，他说他已经满了73岁，北伐时他来过桂林，他说那时你还没有出生呢。又说“八办”时期他也来过桂林。

我向叶帅介绍了许多漓江风景名胜，包括孙中山游漓江上天主寨的情形。我告诉他，漓江上第一批导游员就是我培训的。我说，导游要讲艺术，游漓江观景，春夏秋冬，阴晴雨雾，效果是不同的，由于角度、方向、距离不同，一个景我可以讲四次。一般来说，我讲解时，经常是以景讲诗，景诗结合。我唱道，漓江水清绿幽幽，大象饮水不抬头。漓江明月时时有，抬头看月在山头。……

十大元帅我陪过九大元帅游江（罗荣桓去世较早）。记忆深刻的是朱总游江，那是1963年，国家困难时期，朱总交代厨房，说他们只稍微吃点东西，其他食物都给船工们吃。

（李侃说明：这份记录基本上是实录，只有原笔录太不通处和错别字我做了改动。内容中有的好像念不下去，我也不知道如何处理，只好这样。我现在无法找黄老审核。请读者不要公开引用。2023年8月17日）

心中的彩虹

——寄自灌凤高速公路建设工地

十月，金桂飘香。我们从山水之都桂林起程，驱车3小时，来到灌凤高速公路建设工地。

一下车，就被那沸腾的场景所感染，被工人们开天辟地的博大精神所激励。

这条高速公路起自灌阳的永安关，止于全州的凤凰，途经文市、新圩、石塘、凤凰，全长约48公里。它是国家为实施西部大开发而开辟的厦门至成都高速公路的重要通道。

1934年11月长征中的中央红军途经桂北，正是从永安关等地入境，从蓑衣渡等四个渡口强渡湘江，与蒋介石精心布置的“围剿”，进行了一场生死存亡的大血战，这就是著名的湘江战役。

灌凤高速公路基本上与当年红军长征的路线吻合，所以又被称为“红色高速路”。

2010年12月26日开始修建的公路，现在部分路段已经进入路面施工，预计在一年的时间内即可全线贯通。

我们乘车从永安关起自东向西走访，边走，边看，边问，边谈。

站在大路上朝远方眺望，眼前这宽阔的公路伸向遥远，激起我思绪万千，我的耳边仿佛传来聂耳《大路歌》那铿锵的号子声：

大家努力，一齐向前！
压平路上的崎岖，
碾碎前面的山！
我们好比上火线，
没有退路只向前！

筑路先锋逢山劈山，遇水架桥，为了人民的幸福，一往无前。聂耳所在那肩挑人扛修路的年代，早已一去不复返了，眼前全部是机械化装备，挖掘机、装载机、搅拌机、摊铺机、压路机，轰轰隆隆，气盖山河！

操作机械的，有年轻力壮的小伙子，也有苗条娇小的巾帼英模，展示着当代风流人物的绰约风姿。

车子开了一段路，突然停了下来。前面是一座正在建设中的公路大桥。指挥长告诉我们，这座桥叫作塘屋岭特大桥。我抬眼望去，大桥跨越在两座高山上，桥墩全部立了起来，一字排开，十分雄伟壮观。

走到桥下，抬头仰视施工的桥面，只见白云在蓝天上悠悠地游走，指挥长说这座桥离地面最高有 118 米之高，难怪朝上看时安全帽快要戴不住了，差点从脑后掉了下去。

我们搭乘升降机，花了两分多钟时间登上桥面。

在桥墩立柱之上，展开着宽阔的桥面、挂篮施工现场，竟有 28 米宽，刚好是一个标准篮球场的长度。如果以大桥全长 784.08 米乘以宽度 28 米计算，整座桥桥面相当于 52 个篮球场大小。

塘屋岭特大桥为连续刚构型桥梁,该种桥型综合了连续梁和T形刚构桥的受力特点,具有造价低、跨径大、桥面伸缩缝少、维修费用低、抗震效果好等优点。桥梁施工采用挂篮作为吊架进行悬臂浇筑,逐个块段向前推进直至合龙。

为完成明年年底通车的任务,虽正值中午时刻,挂篮吊架内工人们仍在紧张地劳作。

走进工程技术人员中间,和他们细细交谈。

在这里我结识了一位青年技术员,他叫袁明阳。小袁近一米七的个头,人长得单单瘦瘦,脸庞轮廓分明,乍一看觉得他很像电影《五朵金花》里的阿鹏。

我们请他到工地办公室座谈。他不事张扬,声音不高,言谈举止略显羞涩。为了打破他的拘谨,我们尽量找些轻松愉快的话题,就先从他的出身、家庭、成长说起。

他今年29岁,是合肥工业大学勘查技术与工程专业本科毕业生,2009年参加工作。大学毕业6年来先后参加修建过三条公路,一是六河高速公路管理水任高架大桥,二是三江龙吉大道项目管理路基施工,2012年4月调到灌凤高速公路工程,现在是塘屋岭特大桥工区负责技术管理的副总工程师。

这么年轻就要肩挑如此重担,他能胜任么?我在心里嘀咕。

事实证明,他的勤奋和刻苦,他的钻研精神,使他的专业知识在实践中得到极大的发挥。比如编制塘屋岭特大桥0#块箱梁施工方案时,他改变了以前公司内部存在的一座桥同型号构件只有一个施工技术方案的传统,编制前跟劳务队进行了足够详细的沟通,根据各个墩不同劳务队的作业习惯,编制出了两套施工方案。实际施工中,劳务队施工起来轻车熟路,增加了高空作业的安全性,加快了施工进度,做到了技术方案与现实施工良好的结合。设计该方案时基本根据现场已有型钢材料进行设计,实际施工时基本不用新购买材料,为项目节省了大笔的材料费用。而为了这,他就必须熬更打夜做出几套方案来。

每当夜色降临,在工地板房里,小袁就伏在灯下,一笔一画谋划着、计算着。

出一套方案大约要一个月的挑灯夜战,还要上报公司审批。公司要求十分严格,有一个错字都被打回来,一般改两三次是常事,这也锻炼了小袁的严谨作风。

在工程部的两年里,他共参与编制方案 38 份,其中在项目总工指导下参与编制的《大梁智能喷淋养护新方法》《塘屋岭特大桥 0#块施工方案》被广西路桥总公司评为优秀施工技术方案。参与了本项目的 QC 小组,并负责 QC 成果归纳总结工作。2013 年度《大梁智能喷淋养护系统》QC 成果获得了广西工程建设优秀 QC 成果一等奖。2014 年度《水泥稳定碎石基层混合料含水率控制》QC 成果获得了广西工程建设优秀 QC 成果二等奖。所在的"灌风一标质量信得过班组"获得"全国信得过班组"称号。

这些奖项,尽管他说都是"参与",但足可以说明这位年轻人的勤勉而光辉的业绩。

我们和小袁在工地简朴的板房食堂吃晚饭,他盛了一碗饭,夹了一点菜,很快就扒完了那些饭菜。

看到这情景,引起了我这个如同他父辈年龄的人本能地对晚辈的关切之情,止不住向他提出一连串的问题,他没有拒绝我,诚实地勾勒出他的人生轨迹。

他是独生子,父母都在钦州。大学毕业 6 年,他一直在大山里工作，修公路、起大桥，别说照顾父母，就连回家看看都是奢望。

按规定，他一个月可以请假三天，但有时因为工期紧张，这也取消了。

他感到愧疚，毕竟父母年岁大了，把自己抚养大不容易。

他工作任务重，压力大，工程的技术、质量、安全，都要时时挂在心上。个人效益要和进度、产值挂钩，一年下来，收入还比不上一个农民工。为什么会是这样？

他说现在招、投标竞争很厉害，利润空间不大，所以要千方百计抢工期和节省材料，加班加点习以为常。

问到工余有哪些活动，他说极少，有时打打球，或者邀上朋友加点菜，喝点小酒，就算很大的放松了。

小袁大学同学中，就他一个是广西人，40 多人中有 20 多人考上了研究生，现在多数在城里机关工作，有 7 人进了研究院。全班同学已经有一半以上结婚了，有的有了下一代。

说到这里，我赶紧问，那么你呢，你个人的问题解决了么？他说，他还没有结婚呢，不过，现在有了对象，她是来这里实习的时候认识的，叫小彭。

我一阵高兴，心想，小袁啊，你可要抓紧哪。我问现在发展情况怎样？他说："还行，两三天通一次电话。她在南宁，很想让我见见她的父母。可是我这里太忙，抽不出时间。今年春节，我一定争取请假去看看她父母。"

我对小袁说，桂林离灌阳很近的，想不想看看桂林山水？

他说，还是没有时间，去不了。

这时我想起了那首有名的歌曲《我想去桂林》，歌子唱道有钱没有时间，有时间又没有钱，反正没有去成桂林。嘿，这不就是唱的小袁么?

我诚恳地向他发出邀请:今年春节期间,请他带上他的女朋友小彭到桂林旅游,到我家做客。

他说:好。

我说:就这么定了。

小袁对我说,在大学念书时,从教科书上,从影视片中,曾经欣赏过世界上许许多多、各式各样的大桥、小桥,感到建桥很自豪,可是来到工地,没有想到修桥这么辛苦。

后悔了吧? 他果断地说:“不,我不后悔! 往后当我从我修建过的桥上经过,想到这座大桥的建设,有我的一份功劳,我会格外满足。”

他说这话时,声音不高,语速平缓,却是无比自豪,他追加了一句:“人生嘛,因为喜爱,所以坚持。”

分别的时候到了,我们登上汽车与他握别。

我们的汽车离他缓缓而去,远了远了……暮色中他还在和我们挥手,那雄伟的大桥是他身后的衬景,不,他与大桥融成了一体。我想,像小袁这样有为的青年,不正是我们祖国大厦的梁柱么?

我从车窗回望,大桥上工人们正在加班,一片灯火辉煌,几个月后,大桥建成,那是搭在两座山上的一抹彩虹,在日月的辉映下,将会格外绚丽。

(写于2014年11月20日,本文已经过灌凤路桥公司陈振山经理审阅。)

印象·东门湖

东门湖是我乡愁甩不脱的记忆,几十年她深深萦绕在我脆弱的心田。

我的家乡陆城古镇,在岳阳市郊长江南岸。城外有一个湖叫东门湖。东门湖也是一条河,她从长江边的新港闸门流过来,沿陆城城东迤逦而行,泽润着家乡的山岭田园。记得这里湖水荡漾,水草丰茂,流水款款,鱼鲜簇簇,美得使人心醉。沿湖的农家,在竹林树丛掩映下,伴水而居,家家都有小木船,进城商贸,悠悠地划着,欸乃一声山水绿。钢铁大队有一老者,每隔一段时间,就要划船上街,若问老爹上街有何贵干,必答曰:"还不是为了会三酉(酒)。"他到刘汉爹小杂货铺子,打得二两烧酒,一盘花生米或几块饼干,细细地品,慢慢地酌,其境界羡煞神仙啦。嘴巴过瘾后,手一挥,走人:"挂账。"那时民风淳厚,秋后一定偿还,决不食言。这当儿,我们这些小伢子就跑到东门湖,解开小船的缆索,竹篙一点,那船儿飞也似的离岸而去,然后摇动双桨,在湖中荡悠悠,好不惬意。有时时间未算准,老爹回来了,只喊声:"短命鬼,又动老子的船了,快划过来!"我们慌忙把小船划拢来,跳上岸逃跑了。

东门湖边有一大片坡地,绵延起伏,绿草如毯,叫作跑马嘴,它还有一个响亮的名字喊元帅嘴，传说三国时代东吴大都督陆逊曾在此地拜帅出征，遥想当年漫坡的战旗猎猎，鼓角齐鸣，震地动天，是何等壮观！这也证明了陆城因陆逊而名的由来。

东门湖的水流到了桥头，这里水域较宽，20 世纪 40 年代末尚未解放时的一个端午节，一场划龙船比赛，正在这里举行。湖两岸人头攒动，竟然把河流挤窄了，把河坡挤宽了。我那时六七岁，额头点了雄黄，跟在大人的屁股后头看热闹。但见装扮成龙的一只只划子，纸扎的龙头高昂，傲视苍穹，只待指挥官一声号令发出，便箭也似的朝前飞去，竞赛白热化了，此时两岸人丛中暴发出山呼海啸般的鼓劲呐喊声，加油，加油！丢粽子的，丢糍粑的，丢毛巾的，热成一团。我的三舅艾有守（陆城小学教师）纵身跃于水中，开始了炫技表演，浪里白条般腾挪翻滚，一忽儿跃出水面，一忽儿迷入水中，收拾了不少“战利品”，乐得我外婆和新婚舅娘笑得合不拢嘴。这一幕永远定格在我脑际。

陆城老街是一条直街，分南正街和北正街，走到南正街的尽头就出城了。这里有一个城门，叫作“祖师殿”，我 20 世纪 50 年代中离开家乡时它还存在，只是很破败了。出了祖师殿是一条宽阔的马路，马路右边是农田，左边是东门湖的回旋湾，很宽阔的水域，湖里长满一蓬一蓬的芦苇。陆城是千年老县城，文化底蕴相当厚重，从南门到北门，你眯着眼睛在心里数一数，几乎家家户户都有读书郎。在外头读书的伢崽女崽，一到放假时全回来了，他们将城市文明带回古老的街上，那些新式歌曲很快就传开了。特别是暑假，他们跑到东门湖湾芦苇丛里，在月朦胧水朦胧中划着小船，弹起那些洋玩意儿乐器，纵情欢乐歌唱，将洋溢的青春洒向湖面。我曾听说有“二诸葛”似的人物，对这种举动不是很看得惯。学生们还喜欢搞演出，节目丰富多彩,一般在陆城小学的戏台子上表演。有一次我看到一个小演唱《双送粮》,表现粮食丰收后,农民喜送公粮的情景。在送粮路上,老爷爷推着车子,边走边唱:“浏阳河,弯过了几道弯,几十里水路到湘江?江边有个什么县,出了个什么人世界把名扬?”孙儿答:“浏阳河,弯过了九道湾,五十里水路到湘江,江边有个湘潭县,出了个毛主席世界把名扬。”优美抒情的歌曲震撼人的心灵,欢快流畅的旋律在星空里回荡,大家一下子就学会了。我到桂林求学、工作后,还经常唱这首歌。我找来歌纸一看,作者栏里写的是“湖南民歌”,心想难怪这么好听。党的十一届三中全会以后,再看到这首歌时,恢复了原作者姓名:词作者徐叔华,1957年被划为中右派,开除党籍;曲作者唐璧光打成右派后,被关押到洞庭湖劳改农场,13年后回到东安县老家,才见到残疾的儿子,妻子早已离去。我不禁感叹:这么优秀歌曲的作者,怎么会是反动分子呢?有多少瑰丽的年华就这样湮灭在无端的人斗之中啊!

……离开老家几十年,东门湖离我渐行渐远了,她现在还好吗?

40 年前采访“漓江画童”

今年六一国际儿童节，桂林美术馆和桂林花桥展览馆分别举办了多场少儿绘画作品展览。展示出内容丰富、形态各异的数百幅小画家作品，可谓琳琅满目，蔚为壮观。有一位外地游客观看画展后称赞：桂林真是个人杰地灵的地方，培养出这么多小画家，画了这么多好画，真了不起。我听后，在高兴之余想到，大自然给予桂林恩赐，得天独厚的山水环境，笃定会生产出名画、名作、名画家。这是需要长期不懈努力积累的，尤其要从娃娃抓起。我不由得想起 40 年前，采访“漓江画童”的情景。当时被称为“漓江画童”的有谭阿西、王亚妮、张高山、程开涛、何峰，阳星鸽等，下面就我当年采访阿西和亚妮的情形，做一个简单的回顾。

1979 年第 1 期《人民画报》，封面是桂林小画家谭文西（阿西）的照片，据我所知，《人民画报》从成立至今，其封面只刊登过两位画家的照片，一个是齐白石，一个就是谭阿西。阿西手握一支与年龄不相称的大画笔，正在向墙上一幅颇大的画纸上泼墨加彩。刊内介绍六岁阿西的《桂林山水》和另一位九岁桂林小画家张高山的《金鱼》，双双荣获在芬兰举行的第四届国际儿童绘画比赛一等奖。于是我决定去采访谭阿西。阿西的父亲谭峥嵘，在灵川文化馆工作，他们的家就在馆里的宿舍区。我到灵川时大约近 10 点钟了，见到阿西便礼貌地问:“阿西,吃早餐了吗?”答:“吃了。”“吃的什么?”答:“还不是米豆腐。”后来我才知道,由于家里穷,谭峥嵘一个人的粮票要负担全家人的主食(妻子是回乡知青没有城市户口),阿西经常上餐吃米豆腐,下餐还是米豆腐,才有此一说。

1972 年阿西出生在灵川文化馆,其家就在从天津下放来的金石书画家李骆公先生的紧隔壁。李老看着阿西长大,打心底里欢喜这个活泼伶俐的小孩。他每晚都要刻字作画,阿西必跟着干到深夜。别看他年纪小,却要帮着爷爷磨石头。李老见他喜爱美术,是个好苗苗,便对阿西的父亲说:阿西年小志不小,何不早些开始教他画画。小谭自己虽然是艺术学院美术系毕业生,可是在“四人帮”肆虐时,他成了“臭老九”。他想,自己走的是一条充满痛苦的道路,何必要自己的孩子再步后尘呢,倒不如长大后让他去学门手艺,更为现实。可是阿西一旦拿起了画笔,就和绘画结下了不解之缘,再也不愿放下。谭峥嵘见孩子这么执着,也改变了主意。就这样,这个刚满四岁的孩子开始学绘画了。古人曾说,千里马常有,而伯乐不常有。阿西学画,李老呕尽心血来培养他:给他做示范,带他去写生,教他如何构图、运笔、上色,使阿西的绘画技术一开始就在顶尖高手的引领下入门、发展。他的山水画多是水墨淡彩,当时也有人指责为“黑山恶水”。在那乱云飞渡的日子里,也许是共同的命运,把这一老一小联结得更紧了。压力变动力,教者更严,学者更诚。他们时常夜以继日挥毫不止。李老多少次抚摸着阿西蓬松的头发,发自内心地说:“阿西啊阿西,你可要争气啊!”

阿西喜欢画猫,一次李老的朋友、画家张正宇寄了一些猫画来,阿西见到了,非常喜爱,拿起纸笔就学画。他看见隔壁家一只母猫领着小猫玩耍,被深深吸引住了。猫的主人隔天就送了一只猫给他。刚开始他画的猫是两个圆圈,眼睛里面涂满了绿颜色。后来他观察细致了,画画时不断地给猫增添嘴巴、胡须。为了鼓励他,家里养了很多猫,最多的时候有九只。阿西常常在吃饭的时候,突然放下饭碗,把猫咪的动作勾勒到纸上再接着吃饭。在阿西创作的《群猫图》上,可以找到猫的各种神态,活灵活现。阿西自己也刻了图章,称自己为"世界猫王"。1977 年,阿西五岁,为参加第四届芬兰国际儿童画展,文化部在全国各地层层筛选作品。阿西的画被送到文艺主管部门,有位领导怀疑这不是孩子画的。李骆公得知此事,亲自挑选了十几幅阿西的画,自费上北京,请他昔日的画家朋友鉴赏,结果中国美术界好几位重量级人物对阿西的画赞不绝口。李可染说"阿西天趣";黄永玉说"阿西大胆";朱屺瞻说"阿西之画,老屺钦佩"。就这样,阿西和他的猫终于绝处逢生,漂洋过海扬名世界。不久,中央新闻纪录电影制片厂把桂林五位小画家搬上了银幕,为他们拍摄了新闻纪录片《漓江画童》。

阿西画猫,亚妮画猴。亚妮是桂林恭城人,父亲王世强,在县文化馆工作。王世强曾经为我和郭志高创编的连环画《凤凰山上木棉红》绘图,由天津人民美术出版社出版。因而我也熟悉他。亚妮两岁多就跟着父亲学绘画。刚开始的时候,亚妮学着爸爸的样子,将一张白纸钉在墙上,用一截爸爸没用完的炭笔头在纸上涂抹,然后还退几步睨视一番。一位路过的女同志,看到亚妮这神态,忙叫:"小王,你快看,你女儿在搞什么名堂?"王世强一看,乐了,女儿是在画画啊,只是手上、身上、墙上都沾了不少光,黑不溜秋的不可收拾。一次,亚妮的太太来看她,说:"听讲我家亚妮会画画,快给我画一张像,好么?"亚妮求之不得,她安排太太坐好后,便画了起来,又是瞄又是画的。不一会画作完成,大家一看,乐了,亚妮以为没有画好,就说:“我还没有画完呢——爸爸,胡须画在哪里呀?”原来,她画的是一只猫！过了些时日,王世强被抽调去区博物馆画大型油画,他估计要画上一两个月,便将亚妮也带去了。这次创作活动集中了许多画家,都是爷爷伯伯叔叔辈的人,大家可喜欢这个小不点画家,休息时都来逗她玩,也教她画画。一天王世强带她去动物园,她看到猴山上有很多猴子,非常活泼可爱,产生了浓厚的兴趣,回到住地就画起了猴子。可是她画的猴子,还是和猫差不多。画家们谙知艺术之道,没有挑剔她,以为小孩稚拙不可笑,关键是只要她有兴趣,愿意学,就要引导她。他们轮流带她去动物园观察猴子,给她讲解猴子和猫有哪些不同。他们尊重孩子对大自然和小生命独特的感受,不把大人的意志强加给她,主张多观察,少临摹,不强求。比如,亚妮画猴子摘果子,一株树上结满了果子,就是没有树叶,别人问她:你画的树上为什么没有树叶？她答道:“树叶不好吃。”在她的眼里,树叶不好吃就不要画上去。王世强听后笑一笑,让她去吧,今后她会画上叶子的。为了让亚妮多多接触猴子,王世强还专门在家里养了一只猴子,亚妮和这只猴子交上了朋友,观察就更为细致了。画画必须刻苦,这自不待言。亚妮学画的刻苦精神,从兴趣到自觉,超过了一般人的想象。这孩子为了画画,可以从早到晚不离开小画台,经常画到半夜12点,即使生病发烧她也不停歇。那年在南宁两个半月,她竟画了300多幅画,平均每天5张。她画的一幅最大的画,是一张6尺宣《群猴图》,图上有26个神态各异的猴子,一个个栩栩如生。她的作品被发表在报刊上,她的故事被搬上了银幕,介绍到了海外。

江山代有才人出,桂林画家如同漓江之水,一波一波奔流不息,我们期待着漓江画童茁壮成长,几十年后长成参天大树。

随感三章

染 发

我要去参加一个创作会议，时间就在后天。
我对妻说："帮我染一下头发吧。"
她说："七老八十了，还装什么年少？"
记得刚有白发不久，曾经染过头发，
那是为了挽留青春，使同事不觉得我在变老。
这个，妻子是知道的。
那么，现在你为什么要染发？
我说："让年轻的文联主席觉得我好领导。"

发 言

经常被请去参加作品研讨会，
经常是有车坐，有茶喝，有饭吃，
随之而来的是有为难——不知说点什么好。
绝对好的作品（极少），众口一词，尽可鼓掌，水准不高的作品就很难出言了。
多年的性格已养成,不吐不快,不得不说。
谁知开闸就收不住了,
最后说:“改或不改,悉便,反正我写不出。”

多　嘴

我去菜市场买菜,来到卖莲藕的排档前。
在我之前,有一位女士正在选购,
她称好莲藕后,让摊主帮她去掉藕皮。
摊主拉开架势,挥起铁刨子,
她不但刮去了藕皮,连“藕肉”也刮去了不少。
我不免心疼,就说莲藕皮也能吃,
它含有丰富的蛋白质和营养素。
这时那妇人已收拾好莲藕,
离开时她白了我一眼:“这些皮皮都送给你,有营养的!”
我恨不得打一个洞钻到地下去。

七星岩的春色

拽着春姑娘的裙裾，我迤逦来到七星岩。这就是桂林第一大公园了，据说面积超过 600 亩。园中有高山、岩洞、广场、河流、动物园、游乐场，自然和人文景观很丰富。抬眼一望，满眼都是翠绿色的林木。漫步林荫道，绿色的水珠子仿佛要从那嫩毛似的叶片儿上滚落下来，滴到你的脸上。我不由得深深地吸了一口气。春意盎然，园内尽是游人，环境是那么的祥和、美好。

陈光烈士墓就坐落在七星公园普陀山西麓，葱郁的树林子里，庄严而肃穆。一队小学生在老师的带领下，听一位老革命讲述烈士的故事。少年们聚精会神地听着，他们胸前鲜艳的红领巾在迎风飘荡。我向烈士墓深深地鞠躬，缅怀这位桂林人民的好儿子。

墓碑文字告诉我们，陈光是广东梅县（今广东梅州）人。解放战争时期，担任中共桂林市城工委书记，从事地下工作。1949 年 10 月 5 日，因叛徒出卖被捕，在狱中遭受种种酷刑，坚贞不屈，于 11 月 11 日晚，在原桂林火车北站附近英勇就义。陈光生于 1918 年，殁于 1949 年，年仅 31 岁，多么年轻！他去世时北京已经举行过新中国成立大典，桂林还有十多天就要解放了，他却长眠在山水之间。

1959 年，我正在桂林六初中就读，老师带我们到七星公园祭扫烈士墓。我第一次知道了陈光的事迹。当时我们在烈士墓前唱了一首歌,虽然时间过去了50多年,但其情其景我还记得清楚,那首歌的歌词也背得下来:

七星岩边的春色染遍绿荫,
烈士墓前的鲜花红紫缤纷,
英雄的陈光,永远不死!
英勇的事迹铭刻人心。
漓江为你日夜歌唱,
松柏为你万年常青。
你播下的种子已经成长茂盛,
你生命的火焰正如旭日东升。
陈光同志,安息吧!

这首歌凄婉但不悲情,有一股潜在的力量在涌动,催人奋进。词曲作者是我们六初中的音乐教师唐有莨,笔名唐风。我了解到,唐老师是20世纪桂林"抗战文化城"的参与者,一生创作出不少的革命歌曲。新中国成立后,他从事音乐教学工作,业余创作了大量的群众歌曲。他写了歌曲,就拿来教我们试唱,并在全市推广。这首《七星岩的春色》,当时全市中小学生基本上都会唱。唐老师的钢板刻字油印水平也很高,他写的歌曲总是由他自己刻印后发给我们,人手一份。他还把自己的作品装订成册,取名为《唐风歌曲集》。

由到七星岩追悼陈光烈士,想到为陈光写歌的唐有莨老师,几十年的时光就这么匆匆忙忙。

谒拜张曙墓

“山水吐纳开灵境，灵剑溪畔安忠魂。”

2013年3月30日上午，是桂林春日里少有的明媚天气。我们来到七星公园灵剑溪边，敬谒张曙墓。

这位人民音乐家长眠在山水秀甲天下的桂林，已经70多年了。

查阅资料获知，1938年的桂林，日军敌机经常来轰炸。当时一般人对于空袭习以为常，有警报时每每不肯躲。再加以敌机是从广州起飞，预行警报和紧急警报之间距离很短，躲有时也来不及。因此有的人也就索性不躲了。12月24日中午，张曙回家吃午饭，那天他和夫人周女士据说有点龃龉。一家人正开始吃饭，警报来了。夫人跑到附近的城门洞口去躲避，张曙和他一位3岁的幼女达真却没有同去。警报解除后，人们发现父女两人被炸死在花园里。女儿抱在父亲的手里已经血肉模糊，父亲的脑袋被炸成了一个空壳。夫人回家，看见这样的情景，立刻晕倒了。苏醒后，一时精神失常，见了任何人都喊“张曙”，而又不断地唱着张曙所谱的《洪波曲》。张曙这样惨烈地遭了牺牲，人们都由衷地表示了哀悼。在桂林各界召开的追悼会上，中国国民党军事委员会政治部第三厅厅长郭沫若为张曙父女题写了多副挽联。

壮烈唱洪波，洞庭湖畔，扬子江头，唤起了三楚健儿，同奔前线；

点滴遗冷水，八桂城中，七星崖下，痛飞尽满腔热血，誓报此仇。

——郭沫若挽张曙、张达真父女

一片血模糊，辨不出哪是父亲，哪是女儿，父女共捐躯，剩有管弦传革命；

连年战坚苦，端只为救我国家，救我民族，国民齐努力，誓完抗建慰忠魂。

——郭沫若挽张曙、张达真父女

黄自死于病，聂耳死于海，张曙死于敌机轰炸，重责寄我辈肩头，风云继起；

抗敌歌在前，大路歌在后，洪波歌在圣战时期，壮声破敌奴肝胆，豪杰其兴。

——郭沫若挽张曙、张达真父女

1979年5月我调到桂林市文化馆（现名为群众艺术馆）工作。5月30日，文化部、全国音协、广西壮族自治区文化局、文联、音协、广西艺术学院及桂林市文化局在桂林联合举行纪念张曙的活动，重刻了墓碑，碑文“音乐家张曙同志之墓”是郭沫若1963年10月7日的手迹。30日晚上，在漓江剧院隆重举行音乐家张曙70周年诞辰纪念会，全国人大常委会委员、中国音协主席吕骥，中央音乐学院院长赵沨，中央乐团团长李凌和张曙的爱人周畸，女儿曙云、曙生专程从北京到桂林参加纪念活动。纪念会演唱了张曙的多首作品，给我印象十分深刻的是壮族男低音歌唱家李志曙演唱的《日落西山》等歌，他那浑厚的声音带着我们穿过时间隧道，直奔抗日烽火的激烈战场……

张曙原名张恩袭，1908年9月18日出生在安徽歙县，1933年加入中国共产党，1938年12月24日牺牲，时年30岁。

过去了。也是一段珍藏的美好记忆。

《风情桃花湾》前言

桃花湾是一个美丽的地方。

《风情桃花湾》乃风俗、风情、风物，风雅颂之国风、民风。

在近两个月的时间里，我十多次走进桃花湾，采访乡民、负责人、专家、学者，查阅了大量的资料，连同我在桂林几十年的生活积累，撰写出这本薄薄的小册子。

我想传递给大家的是，桃花湾不仅是一个美丽的地方，同时也是一个历史悠久的地方，有着丰厚的人文积淀，比如——

这里的古乐，旷世稀有，惊世骇俗。20 世纪 80 年代，音乐工作者采撷到这朵奇葩。30 年后，乡村中年轻一代成长了，决心继承传统，发扬光大，而原演唱者早已去世。年过 80 的音乐家返回乡村，送来古乐光碟，让美妙的古乐获得重生。这就是抢救非物质文化遗产伟大意义之所在。

一块豆腐，其貌不扬，世世代代做它、吃它、卖它，而在新时代，政府扶持它，有识之士引导它，村民开发它——从豆腐村翻天覆地的变化中，我们体味到新农村蜜一样甜的幸福生活，听到了社会主义在祖国大地上行进的“咚咚”脚步声。

对不起，囿于篇幅，我不能摹写出桃花湾的全部。

就此,请你和我一道走进桃花湾,享受桃花湾,细细体味桃花湾的风情吧。

2013年10月

(《风情桃花湾》李侃著,广西师范大学出版社出版)

爱恨情仇

1945 年 8 月 15 日，日本天皇宣布无条件投降，第二次世界大战遂宣告结束。尽管时光已经过去了 70 多年，这场非人性的杀戮留给我们惨痛的记忆，一直铭刻在心。深受其害的陆城人民怎会忘记？这里记述的是家乡父老对日本侵略者的仇恨和对日本普通人的情义，真是爱憎分明啊。

我的家乡岳阳陆城镇，是湖南省最北边有名的文化古城，有一千多年的历史。她伴长江，倚洞庭，依山带水，土地肥沃，莼湖绕其东，鱼梁拱于前，白马矶拥于后，自然风光旖旎，乡亲们世代在此繁衍生息，过着丰衣足食的日子。可是，有一天，那是 1938 年 11 月 8 日的下午，日寇 11 军第六师团今村支队，打从长江对岸的洪湖，乘 6 艘汽艇溯江而上，侵入陆城。从这一刻起，古城遭殃了！丧心病狂的鬼子兵，烧杀抢掠奸，无恶不作，半条街上古色古香的民居毁于一旦，几个月内杀死无辜群众 96 人，旧县衙署，考棚、莼湖书院、文庙、乾元宫、刘太祠、三闾大夫祠等 30 多座著名古建筑尽数焚毁。

日寇疯狂的暴行，激起乡亲们的切齿痛恨。时任临湘县县长李锡年弃官而去，家乡人民自发地组织起地方武装，用山陵江湖得天独厚的地理条件，打起了游击战。曾经当过北伐国民革命军营长的我外公艾荣,被推举为粤汉铁路路西办事处主任兼联乡总队长,带领一标人马活跃在陆城、路口铺、云溪等地。1938 年的一个冬夜,天寒地冻,大雪纷飞,他们伏击日军的一辆军用列车,使车头车厢身首分离,并引爆车上的弹药、汽油等物品,游击队员们冲上前去,打死打伤日军数十余人。1939 年春,他们又用同样战术,炸毁日军火车一辆,活捉两名日军士官,缴获了一大批枪支弹药与军需物资。陆地传捷报,水战亦辉煌。一天傍晚日军的一艘水上巡逻艇逆长江而上。游击队隐蔽在大矶头纤道旁,待敌艇行至矶头的险滩时,队员们居高临下,将早准备好的炸药包、手榴弹一齐扔向敌船,机枪步枪密集开火,很快敌艇被炸沉江底。立足在家乡的土地,有人民群众的支持,路西游击队愈战愈勇。很可惜,我外公在 1939 年 11 月突发急病去世,没有等到日寇投降的那一天。

斗转星移,时光荏苒。新中国成立后,五十年代,我开始上小学了,对家乡的人和事有了一些观察和思考。有一天,我发现陆城搬运社里多了一个年轻人,中等身材,黑红的脸庞,天天跟随大家一道"挑箩"(用箩筐挑货物),做事很卖力气,但从来不开口讲话,我便问大人:这是个什么人。大人告诉我,那是一个日本人,名字叫作辛庚。我感到十分诧异,搬运队里怎么会隐藏一个日本鬼子呢!随后我便去有意了解他。原来他是一个青年学生,被招募入伍,在部队没有待多久,日本就宣布战败投降了。辛庚流浪到了陆城,又正在生病,是一个老人家看他可怜,悄悄地收留了他。在老人无微不至的照顾下,辛庚的病很快就好了,依然住在陆城。他混迹于普通百姓之中,慢慢和街坊邻里打成了一片,还学习着说本地土话。老百姓对他很友好,没有把他当成敌人。他就在街上靠卖苦力为生,后来还进了有组织的搬运社挑箩。我那时在陆城小学读书,有一次我看到辛庚不知从哪里弄来一辆自行车,在东门湖操场骑车玩。这是我第一次看到自行车,感到很新奇,便跟着他跑。辛庚骑车技巧高超,可以倒骑车子,还能在车上竖倒立,给我留下很深的印象。大概是1953年吧,日本国在中国的人都要回国了,辛庚已经与陆城人民结下了深厚的友谊,他在自己国家也没有了至亲,很想在中国度过一生,高低舍不得回去。我不知道当时有没有政策,所有的日本人必须回国,反正就听到辛庚要回去了。那一天,陆城的老百姓都来相送,好多大妈大嫂都哭了,说了不少掏心掏肝的话,辛庚也痛哭流涕。其情其景,使人格外伤心。多年后,我回忆这段历史,想到,我们中华民族真是一个善良的民族,即便是我们曾经的敌人,没有因为他们的罪行而虐待他们,而是以德报怨、捐弃前嫌,用博大的胸襟给予宽恕。几千年文明的传承给予了我们这个民族宽宏、大度的本质,这是一种遭受再大苦难也没有改变的高贵品质。

猫儿山美机残骸发现前后

1996年10月2日，是一个平常的日子，而对于兴安县华江瑶族乡阳雀村村民潘奇斌、蒋军来说，注定是一个终生难忘的日子。

这一天，他俩起了个大早，带着两天的干粮，冒着大雾向村后的猫儿山进发。猫儿山海拔2141.5米，是华南第一高峰，也是红军长征时翻过的第一座高山，老山界就在这座山上。他们从小生活在山下，曾经无数次登上山峰。可是那天上山意义不同，他们要到山里寻找珍贵药材。中午时分，他们走进大山腹地铁杉林——黑冲原始森林。

在没有人走过的山沟里攀爬，太阳快下山的时候，他们走到一处悬崖峭壁的地方，为了辨识方向，爬到一株树上眺望。这时，他们突然发现，在离他们不远的山崖上，有一大块白色的东西十分醒目。为了探寻究竟，他们爬下树，才走不到5米，就看见地上有许多像机器一样的东西。扒开一看，是散落的机器零部件。他们很纳闷：深山老林里怎么会有这些东西呢？带着疑问，当晚他们在山上露宿，第二天又到发现零部件的地方仔细观察，见到更多的残件。经过分析，他们认为这是一架外国飞机的残骸。

几天后，他们向县里报告了这一发现。经有关方面确认，这是第二次世界大战期间，美国“飞虎队”援助中国抗日时的一架失事飞机。于是层层上报，从县、地区、自治区，直至中央，立即引起我国国家领导人特别关注。随即，我国向美方通报了这一发现。

1996年12月9日，中央军委副主席、国务委员兼国防部部长迟浩田上将，向美方移交了在猫儿山搜寻到的美军飞行员的身份牌和军用水壶，得到美方积极回应。1997年后的近3年时间，美军先后4次派遣专家组来猫儿山搜寻遇难人员的遗骸、遗物，在我国政府和人民的大力支持参与下，美方专家组如期完成了任务。

从1998年起，桂林市政协领导和政协文史资料委员会的同志一道，多次调研，深入采访，发动亲历者写稿，前后历经5年，共收集整理出20多万字的文稿。2005年上半年，该书主编何开粹先生找到我，提请在漓江出版社出版《猫儿山美机残骸发现前后》，并由我担任责任编辑。

我们决心将这本书编辑成一本资料翔实、经得起时间考验的书。书中全部作者为亲历者，能够动笔的尽量自己写，不能动笔的口述实录，由何开粹、王广义、唐禄干等整理，记录不走样，还原史实。这本书的作者除两位直接发现美机残骸者外，还有兴安县文化局、博物馆的同志，兴安县副县长，武警中队队长，桂林市文物工作队队长，外交部新闻司的处长等近30人，大家从不同的角度，写出自己的亲历亲为。但同时也不可避免出现一个问题：因各人所持角度不同，不少地方说法不一致。这时我们就仔细斟酌，求得一致。有一例，1996年10月2日下午两点多钟，潘奇斌和蒋军爬上了一株树，在眺望中发现了有一大块白色的东西。到底是谁先看到的，他们的叙述就不一致。当时只有他们两人在场，后来经过商议，书中反映出是他们同时看到的，谁先看到一秒钟对于两个在同一场景里的发现者来说,我们认为不太重要。至于《美国之音》记者何宗安女士在现场采访时,不幸跌落70米悬崖,潘奇斌和同伴不顾个人安危、勇于抢救的事迹,后来得到克林顿总统给潘奇斌一人亲笔感谢信,我们原文照登了。

亲历者各有其观点,他们要发表出来,我们表示尊重,也不删改。比如,发现美军飞机残骸之后,国内外传媒蜂拥而来,形成一股宣传热。有一家电影制片厂制作了一部《回归大洋彼岸》的电视连续剧,在电视台播放。蒋军在拍摄时应邀去当配角。后来他看了片子,说:"我认为,这部连续剧只有三点是真实的:第一,我们两人的名字是真的;第二,我们发现美军失事飞机是真的;第三,我们抢救遇险的美国女记者也是真的。其他都不真实,是导演和作者编造的。"其实他说的是一个在文艺创作中如何看待历史真实和艺术真实的问题。因我们这本书是纪实作品,便将他这些话原本记录在书中,以待读者评判。亲历这件事的迟浩田将军为该书题写了书名,弥足珍贵。

(载2015年8月15日《桂林晚报·文化副刊》)

美女和放牛娃

——陆城臣山培风宝塔的故事

在岳阳市郊陆城和路口的中段,有一座臣山培风宝塔山,这里天明水净,景色秀美,民间流传着一个美丽的故事。

相传在很古很古的时候,这里土地肥沃,人们勤劳善良,物产丰富,大家过着怡然自得的日子。有一个放牛娃每天赶着牛群到湖区去放牧,还用竹笛吹起动听的山歌。有一天天下起了牛毛细雨,他到土丘旁边一棵大榕树下去躲雨。这时候,有一个美女飘然而至。这姑娘长发披肩,美若天仙。他们相互问候,话语很是投机。第二天,第三天,放牛娃都到树下来等待,美女总是如期而至。不知不觉他们的友情就像春天的秧苗那样,蓬蓬勃勃飙了起来

这件事情,被峨眉山上一个老道知晓了。他向放牛娃指出,这个美女是一个妖怪,是千年乌龟修炼成的乌龟精,让放牛娃不要和她来往了。放牛娃根本不信,说:“这么漂亮的姑娘怎么会是妖精呢？你才是个妖道!”老道见放牛娃不听劝告,反而出口伤人,于是他从袖筒里拿出了一个小宝塔,口中念念有词,将小宝塔向空中一抛,小塔飞旋着越飞越高,突然它急速罩了下来,把那个美女压在塔下。塔下隆起了一个小土包包,开始还很小,慢慢长大了,众人一看

竟然是一个形状像乌龟一样的山。那个七层宝塔随着山体膨胀也慢慢长高长大了,压得那乌龟山动弹不得……

自那以后,放牛娃经常到山前去凭吊,怀念他和美姑娘相遇的美好时光。有一天是一个阴雨天气,他为了躲雨登上了宝塔。恍惚间他看见了美姑娘在梳头,望着她满面幽怨,泪眼婆娑,他知道这是美姑娘的灵魂现身,他欣喜万分,正想上前施礼,一道闪电劈了过来,美女不见了,他不由得万分悲伤恸哭起来。

多少年了,要是阴雨连绵,数日不开,人们就会听到从宝塔上层传出幽怨的笛声,如泣如诉,老人们会说,那是放牛娃和美女在约会呢。

2018 年 7 月 27 日

[作者注:这是 20 世纪 50 年代我奶奶李汉妈(吕二元),讲给我听的故事。]

环卫工小张

老刘头刚退休的时候,从棚户区搬到政府安排的漓江边新建小区,一晃眼15年了。搬来第一年,他在窗户外空地上种了一株桂花树,由于江边水土丰盈,小树刷刷地长得老快,这不再过一年,树冠怕要有他家第三层楼那么高了。每天,他闻着桂花香入梦,清晨喜鹊登枝,叽叽喳喳地叫着,他才悠悠地起床。可是今天老伴儿不待他赖床,就催促他起来:太阳快晒到屁股了,起来干活吧。老伴儿说,我们昨天说好的事,你忘记了?真的,差一点忘记了大事。他一骨碌下了床,胡乱地喝了一碗米花油茶,就扛了一捆纸盒纸箱往楼下跑。

可是来晚了,小张的垃圾车刚开出小区的铁栅门。老刘头对后一步到的老伴说,小张已经走了。老伴看了看身旁的大垃圾桶,说:"不碍事,今天垃圾多,未清理完,小张还会来的。"老两口便在小花坛旁边坐了下来,等吧。这里插一句,说是小张,其实他也有四五十岁年纪了,从乡下进城打工,一直在环卫处干收集垃圾的活儿。

那老刘头为什么要追赶他呢?说起这事还有点远。住在这个新建小区的大多是拆迁户,陆续搬来时谁也不认识谁,互不相望。小区卫生嘛,各家自扫门前雪,哪管他人瓦上霜,院里一度成了垃圾场。后来,居委会出来管了一下,每栋楼下置放有垃圾桶,环卫处也安排了收集垃圾车,情况有所改观。头些年,各家各户搞装修,战线拉得很长,建筑垃圾随处丢放,一堆一堆一袋一袋排成了长队。有多事者,写了条子贴在垃圾袋子上:“谁家的垃圾请自动拉走,否则后果自负!”但终究无人理会,也没有谁追究后果,更不知道要自负什么,成为笑柄。建筑垃圾不是生活垃圾,本来不应该由环卫师傅来处置,没有必要由环卫车拉走。但新来的环卫工人张师傅,实在过意不去,就用了自己的休息日,默默地一车又一车将建筑垃圾拉走了,还了小区一个干净整洁的环境。这件事使老刘头夫妇大为感动,他们写了感谢信给张师傅单位,又在小区内抄写了宣传标语,主动联络有责任心的老同志,在小区维护秩序,巡逻卫生、安全。小张单位给予了他通报嘉奖。小张见到老刘头却说:“刘老师,我做这点嘎嘎事,不值得表扬,创文明城是大家的事,我们环卫工人更是分内的事,应该的,应该的。”从那以后,老刘头夫妇和小张就结下了友谊,他逐步了解小张家里小孩多,老人有病,老想主动多帮助他一些,但送钱送物总被拒绝。后来,他老伴就将家里旧的纸箱纸盒废书旧报用心收集起来,不时打成捆,送给小张,也算一份心意。

“嘀嘀——”不一会,小张的垃圾车开过来了。

“把爷师傅”(特写)

“把爷”是桂林方言小孩子的意思。我所说的“把爷师傅”,是20世纪70年代我在桂林市第一建筑公司当工人时的同事。他长个娃娃脸,个头矮小,大约不到一米六,却要每天扛石搬砖,劳动强度很大。他是石工,我是木工,他年长,我年轻,我们同在一个工地,虽然工种不同,但每天还能见面,就是在吃中午饭的时候。当时我们施工的桂林冶金机械厂工地,在桃花江不远处。中午休息的时间短,大家都在工地就餐。工地虽然有“食堂”,但只有“单身狗”们开饭,有家室的人一般是头天准备好饭菜,第二天带到工地热来吃。“把爷师傅”就是自己带饭来吃的人中的一个。他先在工地找来几块废木材,在三块砖头围起的“火塘”生起火来,将他的饭盒斜放在“火塘”一隅的火子上头,在菜上加一点水。不一会,饭盒咕咕地冒起热气,菜香四处漫溢,工棚里就飘起了生活的味道。我们走了进来,闻到香气,就问:“把爷师傅”吃什么好台子?他说,你自己看。其时大家都很穷,哪有什么好菜肴,他多时吃的是萝卜丁炒大蒜。“把爷师傅”在工棚旁边种了几株辣椒,他摘了三五个要红还青的辣椒,借用我们的斧头切细,拌上一点盐巴,吃得辣嗬嗬的。“把爷师傅”有个爱好,就是喜欢喝酒。他说真正喝酒的人是不讲究有菜无菜的，只有那些混酒喝的人才强调菜好不好。“把爷师傅”显然是真正喝酒的人。我看他抿上一口酒，眼睛半眯着，半天没有下咽，嘴巴却在咂摸着回味。该吃菜了，他夹起一个圆不溜秋的东东，放在嘴边轻轻地似咬非咬地那么弄了一下，又喝下了一口酒。我好生奇怪，这圆圆的东西是什么好菜品？便蹲下仔细观察起来，但看不出名堂。他笑了笑，说：“看不出吧，告诉你吧，这个就是一个酸萝卜！”我这才恍然大悟，说，“把爷师傅”你也太抠门了吧，酸萝卜下酒，说出去有损你的形象。他却说，我有什么形象，酒疯子一个。我是真正的喝酒人，平生就爱这一口，世人皆知。我日后死了，人家都会说我是喝酒喝死的，美名远扬；若平平常常死了去，人家就还会说我是狗屌死的。我想，他肯定没有读过李白的诗，怎么会知道，世人皆寂寞，唯有饮者留其名呢。

几年后我调离了建筑公司，但还经常与年轻的师兄弟们有接触，曾问到过“把爷师傅”，他们说，“把爷师傅”退休了，在退休前做了一件惊天动地的大事，在行业内出了名。我急于想听缘由。

当年在“深挖洞，广积粮，不称霸”的指示下，他被调去开挖人防山洞。他是石工，与石头打了几十年的交道，做开山洞的工作很合适。他参与开挖的山洞在骝马山下。一天下午五点多钟，他和师傅们已经打好了 9 个炮眼，并且装好了炸药，安好引信，一切就绪。“把爷师傅”把照明电灯一盏一盏取下，朝洞口走去。这时，在他身后不远处的青年工人覃桂科，沉着而冷静地一口气点燃了 9 个炮眼的引信。一切都应该像昨天一样，可是，不一样的情况出现了。就在小覃迅速朝洞口跑去的当儿，突然，他踩到一个尖石，尖石翘起，打在一个雷管上，雷管“轰”的一声爆炸了！被炸起的飞来石砸到小覃的脚，他负伤跌倒了，流血不止。头也被震得麻木而失去知觉，晕了过去。“把爷师傅”正走着，忽然听到洞内深处传来爆炸声，凭经验他感到还没有到爆炸的时候——小覃出事了！不容多想，高度的责任心驱使他立即返回洞里。地面凸凹不平，洞内像个锅底，伸手不见五指，他一边高喊小覃，一边摸索前行，终于在距离炮眼四五米远的地方触摸到小覃。情况相当危急，9个炮眼的引信正在“滋滋”地燃着，引信正一截一截地缩短，这时他只有一个念头：豁出去也要救出小覃！他背起小覃就跑。当他跑到岩洞转弯处时，身后9炮齐鸣，发出了山崩地裂的轰响，洞内飞出的石块，有的落到他们的身旁，好险啊。小覃得救了。“把爷师傅”英勇救人的事迹传遍了行业内外，他被选为人防工作先进代表，出席在北京召开的全国第三次人防先代会。从北京回来，据说他带了一瓶二锅头。往后，他照样勤勤恳恳地上下班，中午喝点小酒，与以前没有什么两样。

我听了上面的故事，十分感动。想到，“把爷师傅”是一个极为平常的建筑工人，就连班长都没有当过，辛苦一辈子，每天按部就班地工作，但在关键时刻却能做出世人瞩目的壮举。这就是中国工人阶级的精神。

他叫孙斌元，家住在桂林三里店，如果他人还健在，应该有90多岁了。

2021年6月23日

第二辑

艺苑撷英

广西文场是漓江流淌的优美旋律

桂林山水分外艳，冠甲寰宇美名传。又是一年春草绿，桂林山水更加明媚。山清清，水粼粼，山环水绕着这座精致的城市。八百多年前王正功一句诗“桂林山水甲天下”，被后人反复传颂，使桂林名播全球，它的影响力、穿透力光耀千秋。大多数外地朋友通过这句诗知晓桂林。这七个字是文学，不是视频，没有画面，却给人们留下了如此深远的想象。它使多少画幅相形见绌，使多少照片显得苍白！

桂林景在城中，城在景中。山水风景是外表，人文景观是内涵。桂林是这两者俱佳的文化旅游城市。不说甑皮岩史前文明的奇迹，不说靖江王府历史的厚重，不说孙中山在桂林设立北伐大本营的壮举，不说桂林抗战文化城的举世瞩目，单说桂林民间艺术的绚丽多彩、数量可观，这里有桂剧、彩调、百姓傩，文场、渔鼓、零零落，舞龙、舞狮、板凳龙，牌灯、扇舞、琵琶歌……在城乡村寨，在山野田间，节日庆典人人参与，热闹非凡。桂林的曲艺人偏爱广西文场，在广西文场申报国家级非物质文化遗产代表性项目名录录像片中，有这样一段话：“桂林仙境，山如簪，水似带，风景胜画，美妙绝伦。二百多年前，文场在桂林这块土地上风生水起，这是大自然的恩赐。文场曲曼妙，调清新，表现出皇家风格、宫廷韵味，具有无穷的艺术魅力，是曲艺宝库中的珍品。”2008 年 6 月，经国务院批准，广西文场列入第二批国家级非物质文化遗产代表性项目名录。桂林是著名的国际旅游名城，文场无疑是桂林的文化名片，社会价值非同一般。

它清词丽曲，像漓江的水一样清冽透明，不急不躁缓缓流淌；它古朴典雅，细腻柔美最抒情。

二百多年来，文场在广西民间广为流传，艺人们不断加工打磨，精益求精，从唱本（词），到唱腔曲牌、演唱技巧，形成了自己独特的形式，创造了众多的优秀节目，培养出一代又一代卓尔不群的优秀演唱家，成为南方极具影响的曲艺品种。

经过探索，桂林的曲艺家在继承传统的基础上，精心打造出崭新的文场曲目《春兰吟》，一举夺得中国文化艺术政府奖——文华奖，使这个名藏深山的古老曲艺焕发青春，蜚声艺坛。

聚桂山之灵气，采漓水之精华，锻造出文场超凡脱俗的高贵品质。难怪上海音乐学院原院长、著名音乐家贺绿汀先生在访问桂林时，听说桂林的文场音乐特别优美，他考虑时间有限，打算听一个小时。这一听不打紧，竟然忘记了早晚，足足听了一整天，仍意犹未尽，并欣然题词：广西文场是桂林市最珍贵的特产。建议要“花极大的力量录制广西文场”，“国际旅游者要买当地特产，如能得到它的录音或激光唱片，比任何纪念物都好”。这是对广西文场的最高褒奖，亦说明文场有巨大的经济价值。

一湾漓水半勺月，清音醉倒天下人。设若邀上三朋四友，乘一叶扁舟，泡上一壶桂林毛尖，一边听文场《奇山秀水美桂林》，一边赏月，顺江漂流，那不是人生一大乐事吗？

文场的由来及其特性

文场是怎么由来的？文场大家何红玉老师在她的第一本曲艺专著《曲韵》中写道："清代中叶，江浙等地的一些说唱艺术流传到广西以后，逐步与桂林一带的方言相融合，到了清末则形成具有浓郁地方色彩的广西文场。"这段文字简约概括，一直被介绍文场的作者和著述引用。可是如果要穷根问底，江浙一带的说唱艺术怎么流传到广西的？从江浙地方语言变成桂林话的演变过程是怎样的？曾听到有两种说法，一说是江浙到广西当官的人带过来的，也有人说是广西到江浙一带经商的人带回来的。

后来，经过曲艺家搜集、挖掘、查找资料，终于解开了谜团，填补了这一空白。据盲艺人蒋顺芳(1914—1983)说，清中晚期，桂林城就有挂牌演唱文武(文即为唱江南民歌、小曲，武即为清唱桂剧)玩子的职业盲艺人。清晚期，他的太师傅王少崑，就在桂林以文场玩子班之名从事演唱。为了生活，他教其他盲人学习弹唱。不久学习弹唱的盲人多了起来，开始有盲人由业余演唱者变成了职业艺人，以卖唱为生。但演唱的本子太少，后来有人找了些戏文念给盲艺人听，本子才慢慢增多。他们演唱时用扬琴、琵琶、三弦等乐器及酒盅伴奏。在演唱人中有两位盲艺人杨四年、秦水保，人很聪敏，被称为

“天地瞎子”。他们拜王少崑为师,学习了很多曲调。他们有一个爱好,就是很喜欢听桂戏,他们把桂剧音乐和表演方法借鉴过来,融入自己的演唱之中。这样日积月累,在漫长的演习过程中,江浙等地的一些说唱艺术,在与桂林一带山清水秀的环境及方言、民间音乐相融合中,逐步形成具有桂林地方特色的曲艺,一个颇具特色的曲种诞生了,人们称之为文玩子,也就是现在的文场。从广西文场的存在形态来看,无论唱腔曲调、曲牌名称,还是曲目留存、唱词内容等各方面都与江浙等地的一些说唱艺术一脉相承,这是毫无疑义的。

文场流传于广西壮族自治区桂北“官话”地区,尤以桂林、柳州、柳江、宜山、平乐、荔浦、钟山、河池、鹿寨、融安等地最为盛行。文场又名文玩子、文唱,这是表示有别于化妆的剧种,说明它是一种素颜清唱的艺术形式,是相对桂剧武场的一个曲艺样式(品种),又因为它清词丽曲,十分文雅,所以称为文场。新中国成立后,1953 年 2 月至 3 月举行的广西省第一届民间文艺观摩会演大会将其正式定名为“广西文场”。

曲艺是各种说唱艺术的统称。广西文场是曲艺中的一种,具有曲艺的所有属性,其本质是说唱艺术。表演上演员以本色出演,且具有“一人多角”的显著特点。其与戏剧的区别,戏剧是“现身说法”,饰演故事;曲艺是“说法现身”,说唱故事。有一首《西江月》这么说道:“世上生意甚多,唯有说书难习。紧鼓慢板非容易,千言万语需记。一要声音洪亮,二要顿挫徐疾。装文扮武我自己,好像一台大戏。”既装文臣,又扮武将,一个人演了一台大戏,这就是曲艺。演什么像什么,又不是什么。了解这一根本属性,就不会把戏剧小品、表演唱、曲艺音乐歌、情景剧等认为是曲艺作品了。

百啭黄鹂深树鸣

——文场的唱腔曲牌

1982年年初，文化部决定在苏州举行全国曲艺优秀节目观摩(南方片)演出。消息传来，广西曲艺界人士心潮澎湃，个个摩拳擦掌，自治区文化厅艺术处和广西文联曲艺家协会迅速组建队伍进行封闭式创作排练。当时准备了五个节目，其中有两个广西文场曲目，一个是新编传统文场《五娘上京》，一个是现代曲目《情深意切》。送审的光碟呈文化部时，引起了不小的轰动。审查节目的专家同在一层楼，一头正在审查说唱类节目，一头在播放广西文场。音乐传过去，审看说唱类节目的专家顿时被吸引过来了：这是什么乐曲这么好听啊？简直是天籁。工作人员告诉他们，这是广西选送的广西文场曲目。文场为什么好听？文场音乐为什么优美？这是因为文场唱腔旋律把桂林的官话语言音乐化到了极致，若说桂林仙境是山与水的结合，那么文场神曲就是桂林话与音乐的结合。广西文场是用桂柳方言演唱的曲种，桂柳话方言语音调值表如下：

调类	阴平	阳平	上声	去声
调型	中平调	低平调	高降调	中升调
调值	˧ 33	˩ 11	˥˧ 53	˨˦ 24
字例	阴	人	忍	认

广西文场音乐曲牌包括大调唱腔、小调唱腔、大小过门、引子、尾子和过场音乐。大调唱腔有【越调】【滩簧】【丝弦】【南词】，称为“四大调”，是广西文场的基本曲调，多用来演唱有故事、有人物、有唱、有白、韵散结合的成套脚本和单出唱本。四大调各司其职。【越调】又称正调，可与大部分同宫系统的小调连缀、转换使用，而其他三个大调则统称为“反调”，仅在相互间及个别同宫系统的小调连缀、转换使用。【越调】擅表欢乐，【滩簧】宜叙怨怒，【丝弦】常诉哀思，【南词】适用哭诉。如《玉簪记》用【越调】，《琵琶记》用【丝弦】【南词】，《姜家调》用【滩簧】【丝弦】等。四大调也能演唱抒情小段，如《月夜秋声》用【越调】，《十字锦》用【滩簧】，《叹五更》用【丝弦】等。大调唱词多为七言、十言上下句，小调多为长短句，倚声填词。器乐曲牌俗称过场音乐，有【一枝花】【绮罗香】【望妆台】等约二十支，多由民间乐曲或姐妹戏曲移植而来。四大调除【南词】外，均有派生曲调，叫垛字或垛子、课子调，如【越调垛子】【滩簧垛子】【丝弦垛子】等。垛子节奏明朗，灵活性大，往往在唱词过长唱段过多而情绪又需变化时应用。常用的小调传统唱腔有【寄生草】【满江红】【打扫街】【虞美人】【倒板桨】【马头调】【扬州红】【水上琵琶】【骂玉郎】等七十多个曲牌，多用来演唱一事一物的抒情短小段子，有时也在以【越调】为主的大调曲本中穿插使用。

广西文场唱词押韵和四声平仄以桂林方言为依据,单句尾字为仄声,双句尾字为平声,唱时讲究字正腔圆。每个声腔曲调各有特点,在表达喜怒哀乐种种不同情感方面各有擅长,总的特点是柔和细腻而又含蓄抒情。器乐曲牌有【一枝花】【大八板】【柳青娘】【懒梳妆】【水龙吟】【夜行船】【扬旗令】【浪淘沙】等。

广西文场的伴奏乐器以扬琴为主,加上琵琶、小三弦、胡琴、笛子,俗称"五件头",后来又增加调胡、二胡,以中阮代替一度使用过的月琴、秦琴。击节乐器除板、鼓外,还有碟子等。器乐演奏为演唱服务,其手段简约而丰富。演员在演唱时一般会操持一种乐器,并且起到指挥或引领的作用。

广西文场音乐由唱腔曲牌与器乐曲牌两大部分组成,表现手段十分丰富,表现力超强。而展示文场美的最终方式,是文场演员演唱的声腔美。正是优秀的文场艺人用声腔艺术,把文场唱词、音乐之美汇聚在唱腔里,把唱词中细腻入微的情感、音乐中清新优雅的旋律韵味,用声腔完美地表现出来,最终完成文场艺术之美。因此,对文场曲调的完满演唱,是文场艺人始终不渝的追求。在文场二百多年的历史中,正是许许多多文场艺人对演唱的精益求精,钻研磨砺,才使得文场之美通过他们的演唱得到充分展现。这正是文场艺术作为非物质文化遗产传承的意义所在。

“瞎派”“光派”并蒂花开竞争艳

——文场的演唱流派及演唱风格

广西文场分有两派:瞎派和光派。这种划定或者说称呼,在外行人看来,甚是奇怪。我们知道,一般来说,文学艺术流派是指在一定历史时期,某些政治倾向、文艺思想、审美趣味、创作风格相近或相似的文艺家自觉不自觉地形成的派别,如文学的荷花淀派、山药蛋派,京剧的梅兰芳梅派、尚小云尚派、程砚秋程派、荀慧生荀派等。文场是草根艺术,发端在民间,原是一部分人的谋生手段,盲人演唱者拜师带徒,口耳相传,结社抱团形成比较松散的团体,久而久之就有人将他们称为耍玩子的瞎派。后来,有闲阶层人士觉得文场文词优美、曲调高雅,是一种高尚怡情的娱乐形式,也相继演唱起来。为了区别于瞎派,这些人被称为光派。这种划分只不过是约定俗成的叫法而已。

这两派在演唱风格上有着区别。先说瞎派艺人的演唱风格:囿于身体条件,他们眼睛看不见,束缚了形体动作和表情,只能是坐地传情。他们的演唱特点是声腔华丽、婉转动人,叙述和抒情都是从歌唱音律中表达的,以声腔打动听众,唱功十分了得。他们演唱表现愤怒的情绪时,慷慨激昂,听众与之同声相怒;表现爱意时,听众恨不能与人物牵手相依。唱春天，绿叶依依；唱冬天，红梅灼灼。这正是瞎派魅力之所在，美到了骨子里。他们演唱文场，是为了生存，惯取的方式是唱排街或唱堂会，后者也有明眼艺人加入。什么是唱排街？形象的说法是“过街溜”。就是一队盲艺人，为首一人执杖带路，其后的艺人一个接一个扶肩接踵，走街串巷，时兴拉着胡琴牌子——【南路过街溜】或【北路过街溜】，边走边唱，招揽听众，路人或店家见到便施舍钱财。盲艺人如同乞讨一般，叫人看了十分寒心。唱堂会又是怎么回事？旧时曲艺人为他人喜庆登门弹唱，在选择节目时有一套规矩。如主家寿诞就先唱《八仙贺寿》，再唱其他曲子；结婚则唱《将相成配》（即《孟丽君》）；周岁弥月就唱《仙姬送子》；丧事则先唱《拜斗》，继唱《刘备哭关》，或《伯牙碎琴》等文辞典雅、感情凝重的段子，以迎合主家心愿。另外，赴堂会前还要做一番功课，如主家好热闹好玩要，就唱《打花鼓》《秋江》《双下山》等。至于酬金多少似乎并不重要，堂会演唱，人情重过报酬，如是亲朋好友或地方权势邀请赴堂会，要给情面。主家除宴请款待外，自然会有封包为酬。王仁和文武玩子馆，在桂林持续了二十五年，直到 1955 年才解散。

光派又是怎样的风格呢？20 世纪 20—30 年代，在桂林、柳州城中挂牌文武玩子卖艺的文场班社有几十家。除了以文场为职业的盲艺人，还有大批被称作要家的业余爱好者加入文场的演唱。这些要家属于有闲阶层，其中不少出身官宦或富贵人家，生活优裕，自身也具有较高的文化艺术修养，他们以文场为雅趣，常与同好者相聚在一起弹唱文场，自娱自乐。他们的演唱质朴深沉，著名要家海逢贤、沈善文、蔡华圃、苏焕章、杨鋆楠等都是有较高文化水平的曲艺人。1959 年 8 月，沈善文从柳州受邀到桂林市文场戏曲训练班授课月余，后与海逢贤一道受聘于广西艺术学院教授文场。他不但能唱能弹奏，还能创编，由他创编的文场段子有《白蛇拜斗》《月夜秋声》《三戏白牡丹》。在《白蛇拜斗》中设计了新唱腔，用桂剧的【南路背弓】转文场的【越调】，再由【越调】转【滩簧】【丝弦】【南词】，最后又转回【南路背弓】。他是将姐妹艺术中的某些唱腔与文场的四大调连缀活用的创始人，代表作有文场新腔【丝弦吊板】等。1935 年，由耍家金紫臣编撰出版的第一部广西文场集《新式琴弦曲谱》，改变了文场以往主要靠口耳相传的教学方式，对传播和发展广西文场起到了巨大的推动作用。广西文场因有文人雅士耍家群体的参与而具有了雅文化属性，这正是广西文场被认定是高雅艺术的主要原因之一。

盲艺人演唱文场，只是坐唱和站唱（也叫立唱），尤其是女性盲艺人，不讲究形体。男艺人多是站唱和走唱，较注重形体。无论是坐唱、站唱或走唱，广西文场主要靠唱来表达作品的意蕴，抒发情感，感染观众。在演唱时，盲艺人按桂柳话的声调、韵律和节奏处理音乐，讲究平仄、押韵，以符合咬字行腔的规律，且真假嗓并用，配以人物的内心情感和面部表情，达到完成作品的艺术要求。

到 20 世纪 60 年代，瞎派艺人培养的接班人已然成长起来，文场艺术得到快速发展，也没有两派之说了。广西文场的表演形态有坐唱（兼司伴奏乐器）、立唱、走唱，在此基础上演化为人物化妆、着装演出的文场戏，俗称挂衣，朝着戏剧发展的形式，突破了以往的表演形式。文场挂衣有生旦净丑等行当之分，根据唱本中的人物来决定演唱人数。有的作品演员先以第三人称引出故事，然后进入角色。如《五娘上京》，一人一角或一人多角，进戏出戏自如，说表和演唱结合，完成剧情。

20世纪80年代改革开放，广西曲艺得到长足发展，瞎派基本上退出舞台，年轻演员茁壮成长，新节目不断涌现。如今广西文场的节目充分体现出新时代中国特色社会主义内容，在表演形式上也有许多创新。以获奖作品《春兰吟》为例，在演唱上由一人主唱，还配有六名伴唱，伴唱者犹如六朵兰花，衬托主唱者，画面色彩斑斓。近年有些文场节目中出现歌舞化倾向，把曲艺是一种说唱艺术的本源丢掉了，遭到业内行家的批评。

金紫臣与《最新琴弦曲谱》

荔浦是一个美丽富饶的地方，电视连续剧《宰相刘罗锅》中刘罗锅给皇上进贡荔浦芋头，把个荔浦特产炒成了“烫手的芋头”，人人乐道。荔浦还有与之媲美的精神特产——广西文场，更为世人称赞。说起来有点历史，清代中叶，荔浦人寿年丰，又依水陆交通之便，经济迅速发展，已有余粮销往广东，商业繁茂昌盛。随之，人们的精神需求也顺势发展，文场演唱在城乡很是活跃。1914 年，名扬桂林、柳州等地的文场大师金紫臣来到荔浦，犹如一粒种子撒播在肥沃的土壤里，很快发芽—生根—开花—结果，引领荔浦的文场热潮风生水起。他是由平乐调到荔浦的公职人员，任县府警兵队队长，但他不爱官场爱文场，工余之时常到荔浦城耍文武场的业余组织——四合馆，与张熙臣、蒋良臣、黄孔忠、陈大毛、邓冬生、赖祥甫等人唱文武场。只不过一年的时光，他便被解职，雇佣在县府做吹号的司卒，但仍“不思悔改”，继续唱他的文场。数月后，又被遣散，只好在荔浦闲居。四合馆的耍友聘请他去任教，以维持他夫妻二人的生活。这期间，金紫臣应耍友要求和荔浦新民书社老板的请求，开始收集、整理、编著、校正《最新琴弦曲谱》一书，得到平乐文场行家陈芳梅和荔浦文场行家田梦吉、邓金鳌等人的协助。《最新琴弦曲谱》于 1935 年出版，当时书名为《新式琴弦曲谱》，图书出版后供不应求，多次重印。先后用过《最新琴弦曲谱》《琴弦同谱》两个书名。

该书初次出版共收录文场传统唱腔曲谱三十七首，其中【越调】【滩簧】【丝弦】【南词】各一首，小调有【扬州红】【浙江满江红】【倒春来】【银纽丝】等二十九首，过场音乐有【八板头】【柳青娘】【懒梳妆】【节节高】四首，均用工尺谱编印，唱词部分有《贵妃醉酒》《芦花记》等剧目五十七个，曲目三十八段。再版时增加《学读谱法》《学打琴法》《学唱词法》三节。

《最新琴弦曲谱》出版后，抄袭的手抄本、油印本难计其数。在演唱场所，只要一坐下来，必先说一句"按金紫臣唱本"，成为约定俗成的规矩。该书是广西文场曲谱、唱词的第一次集中汇编，具有里程碑的意义。

满谦子和他的文场理论

说到广西文场,满谦子是一个绕不开的人物。

满谦子1903年出生在广西荔浦县(现为荔浦市)青山镇满洞村。他自幼喜爱民间音乐。1919年考入广东岭南大学附中,与冼星海同班。1925年入岭南大学文理学院外语专业学习,后在荔浦、桂林、平乐等地的学校教外语、体育和音乐。1929年考入上海国立音乐专科学校师范声乐班学习声乐,是广西较早正规学习现代音乐的艺术工作者。1935年毕业后回到广西,同年9月任广西教育厅编审室音乐编审,创办广西第一个音乐家群众组织——广西音乐会。1943年任重庆国立音乐院松林岗分院教务主任、声乐教授。抗战胜利后,该院迁往上海并改名上海音专,他仍任教务主任、声乐教授。1947年任广西省立艺术专科学校校长兼教声乐课。1953年调任广西音乐工作室主任,1957年任广西群众艺术馆馆长,1958年当选为自治区音乐家协会主席。之后历任广西艺术学院副院长、院长,广西壮族自治区(省)政协第一至第三届委员、第四届常务委员,民盟广西区委顾问,广西文联副主席等职。

满谦子是广西著名音乐家、艺术教育家,对广西文场艺术有专门研究,在曲艺界有着深远影响。满谦子在长期的艺术实践和艺术教育中,坚持走古为今用、洋为中用的民族化道路。他在桂林广西省立艺术专科学校执教音乐期间,先后聘请王仁和、刘玉瑛等文场艺人到校传艺,艺人的不少作品成了他的音乐教材。1956 年他率广西代表团赴京参加全国第一届音乐周,并表演自己创作的曲艺节目《农业社真正强》,引起强烈反响。1957 年他在《广西日报》发表论文《谈谈文场曲艺发展的道路》。1961 年在《广西文艺》发表了他根据通讯改编的曲艺节目《达瓦除豹》。1961 年《广西文艺》第 8 期发表了他的《谈文场曲艺》,1962 年第 2 期发表《桂林渔鼓唱词写作的探讨》。1958 年他在主持广西艺术学院工作时,先后聘请广西文场艺人王仁和、刘玉瑛、海逢贤、沈善文等到学院任教;成立民族艺术研究室,兼任主任,并配备骨干教师。他还组织教师深入少数民族地区,搜集、记录、整理了一批曲艺音乐资料用于教学和创作。与自治区文化局、广西音乐家协会共同编著《广西文场音乐——海逢贤先生唱腔专集》,记录整理文场《追舟》音乐总谱。1979 年,年逾古稀的他还编写了《桂林话押韵常用词汇》教材,对用桂林话创作的曲目有重要的指导意义。

满谦子对基层曲艺队十分关心,多次请桂林市曲艺队到广西艺术学院做示范演出,并结合演出的节目做中肯的评论指导。当何红玉小荷才露尖尖角,他就关注到她的艺术潜能,把她作为艺术学院的编外学生进行培养、悉心指导。何红玉发自内心地说,她在文场演唱、创作、搜集、整理、研究等方面取得的一些成绩,无不倾注了满老的心血。

满谦子对广西文场情有独钟。他不但能唱善编,在理论上也自成一格。他善于总结经验,对广西文场的起源、发展、流变进行了梳理,对文场的剧(曲)本进行了详细的分析,认为“文场剧本虽然也是戏曲,但相比起舞台戏曲来还是有一定区别的,舞台戏曲除演唱外,还有表演甚至武打的内容,表演和武打难以表达的,演唱时可以运用一些动作来表达感情。而文场则是清唱,不能像舞台戏曲那样表演,文场对于这些表演的情节只能用'白'或'唱'来作交代,不然听众难以理解。这可以说是文场剧本的一个重要特点。文场剧'唱''白'兼用,一般说来,喜剧多用'白',悲剧或苦情剧多用'唱'"。

说到唱词,他认为:"文场的唱词有两种类型:一种是上下句的组合,一种是长短句的组合。上下句组合可以是两句、四句或者八句为一段,也可以在四句、八句的基础上增加一个上下句,成为六句、十句为一段。凡下句必须押韵,上句除每段第一句必须起韵外,其余上句可用韵或不用韵。上下句的句式也有两种形式:一种是七字句,一种是十字句。即所谓四字加三字的四三句式,一种是三字加三字加四字的三、三、四句式。当然这些句式的字数并无硬性规定,只要章节符合即可,偶尔在某些句子上加一两个必要的虚字或衬字,或者去掉个把字,还是可以的。唱词的两种类型,看来似乎有不少的清规戒律,给予唱词写作莫大的限制,但这正是传统唱词的特点所在,若对唱腔曲牌熟悉,就不难写出好的唱词来。"满谦子这些观点,提出了曲艺词作者要知会一些曲艺传统唱腔曲牌的基本要求。

满谦子在他的文章中,介绍了文场唱腔中的大调小调唱腔曲牌及其运用形式,他总结道:"文场的唱腔,一般都很优美,旋律性也很强,每个曲调对于情感的表达,各有它的特殊性。如大调的【丝弦】,宜于用来表达内在的思虑,【南词】宜于用来表达哀怨心情,【滩簧】宜于用来叙事和表达心愿,【越调】宜于用来表达风趣和喜悦。又如小调的【骂玉郎】是含嗔带怨的,【寄生草】是富于感慨的等基本特点。但,这些特性或特点并不是绝对固定的,它可以从演唱的方法上和情绪上予以改变。毕竟这一改变有一定的限度,只能在某一情感上造成程度上的差异,而不能从一极端的情感变为另一极端的情感。否则的话,文场可以不需要这许多唱腔曲调了。”

对于文场的古为今用,满谦子旗帜鲜明地提出文场应该健康地发展。他说:“文场长期孕育于旧社会,特别是经过了士大夫阶级的玩赏和所谓的加工,就不可能没有封建糟粕或者在某些方面歪曲劳动人民本质的部分和庸俗部分。如在写神仙为题材的剧目里,它不是借以表达劳动人民的愿望,而是歌颂神权统治的威力;又如在某些描写劳动人民的剧目中,它并不是去突出他的善良和智慧的本质,而是以无聊的甚至是丑化的笔墨来掩盖了他的本质;又如写爱情方面的题材,也有许多不健康甚至猥亵的地方。凡此种种,或存在某些情节之中,或存在某些词语里,这些东西必须在整理传统曲目的时候,加以深入的分析研究,做到去伪存真,推陈出新,从而恢复其本来的面目。”满谦子的观点,为新时代的曲艺创作敲响警钟,摒弃腐朽的、没落的文艺垃圾,曲随时代,艺为人民,一定要不忘初心,努力创作出颂扬人民、讴歌新时代的精品力作。

对于文场是否可以或应该发展为戏曲和戏曲是否就是曲艺发展的终点问题,满谦子表明了自己的态度,他说:“这个问题必须弄清楚,否则就会把戏曲当作曲艺的必然发展目标,甚至于也会带动其他曲艺向着这方面去发展,从而代替了曲艺。曲艺也是文艺百花园中的花朵之一,由于它具备了能及时反映生活,随编随唱,而演唱活动又较为轻便的特点,所以被称为“文艺的尖兵”。就它本身的表现方法来说,也是极为复杂的。虽然在某些方面与戏曲有共同之处,但毕竟与戏曲不同,有许多地方是戏曲所没有或者说是戏曲办不到的。如一人表演几个角色,又说、又唱、又表、又做、又弹等,又如在清唱剧中不需假借过多的动作,而只依靠演唱和说白来刻画人物、交代情节等,这都是它独有的特征,而且需要有高度的技巧才能做到。因此,它自身的发展并不是有限而可以不断向前的。它的存在并不是为戏曲作后备而存在,它的发展更不是以戏曲为最终目的而发展。至于文场是否可以发展为戏曲,肯定是可以的,但问题在于要有一定的条件。戏曲是综合性的艺术,除剧本和演唱之外还有舞蹈、表演以及舞台美术等同样重要的内容。同时每种戏曲还需在这些方面有其独特之处,才能构成统一的特有的风格,才能算是独立的剧种,如桂剧、彩调、邕剧。若以这些要求来衡量目前的文场,则除有一些演唱基础之外,其余全都是空白的。如仅以这一点尚待健全的音乐、唱腔来作条件,就要创设一个剧种,那是非常不现实的。过去有些同志演文场剧时,除唱腔和伴奏是文场的曲调外,表演及舞蹈动作都是借用桂剧的,连整套打击乐也是从桂剧搬来的。这种做法毕竟价值不高,没有可取之用。因此文场若是一定要向戏曲发展的话,还需要有研究、有步骤地去培养条件才能达到。从目前来看,文场要解决的还不是什么表演、舞蹈和锣鼓等问题,而是上面所说的传统剧目的整理,现代剧目的创作,音乐、唱腔的发展,演唱方法的提高等自身所存在的问题。这些本身的问题如果都得不到解决,反而先去追求解决本身以外的问题,那就成了本末倒置,两者都搞不好,而一心向往要形成的剧种也就会全部落空了。"满谦子高瞻远瞩,他清晰地指明文场应该首先做好自己的事,如仅以这一点尚待健全的音乐、唱腔作条件,就要创设一个剧种,那是非常不现实的。

满谦子的文场曲艺理论面世已经六十年了,这些理论是对广西文场曲种的特点、文场唱词写作、演唱表演全面而科学的总结,对文场的传承发展具有重要的指导意义。

全才的曲艺大师王仁和

王仁和是一个奇人，是公认的曲艺大师，桂北地区曲艺群落的领头雁。他稔熟文武场，吹、拉、弹、唱、演无所不能，最奇的是他还能进行曲艺文本创作，曲谱编配，能创编出文场新曲牌及曲艺新曲种。这对于明眼人可能不是太难，但他是一个盲人！

王仁和年幼时是一个苦命的孩子。一岁丧父，后因母亲改嫁成了孤儿，流落街头乞讨。祸不单行，又因出天花导致双目失明，使得终身都生活在黑暗之中。他没有认命，而是选择了自强不息。九岁时入仁云班拜名师阳顺关专习文场，一年后即跟师卖唱。十三岁投入桂剧艺术行列，在桂剧班里帮拉配弦和打下手。随后跟班到柳州演出，同时跟武场名师赵庭波学艺。十六岁与柳州盲艺人潘顺姣结为连理。他入行以后，刻苦学艺，博采众长，文场、彩调、桂剧、零零落、渔鼓、山歌、龙船歌、孝歌、哭嫁歌、千家赞等民间艺术均通，吹、拉、弹、唱、演样样皆能，练就了十八般武艺，也锤炼了他坚强的意志。

不可否认，王仁和不但有一副永唱不败的铁嗓子，还有着惊人的聪颖才智。他结婚以后，夫唱妇随，与潘顺姣的师傅李森林、苟妹（叶琼芝）组成穿山班，演遍柳州、河池、宜山一带，一年后回到桂林，挂牌“王仁和文武玩子”，是当时桂林玩子班的头牌。这时二十多岁的王仁和不仅善于文武玩子，还能演唱民间几乎全部的曲艺形式，器乐除拿手的琵琶外，箫、笛、京胡、二胡、调胡等多种乐器皆能，还能自制。到 20 世纪 40 年代，他又开馆带徒，曾组建利字班，艺徒有利祥、利纲、利高、利沛等十人。一时间演遍桂林不少的红白喜事，声名远播。

新中国成立以后，王仁和艺术青春英姿勃发，灿烂之花竞相开放。他担任桂林市戏曲改进会一分会主任和学习委员，多次参加文艺会演并获奖。1953 年演出的《王老头子学文化》（编曲）参加广西省第一届民间文艺会演和中南大区文艺会演，囊括了所设的五个单项奖。《王老头子学文化》以及与刘玉瑛合唱的文场《武二探兄》参加全国民间音乐舞蹈观摩会演再次获奖，并由中央人民广播电台录播。1956 年他加入桂林和平桂剧团，从事专业音乐伴奏。1958 年和刘玉瑛赴北京参加文化部举办的第一届全国曲艺会演，表演了文场《贵妃醉酒》。1959 年，王仁和、刘玉瑛、沈善文等受聘于广西艺术学院，教授文场等曲种的演唱。一个在旧社会走街串巷、受人歧视、类似叫花子一般的艺人，在新中国受到尊重，走上了大学讲台，这是何等天翻地覆的变化！王仁和心潮澎湃，下决心带好学生，传授好技艺，不辜负党和人民的期望。

1962 年，王仁和调到刚成立不久的桂林市曲艺队任教师、编曲、艺委会副主任。这时何红玉、陈秀芬、阳继福、诸葛济、秦小桔、钟仕聪等后来多有建树的青年才俊齐聚曲艺队，成为他的学生。对于王仁和的形象，钟仕聪曾经有过生动描写：“他来了，面色安详，温文尔雅。他剪一个平头，穿一件长衫，戴着墨镜，手持拐杖，脚穿一双布鞋，不像有的盲人要用拐杖在前面点几下才开步，他自在地走着，更像一位手握文明棍稳步行走的绅士。”

这时的王仁和五十来岁，正是大有作为的年纪，他将艺术才华尽情地挥洒，感染着每一个人。他打扬琴，打板鼓，打锣钹，拉二胡，拉京胡，拉京二胡，弹三弦，弹琵琶，弹秦琴，吹笛子，吹箫，曲艺队里的所有乐器，件件皆能。虽然眼睛看不见，可在打板鼓时，两根鼓棍滚起来，密密地击中直径约两厘米的鼓心。弹三弦，明眼人要经过长期训练才能把握音准，而一把三弦在他手中不但音准不在话下，简直是手中的道具，通过扫、拨、弹、轮等各种技法，使音色特殊的三弦成为烘托人物情感的秘器。特别是打扬琴时的加花小滚，在演员演唱换气时总能让琴竹滚起来，和演唱者配合得天衣无缝。只要他坐在扬琴前，那神气，那派头，就像指挥家一样气定神闲，文雅潇洒。他吹唢呐，可以模仿人声。有一次也许是口渴了，他拿起唢呐对着宿舍吹起来，大家一听，原来他是在呼唤：“李芹长，帮我倒一杯茶来！”逗得大家哈哈大笑，李芹长赶忙给他捧上一杯茶。他有一副好嗓子，有天打起扬琴唱了一段《醉打山门》中鲁智深的【马头调】，浓重的声音透着明亮，音色醇厚又响亮，行腔棱角分明，韵味浓烈而悠长，散发着一股男子汉的刚烈之气，这就是传说中王仁和演唱的“霸气”。在演唱方法上他总结出十六字诀：以心带声，以声传情，声情并茂，字正腔圆。

王仁和不识字，看不到字，但能进行文本创作。他创作的方法是，从生活或广播中听到有意义的事情，就默记下来，反复揣摩，在心里将材料整理成唱词，然后谱成曲子，让年轻人记录下来。这得益于他超强的记忆力。

王仁和为曲艺创新殚精竭虑。为了适应演出形式多样化的需要，他创立了自弹自唱的桂林弹词，填补了广西无弹词类曲艺的空白;继而又创立了广西大鼓新曲种,填补了广西无鼓词类曲艺的空白。他设计的文场新曲,使人大开眼界。文场有四大调和五十多个小调,以往唱新词都是配曲,十分程式化,而王仁和运用唱腔曲牌得心应手,把各种唱腔拆开再糅合,形成新腔新旋律,既好听又有浓郁的文场味。在节奏上他引进了戏曲的紧打慢唱,这在过去的文场演唱中是从来没有过的。尤其是在演唱文场《琵琶上路》时他悉心整理了该曲目,在继承传统的基础上,别出心裁创造出广西文场新腔【南词诉板】,使广西文场的唱腔结构由惯用的联曲体发展为联曲、板式变化相结合的综合曲体,极大地丰富了广西文场的表现功能,使之成为广西文场音乐中新的唱腔。这是他充分利用丰富的音乐手段适应新内容的成功经验,为后来者发展创新广西文场音乐做出了范式。

文场大师刘玉瑛对青年的殷殷嘱托

20世纪80年代,广西曲艺家协会在首府南宁举行成立大会,刘玉瑛老师在陪护的搀扶下来到会场。对于刘玉瑛的大名,大家早有耳闻,知道她是唱广西文场的盲艺人,曾经是曲艺队的老师。看她的样子,大约五十岁,除了戴着墨镜,应该属于漂亮女性那一类,很是素净。她静静地坐在那儿,聆听着会议每一项议程。会议进行到讨论环节时,有的代表发言写有稿子,有的代表是口头即兴讲话,刘老师属后一种。她讲了一番话,回顾旧社会学艺的艰辛,对曲艺青年提出了殷殷期望。

广西成立了曲艺家协会,我很高兴。我能到南宁开会,当上了曲艺家,我是很带愧的。我退休八九年了,没有做出什么成绩,党给了我各方面的关怀和照顾,因此感到惭愧。

在旧社会,我们盲人是很受歧视的。在街头卖唱,像鸡淘食一样,淘得到一点就淘一点,淘不到就挨饿。在旧社会学艺要经过艰苦奋斗,因为盲人没有固定的生活,靠在街头讨饭度日子,学了艺才有活路。学艺是很苦的,要做到“三不死”:饿不死,打不死,冷不死。学艺时要尊重师傅,帮师傅做事,给师傅打水洗脸，做家务，煮饭当厨师等。我们经常挨师傅打，学得进的少挨打一点，学得笨的挨打多一点。女的被打手板，男的被打屁股，往往手板屁股都被打肿。进师时，又被迫写了一张纸，和师娘约定，师傅打死人没有责任。那时学艺真是艰苦啊。

解放后，我们在政治上、生活上彻底翻了身，我在曲艺队当了老师，受人尊敬。只是在“四人帮”横行那时，我们盲艺人受到极大的摧残，曲艺队也“下马”了，我被人说成是“毒虫”，说我“满肚子的毒”。后来曲艺队又恢复了。我一定退休不卸革命担，党叫我做什么我就做什么。

现在我们有些青年人对学艺不大重视，对曲艺不怎么感兴趣，轻视曲艺。实际上党对曲艺是重视的。曲艺的群众基础很好。青年一代是在蜜糖罐里长大的，有些人晓不得旧社会的苦，又晓不得新社会的甜，只是晓得一天好玩好耍，混过时光。这种思想是很不好的。现在青年人学艺，有生活费、营养费，又有练功服、练功鞋，这样有些人还不满足。我希望青年人要把曲艺好好地学下去，希望我们的领导，希望市文化局要把桂林市曲艺队抓好，把青年人培养成又红又专的接班人，让曲艺这一朵花开得更好。

刘玉瑛是湖南人，出生于桂林。十六岁时跟文场盲艺人黄培青学习文场，后结为夫妻，一直以卖艺为生。抗战胜利后，丈夫去世，她成为继夫蒋顺芳文武玩子班的骨干。她嗓音清脆甜婉，音域很宽，细腻传情，可以唱出极高的音来，达到使人震撼的境界。她常以大小嗓并用的发声方法演唱，尤擅长演出苦情节目。代表性曲目有广西文场《武二探兄》（与王仁和演唱），1953 年先后在广西第一届民间文艺会演和第一届全国民间音乐舞蹈会演中获奖。她与王仁和演唱的《贵妃醉酒》,1958 年参加第一届全国曲艺会演获得奖励。何红玉、诸葛济、陈秀芬、阳继福、秦小桔、钟仕聪是她的嫡传弟子,得其真传。据陈秀芬回忆:“刘玉瑛老师主教文场唱段,她是我的启蒙老师。她是当时著名的文场盲艺人,她会唱的传统文场曲牌、清唱剧目很多。她嗓音特别清亮甜美,唱得非常好听,带着极为浓郁的广西文场传统韵味,我们的唱腔由她统一教授。她传艺的方法很特别,是典型的口传心授,用手打着节拍,她唱一句,我们学一句,要求唱得像模像样。她的耳朵特别灵,要是有人没有唱准,她马上能听出是谁发出的声音,便停下来再教一遍,直到大家唱准确了她才教下一句。她就是这么一板一眼严格又细致地教我们唱,这就是非遗的传承啊。”

1958 年年底至 1959 年,刘玉瑛受聘于广西艺术学院、广西歌舞团,经常在广西人民广播电台教唱和录制文场,培养了阳蕙琼、田中林、邓佩珍等一批学生。1959 年在桂林市文场戏曲班任教。1962 年参与改编文场《铜锣记》等,她参与演唱的新曲目有《韩英见娘》等。她是中国曲协会员,曾为广西曲协理事。

演编创导研集于一身的文场大家何红玉

何红玉老师编著的新书《广西文场·桂林山水情》出版了，眼前九本专著，凝聚了何红玉老师多年的心血，令人不由得向她致以深深的敬意：《曲韵——广西文场音乐研究》（何红玉著，漓江出版社1995年12月出版），《心韵——何红玉曲艺音乐作品选》（何红玉著，漓江出版社1996年5月出版），《戏韵——桂林文场戏考》（何红玉、苏兆斌著，漓江出版社1999年12月出版），《音韵——广西文场音乐集成》（何红玉、苏兆斌、张梅编著，中国文联出版社2003年8月出版），《词韵——广西文场小调词集》（何红玉、小敏编著，鲍道苏注，广西师范大学出版社2011年4月出版），《广西文场》（何红玉、苏韶芬、小敏编，北京科学技术出版社2012年1月出版），《何红玉：是那最好的选择了我》（何红玉口述，朱江勇编撰，广西师范大学出版社2017年9月出版），《剧韵——广西文场文本集萃》（何红玉、蒋彦忠、苏俊敏编，郑芳校注，广西师范大学出版社2018年8月出版），《广西文场·桂林山水情》（柴伦党、何红玉、苏俊敏著，广西师范大学出版社2018年10月出版）。

何老师文雅、秀丽、知性，人们一直以为她出身知识分子或是富有人家家庭，也不敢打听她的身世。2013年的某天，在一个座谈场合，何老师讲述了自己的身世。她是荔浦乡间人，其时家境贫寒，两岁母亲去世，父亲出走，由苦命的奶奶带大。来到桂林先是寄人篱下，后靠奶奶帮人洗衣做零活为生。在这样艰难的条件下，奶奶总是用励志的古训教育她，使她懂得做人善良、勤奋的道理。奶奶是她人生启蒙的第一个老师。再苦再穷奶奶撑着，又毫不犹豫地送她上学，直到保送上大学。苦难锻造斗志，成就了何红玉坚韧不拔的性格。后来她成为位居一方的曲坛大家，正是这些经历给了她原动力。

何老师毕业于桂林冶金地质专科学校（现桂林理工大学）物探系，由于有出众的文艺才能，后调入桂林市文化局艺术科工作。1960年桂林市戏曲学校成立，她任文场班班主任。在班上她是领导也是学员，跟随著名盲艺人王仁和学习广西文场、桂林渔鼓和广西大鼓，得到真传。这期间，她如饥似渴地学习传统曲艺，不断登台历练，在演艺上有了长足的进步。她演唱了《红色白衣战士》《游湖借伞》《二姐做梦》《贵妃醉酒》《劫刑车》等曲目，崭露头角，好似一颗新星冉冉升起。与此同时，经她编创音乐的曲艺作品中有近三十个在中央人民广播电台演播，其中《春兰吟》《五娘上京》《情深意切》《榕湖春暖》《月圆情深》《敬酒》《新官上任记》等分别获国家级和省级多项奖励。

1982年文化部在苏州举行全国优秀曲艺节目观摩演出（南方片），演出之前有关创编人员集中首府南宁封闭式排练，广西文场《情深意切》被选中，由何红玉老师谱曲和导演。曲子非常好听，听起来也不完全像传统文场那种格调，开头四句："月朗星稀夜色明，树影婆娑晚风轻，山村夜静人不静，又闻急急叩门声。"她用音乐刻画出山村静谧优美的环境，美得令人心醉，恰到好处地衬托了人物的心境。几十年过去了,大家聚会还谈起这事,提到这四句唱腔,记忆犹新,情不自禁唱了起来。同时参加这次观摩演出的还有苏兆斌改编文学本、何红玉编曲的广西文场《五娘上京》。《五娘上京》在这次观摩演出中荣获文学、音乐、表演三个一等奖,《情深意切》荣获文学、音乐、表演三个二等奖。

1984 年,何红玉老师调任桂林市文化研究中心党组成员,并先后任群众文化研究室、文学艺术研究室主任。行政事务多起来,基本上脱离了舞台演出,但她对文场一往情深、初心如故。她利用一切时间搜集、整理文场相关资料,走遍广西四十多个县市,对文场的历史、流变、流传区域、著名人物、著作版本及唱腔、曲牌等进行深入的考察调研,搜集了大量的实物和音像资料,并对其进行梳理。

1988 年,为庆祝广西壮族自治区成立三十周年,何红玉老师在广西人民广播电台举办了“广西文场音乐讲座”,共十讲。在此基础上,她整理出《曲韵——广西文场音乐研究》书稿。该书稿出版后反响强烈,被评为桂版优秀出版物。在这之后,她一鼓作气,相继出版了第二、第三本专著。

1995 年,中国曲协举办全国第二届曲艺节,当时广西曲协、桂林市文化局、桂林市曲艺团选中了广西文场《春兰吟》的本子,这又是一次“赶考”。这个作品写朱德同志在视察桂林时,给花农送兰花的情景,以物喻人,歌颂革命前辈高洁的无产阶级情怀。作品由何红玉老师和作曲家阳继福老师谱曲,他们用美妙清新如漓江水般的旋律,生动地体现了唱本所描绘的情景,既保留了传统文场音乐的特色,又融进了新的音乐元素,使曲谱明丽、婉约、抒情,具有很强的感染力,刻画了朱总司令的光辉形象。这个节目经过演职员共同努力,1997 年获得文化部文华新节目奖。

2008 年 6 月，广西文场列入第二批国家级非物质文化遗产代表性项目名录。2012 年 12 月，何红玉被认定为第四批国家级非物质文化遗产代表性传承人。她肩上的担子更重了，一方面研究和著书立说毫不放松，另一方面深入基层传承文场成为她的日常，她名下教的学生（徒弟）就有十多人，有的还是大学老师、研究员、教授。值得欣慰的是，她的小儿子苏俊敏继承了母亲的事业，在曲艺的创编、导演上崭露头角，现为自治区级非物质文化遗产代表性传承人。

何红玉曾是中国曲艺音乐学会、中国曲艺家协会理事，是广西壮族自治区曲艺家协会副主席（现为名誉主席）、区文联委员、桂林市曲艺家协会主席。曾以广西唯一的曲艺代表身份出席全国第四、第五届文代会。她是新中国成立后党培养的第一代文场艺术家，现仍热情坚守广西文场这片沃土，勤勤恳恳耕耘着。

演唱细腻柔美的“越调王”陈秀芬

桂林是一座文化底蕴极为丰厚的城市。20 世纪 50 年代和 60 年代初，在漓江边上有一条商业繁华的盐街，这里聚集着不少民间艺人，他们工余耍乐唱玩子，文场的班社就有好多家，其中马直清、唐道成、唐玉明、卢必明等发起组织的盐街文场社和文武场戏剧研究社很是活跃。他们的活动吸引着一个眉清目秀的小姑娘，她就是后来成为广西文场国家级非物质文化遗产代表性传承人的陈秀芬。

陈秀芬是苦孩子出身，四岁多被人从平乐乡下带来桂林，给人当养女，至今没有见过亲生父母。其时，陈秀芬跟着奶奶住在二叔陈凤生家，叔叔是个文场爱好者，而奶奶更是文场的热心人。每到夜晚，耍友们都聚集在她家里唱文场，他们经常唱的曲目有《陈姑追舟》《双下山》《五娘剪发》等。陈秀芬入迷地听着优美的乐曲，往往忘记了写作业。一首《陈姑追舟》就这么耳濡目染地在她心里扎下了根，一字一句、一招一式地摹学，她“偷师”学会了文场越调。她爱文场，下定决心长大后要去唱文场。机会永远都是留给有准备的人。1959 年，陈秀芬在《桂林日报》上看到了桂林市文场戏曲训练班的招生简章，这真是苍天眷顾啊，她一阵窃喜，觉得实现自己愿望的日子到了。她不顾世俗对所谓戏子的陈腐观念，也没有经过家长同意，以背弟弟去玩为由，到艺术馆文场戏曲训练班报了名。试唱时，其他的考生都是唱歌，而她却脱口唱出了文场越调，那甜美的嗓音和着婉转悠扬的旋律在考场上飘荡。她看到老师们一边听一边点头，心里的高兴劲儿没法提了。她没有参加复试就被直接录取。这是她人生一个重要的转折点。

她进了文场戏曲训练班后，特别珍惜这个难得的机会，为圆文场梦勤奋学习是她唯一的选择。唱功训练和形体训练，她一事当前，不怕苦，不怕累。比如压腿，眼泪都压出来了，但她咬紧牙关坚持下来。刘玉瑛老师是享誉一方的文场盲艺人，演唱功底非常扎实，陈秀芬拜在她的门下，演唱传统文场名段。练唱时，她严格按照老师的教唱，一丝不苟。老师口传心授，一板一眼，一遍不行再来一遍，还不行，又再来，直到满意为止。就这样，陈秀芬很快掌握了文场的曲牌和名段的演唱。1960 年国庆节，她首次登台演出，那是一个名为《社会主义好》的新曲目，她既兴奋又紧张，终于迈出了走上舞台的第一步。后来，她不断登台演出，在两年多的时间里，传统文场和新节目都积极参演，慢慢地积累了舞台经验，表演自如。

1962 年，陈秀芬以优异的成绩从文场戏曲训练班毕业，被分配到刚刚成立的桂林市曲艺队，成为第一批演员。她赶上了好时代，在随后的几年时间演出了大量的文场曲目和戏曲。她成了盲艺人王仁和的嫡传弟子。王仁和言传身教，演艺金句经常顺口而出，“以心带声，以声传情，声情并茂，字正腔圆”十六字诀成为文场演唱的金科玉律，使几代曲艺人受益终身。不久，曲艺队又招收了多名年轻演员，陈秀芬不但自己要演出，还担负起了培训新演员的任务。

正当曲艺队在桂林市红红火火、声名鹊起的时候，“文化大革命”突然降临，那时演唱曲艺被认为是宣扬封建陈腐的垃圾，曲艺队撤销了,陈秀芬去百货公司站柜台。直到这场灾难结束,她大好的艺术年华白白耽误了十年,她下决心奋起直追,要把被耽误的艺术青春抢回来。1982年,文化部在全国举行曲艺调演。成立不久的广西曲艺家协会准备大显身手,陈秀芬等曲艺演职员被召集到首府南宁进行封闭式排练。她和师兄诸葛济被安排演唱广西文场《五娘上京》。《五娘上京》原是一个老唱段,导演苏兆斌、编曲何红玉在原段子的基础上做了很大的改动。新的演绎本刻画了赵五娘这个有血有肉、敢爱敢恨的妇女形象,非常感人。丰满的五娘形象要靠演员声腔形体动作来体现,原先五娘几乎全部是悲戚哭诉,而改编本子里的五娘既有悲戚,也有愤怒,更有坚强,是一个多元化性格的人物,不能只顾流眼泪,还要有咬紧牙关、勇敢面对现实的一面。要求演员执板既是道具,也是乐队指挥,做到灵活自如。由于演员对人物性格拿捏准确,在苏州演出时,他们铆足了干劲,全身心投入,将这个长达二十五分钟的段子一口气唱完。掌声骤然响起,经久而热烈,有人大声喊返场,导演即安排演员再唱结尾四句,满足了观众要求。《五娘上京》斩获文化部颁发的文学、音乐、演出三个一等奖。《五娘上京》的成功,标志着陈秀芬的技艺日臻成熟,二十世纪八十年代是她演艺的巅峰时期。

2008年5月12日,是一个难忘的日子。这一天,陈秀芬刚进家门就接到桂林市文化局局长的电话,让她晚上赶到百花剧场演出。当时,她已经退休九年了,加上刚从北京回桂林二十多个小时的车程,实在太累了,她一再谢绝,建议让青年演员上场。对方说这次演出非同小可,你是老将出马,一个顶俩,不能请假。她只好遵命,急急地赶到剧场,草草地合了一次乐就登台了。当晚她唱的是自己最拿手的《双下山》中的一段花腔越调,演出效果甚佳。她下台后,才知道观看演出的是文化部有关专家和领导,是来现场审查测评广西文场报请国家级非物质文化遗产项目的,难怪演出意义重大。这次演出后没多久,第二批国家级非物质文化遗产项目入选名单公布,广西文场列入其中。

2012 年 12 月,陈秀芬被认定为第四批国家级非物质文化遗产代表性传承人。她丝毫不敢懈怠,勇敢挑起了传承的重担。她是曲坛中的园丁,一直应聘在广西艺术学校曲艺班当教师,从招收学员到备课,总是亲力亲为,把王仁和、刘玉瑛两位前辈教给自己的全部技能毫无保留地传授给学生。数年来她培养了一代又一代接班人。她还经常下基层,进校园,扩大广西文场的受众面,让更多的青少年学习祖国优秀的传统文化。对于慕名而来的文场爱好者,她总是一视同仁,悉心教授。

陈秀芬是第一代把广西文场清唱搬上舞台表演的专业演员。她全面系统地掌握广西文场传统音乐和戏曲表演的“四功五法”,在继承传统精华的基础上不断探索,勇于实践,形成了自己的艺术风格——表演生动、嗓音甜润、唱念清晰、韵味醇厚。曾多次为国家领导人演出,为中央、广西、桂林电视台录音录像。在她演唱的近百个剧(曲)目中,最有影响的文场作品有《西厢记》《王老虎抢亲》《双下山》《陈姑追舟》《五娘上京》《贵妃醉酒》《水上琵琶》等。她曾获全国艺术大奖、广西文艺创作铜鼓奖。为了能更好地传承广西文场,填补传统文场没有视频资料的空白,2011 年她参加了“广西文场音乐讲座”音配像工作。她曾被评为广西壮族自治区、桂林市首届中青年德艺双馨文艺家,是中国曲艺家协会会员、广西曲艺家协会会员,曾任桂林市曲艺家协会副主席。

问鼎文华奖的文场传承人李伟群

李伟群是一位优秀的曲艺表导演艺术家，是广西文场承上启下的传承人。1971年广西师大附中高中毕业，随即进入桂林市文艺工作团学员队。由于天生一副好嗓子，进到文艺团体，她感到格外高兴。学习结束，军人出身的母亲希望她参军到军营锻炼。当时有风声传来，说要将她分配到曲艺团。乍一听到这个消息，她内心犯难了：听人说，唱戏的是下里巴人，唱曲艺是瞎子艺术，更不要去。领导征求她的意见，问她是想去广西大学工农兵学员班还是想搞演唱艺术。最终，被分到曲艺团。她想，既来之，则安之。由此也就安心地学习曲艺。在曲艺团她遇到了好老师——盲人文场名家刘玉瑛。刘老师执教相当严格，教唱文场传统曲目，一遍又一遍地示唱，要求学员也一遍又一遍跟着唱，一直到她满意为止。即便疲倦了，李伟群想歇一下开个小差，也被刘老师察觉到，通常大喊一声："李伟群，你往哪里去？"李伟群吓得伸一伸舌头，乖乖地坐回原位。长期严苛的训练，李伟群受益匪浅。现在为人之师，还是按照老一辈严格的程式执教，一丝不苟。

正当她还想更多地学习时，她却被"提前启用"了。1974年，全国举行文艺调演，广西决定准备一个文场节目参演，并选中李伟群担纲。经过紧张的排练，她随广西代表团整装北上。正式演出的那一天，因为紧张，李伟群握紧的拳头里全是汗。这时，一位老师来到她身边，为她把松散的鞋带系紧，而后微笑着说："大胆上吧，孩子！"这个老一辈象征性的动作，李伟群终生牢记。就在那一瞬间，她整个人忽然就放松了。带着这份轻松和自信，二十岁的李伟群登台表演文场唱段《定能战胜顽敌渡难关》。她自如的演唱，赢得了阵阵掌声，观众的喝彩声响彻全场。由此，她迈过了表演艺术生涯中最重要的关隘。

李伟群走过了仅仅认为文场好听、喜欢唱的初级认识阶段，开始踏上了成长的阶梯，最终确立了文场为终身职业。她曾荣幸地为邓小平等党和国家领导人及外国友人演唱，多次随代表团外出交流学习，把传统的广西文场唱出了国门。

她刻苦钻研业务，虚心向老师和同行学习，认真地学习过京剧、桂剧、黄梅戏、越剧及民族歌剧，吸收其他曲种、剧种的唱腔和表演技法用来丰富自己，进而思索如何把文场唱得更美更好。她主演过多个文场曲目，文场戏《西厢记》《王老虎抢亲》，彩调剧《刘海砍樵》，相声剧《您看像谁》及桂林渔鼓，零零落等数十个曲目，博采众长，演唱技艺得到了很大提升。1982 年，她出演了广西文场《情深意切》。这是一个歌颂新时代英雄人伦情理的曲目，她饰演英雄军人的未婚妻秀云，向负伤未婚夫表达矢志不渝的炽热情爱，演唱得欢畅淋漓，夺得文化部在苏州举办的全国曲艺优秀节目观摩演出（南方片）二等奖。

桂林市曲艺团是广西唯一的曲艺表演专业剧团。1995 年，李伟群被任命为桂林市曲艺团团长。上任之初，正赶上第二届中国曲艺节即将举行。带领广西曲艺团队征战全国赛场，成了她的首要任务。由于时间紧迫，她不仅要负责选剧本、挑角色、编导构思、排练进场等工作，还担任广西文场《春兰吟》曲目的主唱。为使曲目更具有时代感，在全国曲艺大舞台上绽放异彩，李伟群研读剧本，体会节目内容深刻的含义，提出中肯的修改意见，对唱词的演唱表达不放过一句一词，认真标注演唱时做到的情感要求，可谓极致。演出获得巨大的成功。曲艺节闭幕式上，中国曲艺家协会为《春兰吟》颁发了中国曲艺牡丹奖奖状。李伟群手捧奖状，激动万分。李伟群演唱的广西文场《奇山秀水美桂林》，入选第四届中国曲艺节开幕式晚会。这是广西文场曲目首次在全国性的艺术节开幕式上演出。

桂林市曲艺团地处桂林，创作和演出的主要是桂林、桂北的曲种。如何带动广西少数民族曲艺齐头并进，李伟群又开始琢磨起来。2004 年，第二届全国少数民族曲艺展演在广西南宁举行，广西区党委、区政府相当重视，希望桂林市曲艺团能够创作出优秀节目，为东道主广西争光。李伟群感到压力很大，暗下决心争取把广西少数民族曲艺在全国打响。为寻求广西少数民族曲艺表演形式上有新的突破，她虚心拜访相关艺术家。她看到一本挂历上有一队黑衣壮女子手持天琴在弹唱，画面很美。她眼睛一亮，敏锐地捕捉到了这个形式唯美、古老的曲艺形式。经查，果然“天琴弹唱”是一个演唱故事的曲种。李伟群喜出望外，决定打造一个天琴弹唱的创新节目。如何把思想性、艺术性、观赏性融入曲目中，经过剧组讨论，《漓水谣》剧本终于定下来。内容表现在美丽的漓江畔，一个壮族大妈二十年如一日捡拾垃圾，给漓江“洗脸”的故事。二十八句唱词很简单，但意境隽永，突显“心灵与山水同美”的主题。舞台上如何呈现？李伟群决定不请外援，亲自担纲任导演。她反复研读文本，吃透天琴演奏形式，将“跳天”的舞蹈语汇加以改造，从而创编出极富特色的脚铃舞。并从大众审美角度出发，大胆将服装颜色改成了天蓝色，与桂林山水的清灵秀美配搭，十分艳丽。再加上山水衬景优美，整个节目给人耳目一新的感觉。在参加全国少数民族曲艺展演的舞台上，当幕布拉开，十六个靓丽的壮妹分三组排坐，天琴叮叮，脚铃当当，台下顿时响起了雷鸣般的掌声，节目获得观众和评委的一致好评。《漓水谣》获得第二届全国少数民族曲艺展演一等奖、第五届广西文艺创作铜鼓奖。这个节目的成功，标志着李伟群完成了从曲艺演员到曲艺编导的华丽转身。从那之后，她陆续编导了许多曲目：瑶族铃鼓《一张泥巴照》，2007 年获第三届全国少数民族曲艺展演一等奖；苗族尼呐哩《偷秋》，2010 年获第四届全国少数民族曲艺展演一等奖；广西文场《莲花雨》，2015 年获中国曲艺牡丹奖提名、第七届广西文艺创作铜鼓奖、全国首届西部曲艺比赛一等奖；壮族末伦《堵寨门》，2017 年获广西第十七届群星奖一等奖，被评为第六届全国少数民族曲艺展演一类节目。

李伟群退休以后，受广西艺术学院聘请为客座教授，专业讲授广西本土艺术。她不断下基层做辅导、编导节目，为广西曲艺发挥余热。

李伟群原任中国曲艺家协会理事、广西曲艺家协会主席（现名誉主席）、中国曲艺家协会少数民族曲艺艺委会委员，被评为广西首届德艺双馨艺术家，获中国曲协全国德艺双馨优秀会员、中国曲协新中国曲艺六十年“优秀中青年曲艺家”称号，并荣立广西人事厅、广西文联系统个人二等功，被认定为首批自治区级非物质文化遗产项目代表性传承人。

春华秋实　桃之灼灼

2019年12月11日至12日，第二届广西曲艺展演在桂林荔浦举行，这是广西近三年曲艺创作演出的最高水平展示。由于这届展演还是第十一届中国曲艺牡丹奖节目的选拔赛，重要性不言而喻。参加展演的六个节目，三个是广西文场（《壮家五更郎》《帆过漓江天地红》《象山水月》），其他分别是桂林弹词、桂林渔鼓、零零落，节目导演均是同一人——叶春桃。要知道整个三场展演只有精选出来的二十二个节目，叶春桃导演的六个节目占了展演节目相当的数量，这不得不令人刮目相看。六个节目中，最终有三个节目入围牡丹奖，一个获牡丹奖提名奖。

1994年叶春桃从广西艺术学校首届声乐曲艺班毕业，与好几个同学一道被分配到桂林市曲艺团工作，那时她还是一个青涩的小姑娘。曲艺团团长李伟群对这批新生力量寄予厚望，放手让他们担纲主演节目。1995年第二届中国曲艺节在平顶山市举行，由叶春桃主演的壮族末伦《漓江行》华丽登场，获优秀节目奖，其后被评为第二届广西文艺创作铜鼓奖。1998年第三届中国曲艺节在呼和浩特市举行，叶春桃主演的桂林渔鼓《热血金穗》获优秀节目奖，后又获第四届广西文艺创作铜鼓奖。三年间两获铜鼓奖，定下了她艺术的至高起点。对于春桃的进步，曲艺界人士感到阵阵惊喜。

叶春桃从艺的初始阶段，主要是继承传统和演出创新节目。她师从广西文场国家级代表性传承人陈秀芬老师，系统地学习了广西文场传统唱腔和表演技巧，至今还定期受教。她参演的《漓水谣》获第二届全国少数民族曲艺展演一等奖、广西文艺创作铜鼓奖，《白鹭缘》获第二届全国少数民族曲艺展演一等奖，《一张泥巴照》获第三届全国少数民族曲艺展演一等奖、广西文艺创作铜鼓奖，《诺言》获牡丹奖入围，《瑶山飞燕》获牡丹奖入围，《漓江花雨》获牡丹奖入围，《寒梅凝香》获第四届广西青年演员大奖赛曲艺表演个人一等奖，成绩不俗。

陈秀芬师承文场演唱大师刘玉瑛，叶春桃又师承陈秀芬，陈秀芬把所有从师傅那里学到的传统文场曲（剧）目唱腔曲牌毫无保留地传授给了徒弟。每当老师讲课示唱，春桃专心致志，认真做笔记，不放过任何细枝末节。她发现老师示唱和歌纸上的记谱并不一致，这些附加的倚音、滑音（桂林话称为“弯弯音”），唱出来甜甜的、绵绵的，使得唱曲颇具韵味，形成师傅独特的风格。她一一记在心里，付诸实践。在她演唱的众多文场作品中，不难发现这些继承的印迹。春桃又是承上启下者，她没有停留在原有的演唱水准上，而是适应时代前进的步伐，适应多元文化发展的大众审美需求，吸取声乐演唱的科学发音方法用于演唱文场。所以她的演唱既像传统，又是当代，逐渐形成了自己的演唱特点：柔美抒情的唱腔，亲切自然的情感，干净端庄的台风。这就是非遗传承与发展的魅力。

随着时间的推移，叶春桃走上了领导岗位，虽然演出场次少了，但编导的节目却多了。从一场展演导演了六个参赛节目，可看出不是一日之功。

春桃是一个从实践中成长起来的艺术家，她修身守正，立心铸魂，全心全意为人民群众创作演出。她的作品不但数量多，而且质量高，她认为继承传统必须固本强基，赓续传统曲艺基因，大胆地发展创新，从每一个新作都能看到她的想法。这些想法得到老曲艺家的认可，年轻观众的欢迎。她对作品思想性的认识是："曲艺作品一般说是俗，但其内含却是雅，即作品需蕴含深层次的情感内涵，能够代表大多数人的思想与价值取向，才能真正体现创作的生命力，有更多传承和发扬的价值。"她对艺术形式的认识是："在当下越来越重视非物质文化遗产保护发展的环境下，要将曲艺的创作表演特点、传统性和时代性进行融合，形成有别于前的艺术形式。""很多曲种之间都有相似性、关联性，在具体的创作中，以一个曲种为主调，融汇多个相邻曲种的元素，这是对原有艺术精华的结合与呈现，需要主创艺术家潜心钻研。比如文场和渔鼓互鉴和融合的例子不少，广西文场《瑶山飞燕》唱段中借鉴了咏叹调、零零落《桂林小吃》采用无伴奏人声合唱等即是。"她总结的这些心得，有思想性和艺术性的独到见解，循规蹈矩又不拘泥于全部照搬传统，有所发现有所创新。

春华秋实，桃之灼灼。叶春桃还很年轻，虽然已经是一级演员、第四批自治区级非物质文化遗产代表性传承人、广西曲艺家协会副主席、桂林戏剧创作研究中心副主任，已然走在了广西曲艺发展的前沿，但她依然勤奋好学、戒骄戒躁、刻苦历练。

从创建“广西文场之乡”到“中国曲艺之乡”

2009年12月26日,桂林市曲艺家协会在桂林市郊大圩毛洲岛召开年会。年会不外乎总结总结一年来的工作,提出新的一年做些什么之类的议程。当时大家海阔天高扯了一通,所谓务虚即是。后来有人说明年我们要做点实事,是不是到荔浦去搞一个项目,得到一众响应。但是搞活动总该有个名目,有人倡议,荔浦的文场演出很活跃,我们先去帮助他们更加广泛地发动群众开展文场活动,然后去给他们授一个“广西文场之乡”的牌匾,如何?这个建议马上得到大家的附议,有利条件是在座人中有两位是广西曲艺家协会的领导:一位是我,前主席,刚卸任不久,板凳还没有凉,现为名誉主席;一位是现任主席李伟群,她同时是桂林市曲协主席。相信广西曲协、广西文联方面获准不难。

事情就这么定了下来。会议责成我为项目起草人,时任桂林市文化局副局长覃明德(协会顾问)与荔浦县进行前期联系。哪知开会时提一个倡议不难,但要形成策划方案却很难,必须说清楚为什么到荔浦挂文场之乡牌匾的理由,这个牌匾对荔浦县的社会进步和经济建设有何推动作用,才能取得荔浦当局的支持。会后,我于12

月28日写出了第一份可行性方案。

在这份方案中,说清楚了关于授予荔浦县"广西文场之乡"的理由,其中包括"命题论证":广西文场已于2008年6月列入国家级非物质文化遗产名录,这是桂林及广西目前唯一的列入国家级非物质文化遗产名录的曲种,弥足珍贵。成立文场艺术之乡,是保护、传承和发展文场艺术行之有效的举措之一,其意义十分深远。接着摆出荔浦县是名副其实的文场之乡事实:(1)文场艺术在清乾隆年间形成于桂林,逐渐流传于桂北近40个县、市。1935年1月荔浦民间曲艺家金紫臣编著了《新式琴弦曲谱》一书,由荔浦县新民书社石印出版,该书对传统文场的唱腔曲牌和曲(剧)目进行了规范整理,出版后对文场艺术的继承、传播和发展起到了很大的推动作用。金紫臣还在荔浦开馆教徒,培养了一大批文场艺人。(2)新中国成立后,出生于荔浦县青山乡满洞屯的著名音乐家、教育家、曲艺家满谦子,在他先后任副院长、院长的广西艺术学院开设民间音乐课,聘请王仁和、刘玉瑛、海逢贤、沈善文等著名民间曲艺家讲授广西文场,使这一民间艺术登上了高等学府殿堂。满谦子还在报刊发表多篇论述广西文场的文章,并亲自登台演唱,探索文场艺术发展的道路。他为广西曲艺、广西文场的传承殚精竭虑,起到了不可磨灭的作用。(3)当代荔浦籍文场专家何红玉女士,集演、编、导、研于一身,穷毕生之力搜集、整理、研究广西文场,编著并公开出版了广西文场专著《曲韵》《心韵》《戏韵》《音韵》等多部著作(其中有两部为合著),在继承前人成果的基础上,把文场艺术向前推进了一大步。(4)一直以来在荔浦县的城镇山乡、村寨圩场,广大百姓演唱文场蔚然成风,尤其是修仁、马岭等地的文场演唱活动常年进行,有声有色,经久不衰。

当然，这还不够，还要有授予荔浦县“广西文场之乡”的现实意义，说白了就是对荔浦现实经济有何助推作用。方案说，当今加强文化软实力建设，已经被提升到国家发展战略的高度。要实现县域经济的快速振兴，在持续发展硬实力的同时，必须不断增强文化软实力，这是科学发展的重要内涵。文化决定观念，观念决定行为。人的各种行为的根源是文化。中共桂林市委三届六次全会提出桂林要“坚持走农业稳市，文化立市，旅游兴市，工业强市”之路，“稳、立、兴、强”四字中文化的意义特别重大，责任也大。对于县域发展来说，经济和文化有如一机之两翼，缺一不可，其中文化的巨大推动力是不言而喻的。广西文场在荔浦群众基础扎实，拥戴广泛，是荔浦独有的文化符号，外地无可替代。所以授予荔浦县“广西文场之乡”是水到渠成的事情。还有，在具体实施上授予荔浦县“广西文场之乡”仪式要热烈、隆重，拟在荔浦举办 2010 年桂林市曲艺调演大会，诚请中国曲协领导及区市有关领导和强势媒体出席，授匾活动即在演出现场进行，造成一定的声势。拟以自治区文联、广西曲艺家协会名义授予牌匾。时间：在荔浦方面同意接受命名后三个月举行调演及授牌匾活动。安排：活动当天上午报到，下午演出第一场，晚上演出第二场。从两场节目中遴选优秀节目加上邀请节目组成第二晚的汇报演出。在汇报演出进行中授予牌匾。参加人员及节目：桂林市 12 个县、五城区及市曲艺团、业余文场社团参演，每个单位精选 1~2 个节目。外地节目酌情自费参加。经费：20 万元人民币，包括演职人员、嘉宾、工作人员在荔浦的两天两晚食宿，奖牌制作，场地费用，奖金，劳务费，嘉宾的往返车、机票等。如荔浦方面同意延请姜昆、刘兰芳、冯巩、牛群等出演，费用则另外计算。这时已到 2009 年年底了，定稿是 12 月 28 日。

覃明德副局长手持方案迅速奔赴荔浦，他既是市文化局的领导，又是荔浦的女婿，可算是轻车熟路。他很快就将方案递了上去。但是很长一段时间没有听到反馈回来的消息。正当大家以为事情黄了的时候，覃明德回告说，前一阵子荔浦县领导年底做总结特忙，最近研究了，基本通过。荔浦方让我们将方案细化，细化到可以操作的程度，具体说各职能组的工作是哪些，经费预算也要逐项细分，领导审查时就直接在表格上增删定夺。于是弄了个第二方案，经费预算方面由覃明德负责。2010 年 4 月 26 日我们交出了第二份方案。开列了主办单位、承办单位、协办单位名单，下设办公室、宣传组、演出组、会务接待组及其任务等。拟请著名专家和给每个节目发奖金，这两项后来因经费等问题取消了。在这份方案中增添了“学术研讨”内容。

往后的几个月，桂林曲协的同志多次去过荔浦，荔浦的同志也来过桂林，反反复复，不断完善，前奏终于弄得差不多了。由桂林市文化局党组副书记、副局长谢文富，荔浦县人大常委会副主任吴土德两人挂帅，这就将活动上升到政府层面了。桂林市曲艺团党支部书记、团长雷洪，荔浦县文化体育局副局长诸葛少洁两人负责具体工作；广西文场保护发展研讨会（我建议后改称“论坛”）发言和文集由桂林市群众艺术馆馆长苏韶芬担纲。市、县两地数十位勤勤恳恳的同志（多数是区、市曲协会员）投入其中，一场前所未有的广西文场调演和保护发展论坛就这么上演了。

由于在 2008 年曾经在桂林市举办过一届广西文场展演，这一次遂定为第二届展演，并最终提名并得到批准由广西文化厅和广西文联共同主办，提升了活动的档次。“全区第二届广西文场展演暨广西文场保护与发展（荔浦）论坛”2010 年 12 月 2~4 日在广西荔浦县举行。展演共 4 场，有 21 支代表队 300 多名演职员参加，演出节目 22 个。加上工作人员、特邀嘉宾共 400 人左右。论坛有近百名代表与会，10 位专家、学者、教授发言，并已将论文汇编成集（收录 27 篇论文约 15 万字）。展演及论坛现场热烈、祥和，是广西文场有史以来规模最大、参加人数最多的盛会。

展演和论坛开过了，“广西文场之乡”牌匾也挂了起来，荔浦的文场风生水起，活动更加有声有色、丰富多彩了。荔浦的同志们没有浅尝辄止，他们定下了更加远大的目标，要向“中国曲艺之乡”荣誉高地冲刺。这期间，在荔浦城乡、学校、机关、街道，唱演文场成为生活常态，政府还规定每年的正月元宵全县以及各乡镇的文艺活动，必须有文场节目参演。他们又向中国曲协汇报，得到曲艺高层的指导，已经获得多个“中国曲艺之乡”称号的广东省，还受中国曲协指派派出协会正副主席、秘书长等到荔浦现场指导。

功夫不负有心人，经过近四年的努力创建，荔浦终在 2013 年 12 月迎来了“中国曲艺之乡”的授牌盛典，姜昆等曲艺界领导和众多的曲艺明星到现场演出、祝贺。这是广西建成的第一个“中国曲艺之乡”，值得纪念。

在《李向群的故事》出版的日子里

英雄战士李向群纪念公园坐落在风景名城桂林市郊奇峰镇李家村，这里绿树成荫，鲜花竞放。清明前后前来凭吊的人特别多，大家缅怀这位为了人民利益而英勇牺牲的青年楷模。20多年了，我更是没有忘记为英雄立传的日日夜夜。

《李向群的故事》是漓江出版社1998年年底出版的一本好书，全称是《当代青年的楷模——李向群的故事》，由中国人民解放军53013部队组织写作，53013部队和中共桂林市委宣传部联合主编。我是这本书的责任编辑，参与了全书的写作、编辑、出版、发行全过程。

1998年夏秋之际，在我国长江、珠江、嫩江流域发生了百年未遇的大洪灾。那些天，我们从报纸、电视上看到一幕幕我国军民万众一心战洪魔的感人场景，内心充满着从未有过的激动。9月初，赴鄂抗洪的驻桂部队胜利归来，我们从报道中注意到一位青年英雄的名字，他就是舍生忘死，为人民利益献身的塔山守备英雄团战士李向群。1998年9月16日，中共桂林市委、市政府做出《关于开展向李向群同志学习活动的决定》。我们获悉李向群生前所在部队一直在总结英雄的事迹，学习活动正在展开。我于9月22日拜会了驻桂

53013部队宣传部门摄影专干刘业定及桂林晚报随军赴湖北抗洪一线采访记者罗素玲，初步收集到一些李向群的英雄事迹。其时我们漓江出版社已组织中国青年报几位记者整理出40多万字的文稿，迅速编辑出版了全景式的反映抗洪斗争的报告文学集《世纪洪水》。10月8日，江泽民主席在全军抗洪抢险庆功表彰大会上高度评价中国人民解放军、武警部队在抗洪斗争中做出的巨大贡献，他指出："高建成、李向群、杨德胜等26名同志英勇牺牲，用生命谱写了壮丽的人生凯歌，他们的英名将永远铭记在人民的心中！"11月中旬，解放军总政治部领导到桂视察，53013部队及中共桂林市委宣传部组织画家将李向群的事迹编成图文并茂的板报展出，总政领导看后充分肯定李向群是继雷锋之后又一个具有鲜明时代特征的重大典型，是青年的好榜样。

至此，正式出版一本宣传英雄业绩，供广大读者学习英雄的图书就显得十分必要了。由驻桂53013部队政治部、中共桂林市委宣传部牵头，11月24日召集有漓江出版社参加的军地三方领导开会讨论出书事宜，参加者是：肖建刚、李继荣、晏宏应、李侃、王通贤、戴延兴、刘冬良、邓云波、另两位没有记下姓名的军人。会议地点在市委宣传部6楼。会议决定了书名、内容、形式、编委及作者名单，署名方式，出版时间等。我社立即向广西出版局申报了选题。当时由于我社社长、总编辑均有公干在外，这项任务便落在了我的身上。接受任务后我立即去了部队，将已有的李向群的英雄事迹材料收集起来，并发动作者们进一步深入采写英雄的事迹。这是一个什么样的英雄？李向群来自海南大特区的富裕家庭，他家富不忘报国，追求崇高理想，弃商从戎；入伍后他争做训练尖子，甘当"火车头"；在学习上他紧跟时代步伐，学电脑，学高科技；在生活上他勤俭助人，乐做“贫穷的富家子弟”；在危难时他舍生忘死，甘愿奉献自己的一切。他在“水线”入党，牺牲时年仅20岁。我阅读着这一个又一个去雕饰、不造作、质朴可亲的小故事，不禁热泪盈眶，深深地被英雄平凡而伟大的一生所感动。我决心以英雄为榜样，努力编辑好这本书，因为这既是为英雄树碑立传，也是传颂英雄的时代精神。初稿由王通贤组织征稿、写作，稿件出自部队政治文化工作者之手，作者有9人之多。他们既不是作家，也没有写过书，加上采访和写作时间匆忙，难免有语句不通、错字不少、前后矛盾、重复用例等现象。但是，我也看到他们是英雄的战友，是在怀着满腔热情为英雄立传，这些故事都是他们的真情流露。实实在在，没有更多文学描写，正是这本书的风格所在。风格即力量。我想在编辑这本书时尽量保持这种可贵的风格，大幅度的修改可能会丢失原来的率真，削弱感染力，反而弄巧成拙。后来的效果证明了我当初的这种想法是对的，许多专家、学者和读者，在读了这本书后都认同它文风朴实无华的艺术特点。时任广西区党委常委、宣传部部长潘琦对该书的风格作了充分的肯定，他在《广西日报》上发推介文章介绍道：“书中所选故事生动感人，平平常常的事，平平常常的道理，平平常常的语言，朴实无华，字里行间透出了闪光的火花，入情入理，可亲可信可学，使人读了回味无穷，受益匪浅。”

那些天，在充满激情的日子里，我们以李向群为光辉榜样，作者、责编、美编、校对、印刷等诸环节人员热情高涨，53013部队王通贤和我，出版科唐慧群，美编吴烈民，装帧摄影林晓鸿，以及廖玉桦、黎福芝、刘哲双、徐明、项竹薇等多人先后参加了这一工程。我们接连几个夜晚通宵达旦地工作，记得11月26日我和王通贤从三里店照排公司骑单车回铁西（王的家属在铁西），不觉东方已大亮了，我一看手表已 6 点 30 分。我们仅用一个星期时间便赶制出了第一版。初版样书少量发至相关人员征求意见。领导和同志们看得很认真，意见也提得中肯。我和 53013 部队政治部的同志商量，要求作者们再次深入基层，以对英雄、对人民负责的精神，重新采访，反复核实，审定书稿时 120 个故事选为 66 个，又果断地排除了 8 个与事实不符或不完全相符的故事，增加了 10 个新故事，其中我写了《诚实的学生》和《学英雄的榜样》两个故事，最后定下了 68 个故事。我以为故事不在多而在精，意义相同或相近的故事，应保留最生动、最有说服力的那一个，比如同是爱民为民的内容，选取了碰掉老乡两个橘子赔钱的一篇，就不再选不摘老乡杨桃的那一篇了。我们对篇目也做了调整，个别章节做了相应的调动，增加了"理想追求篇""父承子业篇"，这就将英雄的思想基础和英雄精神的影响两方面凸现了出来，高度概括了李向群精神的方方面面。书的开本从小 32 开改为大 32 开，新增了书眉，显得大方悦目。为使书的装帧再上一个档次，我请美编吴烈民重新设计了封面。为拍摄理想的封面雕塑像（塑像为桂林著名雕塑家黄熙创作），我陪同林晓鸿等 3 位摄影家去部队，一共拍了 20 多张照片，从中选出一张定稿。1999 年 3 月 18 日江泽民同志题词："努力培养和造就更多李向群式的英雄战士。"我们将这一题词印到了书的扉页。广西壮族自治区主席李兆焯为本书序言署名（文章由我起草，李主席签发）。其后中宣部组织中央新闻单位 60 多人赴桂采访，住在榕湖饭店，区党委宣传部出版处苏蔚红处长陪同我去给每一位记者赠送了一本样书，不久全国各媒体掀起了宣传、学习李向群英雄事迹的高潮，那些文章中的事例大都出自我们出版的这本书。中央电视台 1999 年 2 月 23 日起连续三天在《新闻联播》头条位置报道李向群的英雄事迹，片头用的就是我们这本书的封面：在汹涌的波涛中，由远及近地推出李向群的塑像，极富震撼力。初版有46幅插图，由于当时画得匆忙，质量不高，风格也不统一，这次请了戴延兴等三位风格近似的画家重新创作了9幅图作为辑封画。我又为每一辑封增写了80个字的简短提示，扼要地概括本辑内容，点明主题。我反复研读了内文，修改病句，勘正错别字，使编校质量达到了优秀。最后我们还请英雄的父亲审阅了全书，他满意地为我们题了词，内容是“让向群精神发扬光大。李德清”。这样就完成了第二版的修订工作。

一天夜晚，我正准备休息，突然接到宣传部领导的电话，他说，军队出版社说这是部队的英雄，应该由他们出版，请你们马上停下来。我说，出版社已经走向市场，应该按有关规定办，何况我们书已经出版了。领导说，这么快？合同是否齐全，选题是否报批，是否符合出版规定？我说一切符合正规出版手续。领导马上表态，这我就放心了。不干就不干，要干就要做大做强，接着我们又到《解放军报》《中国青年报》《中国教育报》《图书商报》刊登了广告。军报刊登地方出版社的商业广告，这是破天荒的第一回，一时引为业内热谈。又有领导打招呼：不要到处登广告了。我不知道刊登广告有什么错，根本没有理他。上海、桂林的报刊连载了这本书的内容；十多家报刊刊发了推介文章；《桂林日报》举办了阅读《李向群的故事》征文活动，数十位读者发表了读后感。《新闻出版报》就我社出版李向群系列图书在头版头条发表记者采写的长篇通讯《春风化雨颂英雄》，赞扬“漓江人具有高度的政治热情和政治敏锐性，及时、快速地出版、发行思想性强、针对性强、故事生动感人、层次高的图书”。区党委宣传部因势利导，于1999年2月25日召开了自治区人大代表、政协委员中的专家、学者座谈会，我社张武、宋安群、李侃、陈植武、潘克昌、韩赣东等与会，会议由王其鹏副部长主持。我在会上介绍了《李向群的故事》组稿、编辑、出版成书经过。发言的同志有：詹宏松、陈肖人、王世堪、唐石生、何异煌、曾德威、吴呵融、刘智等，潘琦部长做了总结。大家一致肯定这是一本歌颂英雄、对青少年进行革命精神教育的教材，并建议以区党委宣传部的名义下发文件，号召全区青少年学生学习李向群事迹。领导要求我立即起草文件，给我的时间只是一个中午。我之前最多是起草过社里的文件，现在要起草区党委宣传部的文件发向全区，我缺少高度，着实犯了难。在没有任何参考资料的情况下，我在南宁宾馆床边硬是憋出了稿子，下午呈领导审阅，基本满意，稍做修改就签发了。文件是以区党委宣传部、区教育厅、区新闻出版局、广西军区政治部、团区委5个单位以桂宣发〔1999〕18号文的名义发出的。文件下发后，全区各地订单像雪片一样飞来。我社出版科、发行科备货、发货比过年还要忙。接着，由宋安群总编辑组稿、张武社长任责任编辑，我赶工将连环画文字脚本编写了出来，柳州市五位画家日夜奋战，画出了226幅连环画，配合文字本一并发行。张武社长还带队到龙胜少数民族村寨，和大家一道学习英雄事迹，将工作做到了基层。3月28日，区团委和区新华书店为扩大宣传，特地请李向群连连长肖海去南宁参加读书宣讲会，由我和市委宣传部王忠副部长陪同。就在这次出差途中，王副部长和我反复商量，就李向群英雄事迹写一篇理论文章，这就是桂林市委宣传部后来荣获全国“五个一工程”奖的一篇好理论文章：《论李向群精神的时代意义》。

图书越发越好，随即盗版和抄袭的事件也冒了出来。我们在检查发行数字时，发现桂南有一个县一本书也没有订购。一般而言，一个县订购这本书是5万本左右，它一本也没有购买，就很不正常了。一打听，那里学校的孩子们都有这本书，这肯定是有人盗版印刷了，于是我和社版权部魏志明会同区公安厅打假办同志一道赶去检查。我们走到一所小学，找一位同学借了一本书，我只翻了不到一分钟便判定这是盗版书。同行的同志说，现在的盗版书，都是用正版书扫描的，没有版式文字差错，加上纸张相同，很难辨别，我看这本书和正版书就没有什么区别，你怎么说它是盗版书呢？我说我是责任编辑，我有提防，在印书时做了点记号，盗版者绝对想不到。我们对这一盗版行为进行了处理。接着我们又在市面上发现了另外一家非地方的出版社出版了和漓江版内容完全一致的李向群的故事，于是官司打到了北京，得到广西版权局（委派周鑫赴京）、国家版权局的支持，禁止了他们的抄袭、盗版行为。

《当代青年的楷模——李向群的故事》是我国最先出版的宣传李向群英雄事迹的图书，共印刷二版 15 次，印数达 2396000 册，连环画《李向群的故事》也印刷了 594000 册，每本定价均是 5 元，两书总码洋是 14950000 元。该书纳入中国青少年新世纪读书计划“新书推荐榜”，被评为广西“五个一工程”一本好书，成为学习英雄李向群活动的好教材。

时光在流走，从李向群 1998 年 8 月 22 日英勇献身至今，不觉 22 年了，当我现在坐在案前写下这难忘的一页时，仿佛那充满激情的战斗日子就在昨天，内心的波涛难以平静。是时代造就了英雄，是英雄给了我们丰富的出版资源。作为一名出版工作者，为伟大时代做记录，为英雄树碑立传，这既是责任，也是光荣。

布袋子促销记

漓江出版社 2019 年年终总结大会于 2020 年 1 月 14 日在装修一新的桂林总部办公大楼举行，值此之时社内外呈现出一片祥和的气象。张武、宋安群和我三位老社领导应邀出席。这是例会，每年都开一次，不外乎说说今年做了哪些事，取得了哪些成绩，还有哪些不足有待改进，明年如何努力，云云。会后赠送我们每人本年新出版的优秀图书《大桥》和《灵渠》。这两本书用崭新的布袋子装好，显得很庄重，很客气。

看着手中的布袋子，我不由想起了往事。那是 1995 年 12 月 6 日上午，为了下一年的生产，社务会正召开有关科室人员参加的会议。因为 1996 年年初全国将有两个图书订货会相继举行，一个是郑州"文图联"订货会，一个是首都社科书市。"文图联"是全国文艺图书出版社联合体的简称，其时我任理事长。这两个会关乎出版社一年的生产生计，不得不特别上心。那个时候，漓江出版社领导只有 3 人：聂震宁、宋安群和我。领导少有人少的优势，"三驾马车"容易统一思想，有时吃米粉端着碗就可以开成一个"碰头会"，议决问题速度快，行动也快，大家忙得很，没有工夫闲磨。我印象中当时全社上下比较齐心，图书出版也走上了正轨，一套外国文学作品，以《钢铁是怎样炼成的》打头阵，销售得红红火火。这套书不断补充、扩展，最后竟包含有《牛虻》《绞刑架下的报告》《暴风雨中诞生的》《母亲》《夏伯阳》《普通一兵》《卓娅与舒拉》等，都是读者耳熟能详的名著，我们给这套书安了一个响亮的名称："影响三代中国人的外国名著"。话说回来，有了好书，酒好还要会吆喝，大家提出我们是不是在订货会上来点"动作"？首先当然是想到打广告，其次是送礼品。打广告动辄几千几万元，效果并不尽如人意。那么送礼品吧，高档的咱们送不起，低档的拿不出手，也俗气。既要便宜，又要与众不同、逗人喜欢，最低需求是适用，到底送点什么好呢？这时我忽然想到6月份我在美国芝加哥参加了一个ABA图书贸易博览会，在会上我得到一个小礼品，是一个布袋子。大家听我说这事都兴奋了，催我快去拿来看看。我立马跑回家拿来了那个布袋子。袋子大约宽32厘米，长为38厘米，棉织品。同志们都说这个袋子好，环保，可以用它买米，我忙说平常我就是用它买米的，可以装15公斤大米。下一步就是成本问题，经过办公室和发行科派员和棉纺厂协商，如果制作1000个袋子，每个价位是4元多，便宜啊。想一想到报纸上打一个广告，恐怕4000元还下不来，于是定了下来。接着就要设计袋面了，画点什么写点什么好呢？大家议定画上生肖，1996年是鼠年，就画一个装饰型的老鼠吧，至于文字嘛，大家想了好久，最后还是社长聂震宁一锤定音，即："漓江的书，买了再说"。又是一片叫好声。好在哪？回答很简单，漓江出版社的图书就是好，你根本不用怀疑它的质量，赶快掏钱买吧！充满着自信。

来到订货会现场，摆上摊子，将图书铺开，一板崭新的图书，"影响三代中国人的外国名著"十分抢眼。再加上别出心裁的布袋子甫一送出，漓江社所在展厅一方的摊位立即成了焦点，至今我还记得当年拥挤的场景。不一会,我发现了一个问题,早上带到书市的布袋子,很快就抢光了。这才是第一天,很多重要的客户还没有来呢,必须控制存量,否则明天就无礼可送了。我正布置工作,这时来了一个大约五十开外的长者,他急匆匆上前问我:"袁凤兰来了没有?"我感到很突兀,袁凤兰是桂林市的市长,她怎么会来到这种专业性的订货会上,况且漓江出版社也不属于桂林市管辖……但一转念,明白了,他是在套近乎,表明他认识我们的领导,他不是等闲之辈。果然,接着他小声地问我:"还有袋子没有?"我说:"实在对不起,袋子发完了。"他说了一句"真的没有了",便怏怏地转身走去,我看到他两只手提满了各色各样的小礼品。在展览会上收集礼品纸盒者,我们已经见多了,也不觉得奇怪,问题是他怎么好打着市长的旗号来讨要礼品呢,这就匪夷所思了。

那些天,在订货会所在地中央党校,时时可以看到与会者手提着我们的布袋子穿梭于各展厅各宿舍,步履匆匆,忙来忙去,"漓江的书,买了再说",已然成了大家的口头禅。布袋子确实风光了一把。隔天张桂琴老师给我打来电话,张老师是时任新闻出版总署于友先署长的夫人,也是我们通俗文学研究会的副会长,我在参加通俗文学研究会的常务理事会时多次和她共事,她还在我们出版社出版过几本书,因此我和她很熟悉。她说,李侃啊,我看到你们出版社带来了一个布袋子,很实用,给我送几个吧,我帮你们宣传宣传。这是求之不得的好事,我立即送了她几个袋子。她很高兴。我顺势对她说,张大姐,你要是与于署长去市场买东西,提上我们这个袋子就好了。她笑一笑,算是做了回答。

25 年过去了,江山代有才人出,当年的布袋子和广告语一直沿用至今。自信也好,霸气也罢,漓江出版社永远在那儿!

风生水起的广西通俗文学热

1985 年 3 月下旬，全国高校文艺理论研究会第四届年会在桂林举行，广西师大蒙书翰教授专程到市群众艺术馆，请我在会上讲一课，我一看与会做报告者名单，有丁玲、王西彦、徐中玉、林焕平、钱谷融等赫赫有名大家，着实吓了一跳，一连叠声地说不行不行，我不够资格。但蒙老师说，根据会前调查，各地代表对广西的通俗文学热很感兴趣，对热潮的兴起和波澜壮阔的局势有不少疑惑，大家想听听缘由，并从理论上进行探讨，会议筹备组考虑你是亲历者，就选你来做介绍，不牵涉高深理论。我一看日程表都排印好了，只好勉为其难应承了下来。

为讲好这一课，我静下来理清思路，执笔拟写讲稿。话说“文革”结束后，书荒显现，大家都在如饥似渴地寻找书读。这时各地文艺期刊应运而生，以广西而论，各市、地、县都出版了杂志，像雨后春苗般欣欣向荣。区文联因势利导于 1983 年 7 月 4 日 ~9 日在南宁召开了全区文艺期刊编辑工作座谈会，共有 21 家期刊、5 家报纸的 36 位负责人参加会议。会议的主题是：怎样繁荣我区文艺创作。当时我是以《桂林艺术》编辑部主任的身份参加会议的。除领导做报告外，各刊物主编纷纷发言。海代泉在发言中谈到《柳絮》的经济承包做法,引起了与会者极大的兴趣,大体是:公家为杂志垫支 1 万元出刊,年底结账。如有结余,则三七分成。编辑部六人分得三成(审稿者参加分成);另七成中的 40%作为文联基金,30%由文联全员分配。如果不能自负盈亏,作为惩戒,编辑部成员只能拿 80%的工资。他们还创办了《柳絮》文艺创作函授班,第一期招收了 6000 多名学员,光兼职教师就聘请了 20 多人。河池《金城》的韦志彪也在会上介绍了他们刊物承包的做法。这两家刊物实行承包办刊后不但不要国家一分钱,还有盈利,这给困境中的我们很大鼓舞。

会议之后,各文艺期刊在学习中宣部〔1983〕58 号文件关于文艺刊物要实行自负盈亏的精神时,结合《柳絮》《金城》等期刊实行承包的做法,纷纷实行了责任制。随之一个出版通俗文学刊物的热潮很快在广西形成,粗略统计南宁有《邕江》《灵水》,柳州有《柳絮》《百花》,桂林有《南方文学》、《桂林文学》、《故事天地》(由《桂林艺术》改版而来),梧州有《梧桐》《西江月》,河池有《金城》,百色有《右江文艺》,玉林有《金田》等,刊物的期印数都从以往几千册飙升到几十万甚至一百多万册,在全国各地城市甚至穷乡僻壤都有广西的刊物出售,被戏称为"广西文化北上大军",盛极一时。我个人认为 1983 年的期刊会议,可视为名噪一时的广西通俗文学热潮的滥觞。

到 1986 年,行政部门将全区刊物从国内发行改为区内发行,各刊发行数大为缩减。再后来,多数刊物被明令撤销,比如桂林只留下《南方文学》。保住的刊物又回到每期印几千册的境地。就这样,广西一场轰轰烈烈的通俗文学热潮结束了。

(载 2015 年 12 月 20 日《桂林晚报 · 文化副刊》)

《桂林文化》杂志出刊始末

《桂林文化》是20世纪桂林市名噪一时的杂志，在那文荒稿荒的年代，它为我市培养了一批作家、写手，是桂林文化发展史上不可忽略的一段记忆。

1978年12月，党的十一届三中全会召开了，在走过十年特殊时期之后，我们百废待兴的祖国开始有了欣欣向荣的景象，文艺园地正在复苏，不少好的作品陆续出现。正逢其时，我从市一建公司调到市群众艺术馆当编辑。在馆领导的支持下，我们接连召开了两次业余作者会，就桂林市的文艺创作如何开展，征求大家的意见。同志们一致认为，要繁荣创作就必须有发表作品的园地。经过认真研讨和请示上级主管部门，决定试刊《桂林文化》杂志。

这时馆创编室只有一个同志，还被抽去搞专案了，后来上了大学，这个组可以说是名存实亡。我翻看了稿件登记簿，了解到1979年上半年创编室收到作者来稿只有二十来篇，去年、前年编的一本内部资料《桂林演唱》也成了一年编一本的年刊。我是工人业余作者，虽然写过一些作品，但这与抓全市的业余文艺创作却是两回事。成了编辑，角色蜕变，业务生疏，面临着窘迫的局面，我感到困难重重，不知从何入手。

搭起了台子，就要敲响锣鼓，一个人也要唱戏。要办刊物，得先发动群众，把信息发出去，将我们的刊物急需要哪些稿件，广而告之。我油印了五十多张创刊征稿启事，四处张贴，八方寄送。可能作者们当时也很需要发表的园地，没过多少天，我们便陆陆续续收到了不少稿件。我罗列了不少栏目，有曲艺场、朗诵诗、歌曲、漓江歌台、桂林山水传说、桂故丛谈、谈山说水、游记、文艺创作基本知识、山水诗、故事、散文、通俗小说等，下一步就是选稿，根据栏目要求找稿子。李育文先生是一个尽职的馆长（主编），我通过的稿件送给他，他总是及时审读，写出具体的意见，这给编辑环节节省了不少时间。我又找到不少刊物，反复研究它们的特点，决定自己刊物的风格、样式。接下来就是请人设计封面，著名金石书画家李骆公先生欣然为我们题写了刊名，本馆画家邓福觉先生设计了有工艺美术风格的封面。开始画版了，我用心计算每页的字数，说来惭愧，我还不懂得标识字体字号，我的蠢办法是，从报纸上剪下需要的字体字号，贴在原稿的旁边，以此告知拣字工人，标题和内文各是什么字体字号。每一面排多少行，每行排多少字，也写得清清楚楚。因为我原是工人，知道文化不高的师傅们看书报时，找不到上接和下转的文字，所以我在排版时，一般不安排杂志中上接多少页和下转多少页。第一期刊物在漓江印刷厂印制，我天天跑工厂，从拣字排版学起，有时还陪着师傅加班，饿了我就自掏腰包，买来猪肉大白菜，在车间烫起了火锅，还免不了上点小酒。我和工人师傅关系十分融洽，直到几十年后，大家见面还很亲热。第一期刊物为 32 开本，80 页，印了 3000 册，每册定价 1 角钱。我用板车愣是从老人山下的漓江印刷厂拉回依仁路馆里来，虽然流了一身的汗水，但那高兴的劲儿就别提了！刊物质量怎么样，群众通不通得过？心里没有底。我们一方面分送一些样刊给业余作者和专家、领导，登门倾听意见；另一方面，我还和放假回来的毕浩同志扛着书到阳桥头去叫卖，为的是更好收集读者的意见。我们悄悄地跟在买了书的读者后面，偷听他们的议论，听他们说喜欢哪些栏目，不喜欢哪些文章，以便今后改进工作。

接着编了第二期稿子。可是问题来了，市里的印刷厂由于印件多忙不过来，安排不下我们这个小单业务。这可怎么办哪？刊物不能按期出版，就失信于作者和读者。我无可奈何，把眼睛往县里看，坐上火车到永福印刷厂联系，不行；又急忙赶到鹿寨印刷厂，好说歹说他们接了货，这才放了心。校对时，我和这时从大学毕业回馆的毕浩又分别两次到鹿寨，上午坐车去，高速度校一遍，下午乘火车赶回来。中午根本不能休息，午饭也是买两个包子在印刷厂应付。

编了两期刊物，得了一些经验，工作起来顺手多了。1980 年我们将刊物从 32 开本改为 16 开本，正式编成季刊，印刷量由每期三千册上升到了每期一万册。香港著名作家何达，美籍华裔著名作家聂华苓等也来了稿件。这一年，我们收稿量达到了八百多件，我市搁笔多年的一些作者又拿起了笔杆。给我们写稿的新老作者有四五十人之多。凭着一股子韧劲，局面就这样打开了。

由于刊物按期出版，又有一定的质量，从 1981 年起，经自治区党委宣传部批准，《桂林文化》在国内正式公开发行了。据我了解，我区地、市一级群众艺术馆中，当时就我们这一个刊物得到了批准公开发行。下一年我们又将刊物改成了双月刊，最高印量达到四万五千册/期，刊物从印刷厂运回来时装了满满一卡车，再不是用一辆板车可以拉得完的了。结算情况遂人意，不但回了成本，还小赚了一笔。

不久，纸张提了价，我们的办刊经费自然感到紧张。为了开源节流，我打听到柳江造纸厂有“次品”纸出售，于是就和编辑部的同志（1981 年请了两名业余作者张宗栻、汤世民当编辑，共四人）到柳江造纸厂筹集纸张。联系和押运一车纸回来，往往是清晨上路，要到第二天凌晨一两点钟才能回家。这样每吨纸可节约几百元，解决了不小问题。当时经常给我们投稿的作者数上升到一百多人，一年的收稿量达到了二千五百件之多，我们欣喜地看到，我市业余文艺创作初步繁荣的局面正在形成，当然这与兄弟的《漓江》文艺杂志（市文联主办），以及《桂林日报》副刊部各位编辑的辛勤劳动是分不开的。

为了提高刊物质量，我们还用办班的形式培养作者，一方面请大学老师和作家讲课，另一方面组织作者互相看稿改稿，解决写稿中的疑难，达到共同提高的目的。办班是以《桂林日报》副刊部和《桂林文化》编辑部两个单位的名义合作的，日报编辑苏理立老师自始至终参加了工作。我们主持了两期培训班，1981 年 3 月和 1982 年 5 月各一次，每次 10 天。两期培训班，每期有四五十人参加，大多是来自基层一线的青年，这些人后来都成了单位的写作尖子，有的成了名作家，有的还因文才出众成了领导，比如王勇、毛荣生、汤世民、刘志敏、刘血花、麻秋鹤、罗静斌、蒋健生、刘桂阳、张宗栻、朱茵、崔润民、陆明伟、陈家维、庞铁坚、李晶、李超英、鲁和鸣、胡克、吴昌明、李大明、周晓宁、葛正忠、周桥生、甘金山、王耘、周筱荣、李海鸣、李靖、潘昌漓、唐步坚等。直到现在，我们见面回忆起当年“文创班”

的学习写作情景,还津津乐道,感到学到了知识,丰富了人生阅历。

当编辑是无名英雄,要有乐为他人作嫁衣的精神。一篇稿子辛辛苦苦编好了,印成了铅字,标题下是人家的名字,稿费送到人家手里,作者名利双收,编辑往往还因注意不到的疏漏造成错误,挨批评。但是,既干了这一行,往高尚上说,是干事业,往低处讲,是兴趣爱好。总之必须安心地干,快乐地干,想方设法干好来。于是,我和其他几位编辑商量好,由我起草了署名本刊编辑部的文章《为无名小辈登上文坛砌石铺路》。宣称要给那些年轻的、不出名的、被大家遗忘了的文学作者做人梯,让他们大大方方地登上文坛!我们有宣言,也有行动,两次开辟了我市青年作者处女作专栏,刊登文章总计有十三篇之多。有人说当编辑掌握了稿件的生杀大权,而对待自己的稿件,又可以"近水楼台先得月"优先发表。我警觉到了这种现象,首先在编辑部提出每年每人在本刊发稿不得超过两篇,从原则上卡死了"后门"之风。而我自己1982年全年基本上没有在自己的刊物上发表一篇稿件。相反,为了业余作者的稿件问世,我和其他编辑经常三番五次地找作者商量,反复修改,像青年处女作《看山狗外传》《露》《粽粑伯娘》等稿件就是这样。有一篇小说《月光曲》,发稿到印刷厂后,我们觉得该小说中有不妥之处,为了对作者和读者负责,我火速赶往印刷厂,花了半天时间对稿件做了修改。后来这位作者在给我们的来信中说:"你们为了培养文学新人,真是呕心沥血!"

我自己是工人业余作者出身,对业余作者写稿时熬更打夜的艰苦深有体会,所以,我和其他同志商量后,提出要认真对待每一篇来稿的诺言,不用的稿件,大体都能退回作者,并尽力写出意见。但是业余作者中也有各种各样的情况，有时也出现麻烦的事情。比如，我市电厂有位作者写了篇小说，我们看后作为备用稿提了意见请他修改。他在我们退稿期间将稿件又投给了另一杂志社，可能是想试一试我们的“眼力”。但另一杂志社也未采用他的稿件，他又将稿件原封不动拿来给我们，说他改不了，要我们帮改。当我们把稿件打开看时，在我们原批签的意见旁他写上了“怪论！”“此亦怪论！”等批语，这是考验我们呢还是他忘记了擦去，不得而知。这使大家很惊愕。我们提意见的地方就是要改动的地方，你都批上了“怪论”，你不改，我们怎么好动手改呢？在馆领导的支持下，我花了一个晚上的时间写了一封信，诚恳地向他谈了我们的具体看法。谁知他接信后立即来信反驳和讽刺，弄得我们个别同志都气愤起来了。按理说，像这种情况，编辑部是可以不必理睬的，把稿件退回他算完事。我冷静地想了想，一个业余作者写一篇稿件不容易，再说，他今后还得写稿，我们不在乎一稿的得失，关键是要帮助他端正写稿的态度。于是，我又心平气和地给他写了第二封信，和他讲道理，进一步指出他不对的地方。后来一次我出差南宁，与他在火车上不期而遇，我俩促膝谈心，终于听到了他表示歉意的话。

正当我们兴致勃勃要大干时，馆长传达了市文化局主要领导的指示，责成刊物改名为《桂林艺术》。既然是艺术类刊物，就不能发或者少发小说、散文等文学作品了。刊物的发行数，又一落千丈啦，回到每期 3000 册。这种状况维持到 1984 年秋季，广西的通俗文学热火了起来，我们趁势申请改刊为《故事天地》。当时市文化局主要领导也换人了，不然也改不成。

《桂林文化》1979 年下半年作为试刊，出版了两期，32 开本，每期定价 0.10 元，印 3000 册。1980 年改为 16 开本，季刊，全年出版 4 期，每期定价 0.25 元。1981 年，16 开本，双月刊，全年出版 6 期，每期定价 0.25 元。1981 年 10 月起国内公开发行。1982 年冬更名为《桂林艺术》，每期定价 0.30 元，至 1984 年秋止。1984 年年末改名为《故事天地》，一共出版了 13 期，至 1987 年终刊。人员方面，从开头任编辑的我、毕浩（后提升为馆长），到后来陆续调入了李顺九、甘金山、林枝（美编）、申咏秋。

1984 年年末出版《故事天地》，印量大幅增加，最高期印数达 150 万册，发向全国各大城市，广州、上海、西安、武汉等地每期均发有 6 万册，编辑、发行工作特别繁重，这是另外一篇文章了。

曲随时代　艺为人民

李侃注：二〇一五年四月号《曲艺》杂志刊发拙文《曲随时代　艺为人民》。这一期特别策划"说新唱新　与时俱进"开篇语引用了我文章中的话："曲随时代，艺为人民，是高度的统一。曲艺作品源于生活又高于生活，把握时代的需求，把握当今审美主体意识的发展，使我们的作品折射出的生活哲理与现实社会紧密结合，就能从纷繁复杂的社会生活中找到文艺创作出新的突破口。"

中华曲艺，源远流长。她从遥远的历史深处走来，承载着民族的智慧与理想，矢志不渝，一往无前。在通信不发达和没有先进传播工具的年代里，说唱艺术是中华文化传承的主要载体和传播主渠道。无论是远古劳动中的歌唱表达，还是东汉说书叙事，抑或是民间俳优娱情，她始终根植于群众的沃土之中，吸取丰厚的营养，并将灿烂的鲜花回报母亲大地。

中华人民共和国成立后，曲艺艺人得到空前未有的解放，他们以主人翁的姿态投入社会主义建设之中，并以说唱艺术作为自己的事业，自觉地、积极地为新中国而歌唱。我们不会忘记，20 世纪 50

年代初,相声艺人告别了撂地摊乞讨似的屈辱生活之后,他们想到的不单是如何吃饱饭,而且是要以自己的技艺为新生活贡献才智,为建设新中国助力鼓劲。据侯宝林先生回忆,他们首先碰到的问题,就是新社会里相声向何处去,相声在新社会里有没有前途?他当时不相信相声不能为新中国服务,他想只要写出符合新社会需要的相声段子,群众拥护它,就能够站得住。他试着创作了《婚姻与迷信》《一贯道》两个段子,演出后受到群众欢迎。这坚定了他的信念,于是他们决定建立相声社团,得到北京市政府文艺处支持,于 1950 年 1 月 19 日正式建立北京相声改进小组。相声改进小组旨在改革旧相声、创作新相声,推进相声工作。为了适应时代,新相声从内容到形式都进行了大胆的改革,比如说相声还讲过时落后的东西,使用一些不健康的语言,观众就会不答应,会请你下台。只有改革相声旧模式,说新的内容,使用健康的语言,才有前途。相声改进开了个好头,其他曲种也都齐头并进,曲艺园地一时呈现出欣欣向荣的景象。

粉碎"四人帮"之后,文学艺术从寒冬中苏醒,曲艺艺人再次获得解放,又是相声领潮流之先,《帽子工厂》《如此照相》一大批节目相继上演,一花引来万花开,文艺园地终于迎来了百花争艳的春天。

曲艺是人民的艺术,是中华民族的艺术瑰宝。她来自大地,根基在民间,血脉在人民。它每前进一步,我们都能看到它随着历史潮流前进的光辉足迹。这不但是时代的需要,亦是曲艺艺术自身发展的需要。长期以来,广大曲艺工作者致力于曲艺创作、表演、研究、传播,凝心聚力,辛勤耕耘,取得了显著的成绩,做出了重大的贡献。他们依据曲艺的本质特征,创作出灿若星河的名篇佳作,赢得了社会的广泛赞誉。曲艺生动活泼、简约隽永,一把琴、一副板、一个鼓,一张嘴,不要布景,无需道具,却能满台生辉,演绎精彩。在祖国广袤的大地上,村庄、田野、工厂、城区,哨所,无不活跃着我们曲艺演员的身影。近年风起的送欢笑到基层,宣传道德模范故事汇演巡演等多种服务于人民的好形式,都是我们曲艺人的首创,延续了曲艺为人民的光荣传统。

曲艺天生就是时代的产物。历史长河滚滚向前,聪明的曲艺人求百变以对不变,不断扬弃,使自己更适合时代,而群众喜爱的新曲艺形式则随着社会的发展应运而生。这是历史的规律。当前,在中国共产党的领导下,为实现"两个一百年"奋斗目标、实现中华民族伟大复兴的中国梦,全国人民正以前所未有的昂扬斗志奋勇前进。在这伟大的时代,广大文艺工作者要高度认识文艺的地位和作用,认识自己所担负的历史使命和责任。时代需要文艺,文艺工作者大有可为,文艺的作用不可替代,作为被人民群众誉为"文艺轻骑兵"的曲艺,更应领时代之先,创文艺之范。

笔者所在的广西是一个多民族聚居的壮族自治区,有 12 个世居民族。在壮乡瑶寨、侗岭苗圩,流传着数十个曲艺品种,像满山盛开的鲜花,姹紫嫣红。进入新世纪以来,广西的曲艺工作者为了使民族曲艺跟上时代,更好地为人民服务,认真地进行了探索。过去我们的认识比较肤浅,很随意地给任何题材贴标签,加点少数民族风俗的佐料,就准为少数民族的新曲艺了。后来,我们经过学习,对曲艺跟上时代唱新说新,有了深入的理解,认识到时代赋予曲艺工作者庄严使命,认识到大凡优秀的、先进的艺术总会适时而变,与时俱进,不断完善自己、更新自己、超越自己。从历史的高度上看,我们的少数民族曲艺创作就应该是与时代本质相融合的先进文化的具体体现。在提高认识的基础上,我们相继推出了一批较为优秀的曲艺作品，如壮族天琴弹唱《漓水谣》，京族弹唱《白鹭缘》，瑶族铃鼓《一张泥巴照》，壮族师公锣鼓《壮歌飞扬》，苗族尼呐哩《偷秋》，瑶族乐春鼓《诺言》，侗族琵琶歌《侗寨传奇》等，无一不是反映少数民族生活的高扬着时代主旋律的作品。这些作品与过往广西各个时期的作品迥然不同，具有鲜明的时代烙印，符合社会发展的本质规律，体现了社会主义核心价值观，得到群众的喜爱。我记得为创作反映少数民族精神风貌的作品，我们沿着漓江去采风，在阳朔兴坪采访到一位壮族老人20年如一日为漓江“洗脸”（捡垃圾）的事迹。这个故事具有鲜明的时代特色，老人每天忙完家里忙家外，撑起竹排去捡垃圾清洁漓江，她不怕烈日暴雨，寒来暑往二十载，从不停歇。她认为家里干净生活好，漓江清爽好迎客。她的行动影响了一大帮小孩跟着她宣传环保争捡垃圾，游客们把这一景象当成漓江上一个新景点而大加赞扬。人民群众中有着这样像桂林山水一样美好心灵的人物，多么值得我们去追寻、去歌颂！在表现形式上，过去我们表演曲艺，比较直白，在创作《漓水谣》这个作品时，我们下决心要打造出精品，为人民的艺术不能媚俗，不能平庸，必须脱俗，必须有高品位。艺术作品中内容和形式的完美结合是艺术家们始终不懈的追求，发扬传统和开拓创新、打造精品是统一的，继承是创新的重要基础，创新是继承的必然发展。我们必须把握曲艺艺术基本特征，弘扬其本质优长，只有牢牢掌握了属于“这一个”的艺术特征规律，我们才能在内容与形式的结合上，在继承和创新中游刃有余。在《漓水谣》的编排中，我们没有把传统天琴表演中“做天”的司法祭祀指天求神的动作搬过来，全场坐唱也太呆板。我们要的是能体现这一曲种特点，能表现故事内容的形体动作。我们选择了“做天”活动中“跳天”的舞蹈语汇加以改造，创编出很有特色的“脚铃舞”，再加上民族服饰漂亮，山水衬景优美，整个节目给人耳目一新的感觉，在参加全国少数民族曲艺展演角逐中，一举夺得一等奖。

曲艺是说唱艺术的总称，她的根本属性是说唱故事。但在近年少数民族曲艺展演中，有一些节目呈现歌舞化趋势，遭到观众和专家的批评。我认为少数民族是歌舞的民族，少数民族曲艺载歌载舞是其显著的特色之一。但是，要划清少数民族曲艺和少数民族歌舞的界限，曲艺中的舞蹈要为说唱故事的内容服务，边说边唱边舞，收放自如，放得开，收得拢，恰到好处。不要用舞蹈取代曲艺的本质特性，也不要因曲艺中有舞蹈而不承认她是曲艺。

曲随时代，艺为人民，是高度的统一。贯彻习近平总书记在文艺工作座谈会上的重要讲话，我们要把自觉地、主动地为人民说唱看成是我们曲艺人的神圣使命。文艺作品源于生活又高于生活，把握时代的需求，把握当今审美主体意识的发展，使我们的作品折射出的生活哲理与现实社会紧密结合，就能从纷繁复杂的社会生活中找到文艺创作出新的突破口。我们有理由相信，广大曲艺工作者只要坚持以人民为中心的创作导向，弘扬中国精神，讲好中国故事，扬善不贬美，反腐不炫丑，推陈更出新，奋发有为，更多的无愧于时代的优秀作品一定会源源不断地涌现出来。

文艺的根本宗旨是为人民

正当今夏里约奥运会如火如荼举行，中华健儿顽强拼搏、勇攀竞技体育高峰之时，全国人民以炽热的情感关注这场4年一届的盛事。谁料到“半路杀出个程咬金”——有个电影演员宣布要离婚，扯出一长串绯闻秘事，牵引了受众视线，一时间报纸、电视、广播，以及自媒体沸沸扬扬尽是“王、马”。我当时就在想，我们的许多同胞为什么一下子从火热的赛场跑到了某演员家里，我们的神经出了什么问题？

该演员是一个农村的孩子，个头不高，文化不多，长相平平，就因为他在偶然的机会里演了一个电影角色，一下子就红到了炙手可热的地步，随之而来的是娶美女，置洋房，买豪车，几年光景存款就上亿了。如今年轻人闹离婚，不是什么新鲜玩意，可他一宣布要离婚，媒体就哗啦啦刷屏了。

这种现象值得考究。一个演员，在社会上从事文艺工作只是一种职业，广大人民群众心里应该十分清楚。可是这些年我们的价值观出了问题，一切都向钱看了。于是演员走穴，媒体造势，某些部门推波助澜乱作为，使得追星捧星之风盛行，把个文艺界搞得乌烟瘴气。我们记忆犹新，前几年造节办节，节庆晚会泛滥成灾，动辄花费几百万、几千万，劳民伤财啊！晚会豪华化，使得明星神仙化，制造出一批文艺贵族。庞大的乐队阵营、高档的华丽服饰、光怪陆离的灯光效果、高昂的出场费，把演员捧到了云里雾里，生生地脱离了人民。并且滋生出种种无良恶俗，败坏了社会的风气。有鉴于此，习近平总书记及时指出文艺界的乱象，他说：在有些作品中，有的调侃崇高、扭曲经典、颠覆历史，丑化人民群众和英雄人物；有的是非不分、善恶不辨、以丑为美，过度渲染社会阴暗面；有的搜奇猎艳、一味媚俗、低级趣味，把作品当作追逐利益的"摇钱树"，当作感官刺激的"摇头丸"；有的胡编乱写、粗制滥造、牵强附会，制造了一些文化"垃圾"；有的追求奢华、过度包装、炫富摆阔，形式大于内容；还有的热衷于所谓"为艺术而艺术"，只写一己悲欢、杯水风波，脱离大众、脱离现实。凡此种种都警示我们，文艺不能在市场经济大潮中迷失方向，不能在为什么人的问题上发生偏差，否则文艺就没有生命力。

习近平总书记的讲话，吹响了文艺前进的号角，使人十分振奋。回顾自己四十多年的创作历程，我深深感到一个作家如果脱离人民，创作就是无源之水、无本之木，如果不为人民写作，创作就失去了方向，作品就不会受到社会欢迎，甚或被人民唾弃。我是一个曲艺作家，我在创作过程中，时刻牢记使命，我曾经以桂林农行储蓄员与歹徒做斗争的英雄事迹创作出桂林渔鼓《热血金穗》，以龙胜侗族山寨赡养孤寡老人的事迹创作出侗族琵琶歌《侗寨传奇》，以瑶族母亲重诺守信的事迹创作出瑶族乐春鼓《诺言》，今年又在首都舞台上演了失散老红军扎根瑶乡数十年，不改初心为完成中国梦的《梦圆》……由于这些作品来自生活，脚踩坚实的大地，高扬社会主义核心价值观，歌颂普通人民心灵崇高之美，受到广大人民群众的热烈欢迎，并荣获全国少数民族曲艺展演一等奖和自治区铜鼓奖。

由明星的离婚案，引发我对文艺界种种弊端的思考，学习习近平总书记的讲话，牢记文艺的根本宗旨是为人民，握牢手中笔，坚定不移地在为人民而创作的道路上走下去。

2016 年 9 月 14 日

2019年在荔浦市曲艺传承与发展研讨会上的发言

春桃主席（桂林市曲艺家协会主席叶春桃）交给我这个任务，我是看到活动方案才知道的，没有好好做准备，就随机谈点自己的意见吧。权作抛砖引玉。

现在开会兴讲主题词，我们会议的主题词很明确，就是"传承、发展"，曲艺如何传承和发展。题目大了去，内容太多，不可能说得周全。各人讲各人的看法，凑起来就是一篇文章。我想在讲曲艺的传承之前，必须搞清楚什么是曲艺。概念都不清楚，你能够传承什么啊？曲艺人喜欢讲故事，我先来讲讲故事吧。第一个故事：2013年12月，也是在这个地方，庆祝荔浦光荣成为"中国曲艺之乡"，举行授牌仪式，同时由广西群文系统举行了一个全区曲艺展演。有姜昆等名家参演。演出结束，在回宾馆路上，在寒风细雨中我遇到钦州业余粤剧队的队长，我问怎么没有看到她们的演出啊？她说她们的节目临时被取消了。我说为什么，她讲组委会说"粤曲不是曲艺"，所以被取消了。我说粤曲是正宗的曲艺啊，你们没有申辩吗，她说讲了，没有用。第二个故事，去年年底在梧州举行的广西曲艺文本创作大赛中，将体裁标为"粤曲表演唱""鹿寨山歌戏"的作品评上了曲艺奖，令人匪夷所思。表演唱不是曲艺，山歌戏是戏，就更不是曲艺了。它们都堂而皇之地评上了广西曲艺奖。第三个故事，这是发表在《广西日报》2013 年 8 月 22 日的一篇文章，占了很大的版面，《广西曲艺：苍凉音韵扬出奋起调子》，很有诗意的标题。我引用原文吧："借鉴相声以铺垫性语言、评书以开场白形式、二人转以演员绝活来拉近观众距离。直奔主题的广西曲艺，在内容方面还要善于运用武打元素，更重要的是添加百姓所见所闻的东西。"再引一段原文："由于曲艺形式比较单一，说唱的功夫就要求甚高。加上广西曲艺有别于北方曲艺，多了武打的元素，因而对演员能文能武的要求就会偏高。"这是广西曲协前主席接待记者时说的话，我都一字未改，并且加了引号。这真是信口开河。看了这篇文章，曲艺理论家、中国曲协副主席崔凯老师在三江培训班上课前还诘问我："怎么，你们广西曲艺还有武打元素？"搞得我非常尴尬。三个故事讲完了，说明什么呢，说明我们广西文艺界、曲艺界有的人甚至领导，还没有搞清楚曲艺的概念。

那么，什么是曲艺呢？通常说曲艺是各种说唱艺术的总称。讲细一点，曲艺是演员以本色身份采用口头语言"说唱"叙述的表演艺术。中国曲艺是中国各民族演员以本色身份采用本民族口头语言及所处方言以"说唱"方式进行叙述的表演艺术。

曲种是有文化渊源及特殊内涵的艺术品，其命名和认定通常依据是：1.表演方式；2.采用语言（民族的或者是方言的）；3.音乐构成（基于地域方言的唱腔曲调）；4.特色伴奏乐器。具体名称或约定俗成，或学术厘定，主要是便于认知和继承，传播和发展。你的节目，与这四样综合判定沾不上边，那你就不是曲艺了。

上面说的是区一级的状况，我们桂林市一级也有，我知道市群众艺术馆韦海涛副馆长这些年很为难，甚至痛苦，常常为参加“漓江之声”的曲艺节目，由于体裁等多方面的问题和有的同志解释甚至争吵。我们看到有人以一首写景或抒情的歌词谱上曲艺音乐元素的曲子(不是唱腔曲牌)，就以为是某某曲种了，有的根本就不是曲艺的音乐，拿过民间民族音乐谱曲，很大胆地安上××曲种的名称。这是大大的错误，竟然还得曲艺奖就更不应该了。曲艺的定义规定了它内容上必须说唱故事，写人物，表演形式上要一人多角，进出自如，说法现身，那些从头跳到尾的舞蹈或者歌伴舞，都不是曲艺。我每一次看到曲艺比赛，选了一些跳舞的、唱歌的老师当评委，我就替他们捏着一把汗。我心想他们是按照舞蹈的标准来评曲艺呢，还是按照唱歌的标准来评曲艺？只有他们自己知道。有一次我坐在一位舞蹈老师旁边当评委，演曲艺节目时，她不断地斜视我打分，我知道她缺少自信。真的是难为他们了。前不久，韦海涛副馆长对我说，他在考虑今年的“漓江之声”是不是把曲艺节目独立出来，或者像中央台相声、小品比赛那样，评委中分为两拨人。希望他的想法成为事实。

文场和渔鼓是桂林也是广西两个评定为国家级非物质文化遗产名录的曲种，称得上是我们的瑰宝，但这些年它们的表现有点不如人意。文场丢了不少自己的本质特征，有些同志老是想要把文场朝歌舞化、歌曲化方向发展，渔鼓去年用力抓了一把，相比较而言，要好一点，手里头还抱着那个渔鼓筒没有丢掉。我这里申明一点，我不反对业余演出中出现“四不像”的节目，出现文场歌舞、渔鼓歌舞的节目，但它们如果参加专业比赛，还是得按规矩办，评委也应该按艺术门类的要求来评判，再不要让歌舞评上曲艺奖了，而让真正的曲艺成了“受委屈的艺术”。

传承就讲这么多，就是要强调传承这一个曲种本质特征的东西，是说唱艺术，你的创作要使专家、群众看后还承认你这个东西是曲艺。我突然想到一个可能不恰当的比方，你首先要认定这是你的子女，他的基因是你们家族的基因，不是变异了的怪种，你才去精心培育他、发展他，倘若没有把DNA搞对，你的传承发展不是帮别人家忙乎了？

我扯得远了，要留时间给在座的各位。发展这两个字，我概括说几句吧，简单说就是要创新，永远在演旧的东西，只求衣着华丽，灯光璀璨，乐队庞大，那只是锦上添花，并不是创新，创新是内容到形式的创新。谈传承发展，不创新何来发展？我提出“发扬工匠精神，打造精品力作”，四个精：选材精当，结构精巧，形式精美，语言精练。唱曲是提炼过的简约，一个约十分钟的作品，要从发端、推进，到高潮、结尾，演绎一个完整的故事，完成人物塑造，表达主题思想，你讲有几难就有几难。我说曲艺作家是编故事的高手，毫不夸张。今天就此打住。谢谢大家。

壮族艺术奇葩——天琴弹唱

天琴是壮族最有特色的一种古老弹拨乐器。从外表上看，它用葫芦做琴鼓，梧桐做板面，尼龙做弦线，琴头是雕刻的龙和凤。演奏时用弹片拨弦，发出优美动听的琴音。这是壮族“骆越巫乐”遗传下来的绝响。2003 年 11 月 8 日晚，来自龙州美女村的“壮族天琴女子弹唱组合”，在南宁国际民歌艺术节甫一亮相，即引起轰动，受到各方关注。

关于天琴的源出，民间流传着一个动人的故事。相传很久很久以前，在广西南部地区有一对相恋的青年。一天，他们到深山砍柴，来到一个岩洞旁边，听到泉水从洞顶滴下深潭的声音十分美妙，便起心用葫芦、芦秆和藤丝做成了一把琴，弹出泉水下滴的“叮咚”之声，格外动听。玉皇闻听此声，将他们召到天上弹奏，并敕封此琴为“天琴”。每逢年节，他们就下凡与乡亲们共同欢庆，弹唱舞蹈，这种形式称之为“天”——就是用天琴伴奏的各种文娱活动的总称，天琴是活动中唯一的乐器。整个“天”的活动，可分为“弹天”“唱天”“跳天”三种类型。弹天即天琴独奏，它有一定的程式和固定的曲牌。曲调轻快跳跃，节奏鲜明，给人轻松愉悦感。唱天就是用天琴伴奏，演唱各种山歌或叙事歌的活动。跳天是边弹琴、边唱歌、边跳舞的综合表现形式,场面热烈,情绪欢乐。天琴到底产生在什么时候,史籍没有记载。清光绪九年(1883 年)修撰的《宁明州志》记载:“女巫……以交鬼神为名,以‘匏’为乐器,状如胡琴,其名曰‘鼎’……凡患病之众,延其作法,则手弹其所谓‘鼎’者口唱其鄙俚之词。”文中之“鼎”就是天琴。长期以来,这种活动曾是“天婆”(巫婆)祭祀时的一种宗教活动,目的在于求神保佑平安,消灾除害,预兆丰年。据介绍,壮族民间传说《妈勒访天边》中的妈勒就是弹着天琴去天边寻找太阳,为壮乡带来光明和欢乐的。

天琴音乐大都以多声部形式出现,其结合方式有支声、对比、模仿和各种音型化烘托,变化丰富。乐曲中常有中立音,因而造成奇特的中调式色彩。龙州壮族民歌分霞秀调式和金龙调式两种。霞秀调式又分有长声和短声,长声抑扬顿挫,以真假声进行演唱;短声音调和谐,尾声可以拉长或发出波浪式的音律,唱来悦耳动听。金龙调式有三句诗韵和长诗两种。三句诗韵多为白昼演唱,长诗句多为夜间对歌演唱。金龙山歌吟唱时多是两人或多人合声齐唱,唱调婉转响亮动听,并通过反复收声,达到别具一格的效果。而于天琴曲,广西艺术学院的杨秀昭教授等在二十年前就收录有民间艺人梁臣中、赖增华演奏的天琴独奏曲《逗天(之一)》《弹天》《解闷曲》等,弥足珍贵。

由于天琴形式独特,音乐优美,民族色彩浓郁,近年传播速度很快。龙州县兴起了一股“天琴热”。上至耄耋老人,下至牙牙学语的小孩,个个都手持天琴学习弹奏,每逢重大的民族节日和形式多样的广场文化活动,必定有天琴弹唱的表演节目,形成了全民参与的热烈景象。由此,2007 年 12 月,中国民间文艺家协会授予龙州“中国天琴艺术之乡”称号。

2004年第二届全国少数民族曲艺展演在南宁举行。广西曲协和桂林市曲艺团在筹备节目时,决心借这一极好的机会,打造精品,他们将自己的创作实践锁定在天琴弹唱这一形式上。已见的天琴弹唱大多是用天琴伴奏演唱民歌,歌词简单,唱故事唱人物的曲艺形式还没有过。他们决心从内容到形式来一番继承创新。他们选取了一位老外婆在漓江捡垃圾的故事,歌唱她心灵与山水同美的崇高品质。龙州天琴弹唱基本形式是坐唱,局限了表演。桂林的编导者选择了"跳天"的舞蹈语汇加以改造,创编出很有特色的"脚铃舞",节目顿时活了起来。演出服饰精心设计,十分漂亮,山水衬景优美,整个节目给人耳目一新的感觉。每次演出,大幕一拉开,观众席上立即响起了掌声。这个名为《漓水谣》的天琴弹唱节目,开拓了天琴演唱的新局面,把天琴的演唱提升到更高一级的层次,自问世以来先后公演近百场,还演到了香港、澳门,荣获全国少数民族曲艺展演一等奖、广西文艺创作铜鼓奖等十多个奖项,其形式不断被复制,乐曲被填词套用,成为保留节目。

2008年1月

了解一点侗族琵琶歌的常识

侗族琵琶歌，侗语称为“嘎琵琶”，即用侗族琵琶伴奏的歌。曲种以自制土琵琶伴奏得名。流行在广西三江侗族自治县、龙胜各族自治县、融水苗族自治县和罗城仫佬族自治县等侗族聚居的地区。传统琵琶歌通常是在鼓楼中演出，演唱者一人自弹琵琶坐着说唱，演唱者被称为歌师。二十世纪七十年代搬上舞台后，即发展为由多名年轻女演员着侗族服装排列坐唱，一般用本嗓唱，有时用假嗓或真假嗓结合演唱。这次我们龙胜演出的《侗寨传奇》，在音乐和表演形式上进行了大胆的改革尝试，加入了现代元素，使侗歌侗舞更为出彩。

琵琶歌音乐，侗族琵琶有低音琵琶、中音琵琶和高音琵琶三种。用低音琵琶和中音琵琶伴奏的叫“嘎经”，也叫“大琵琶歌”。曲体结构长大，有唱、有说、有器乐。分为开歌堂、朗诵、组歌、朗诵、散歌堂等多段结构。通常演唱历史故事、民间传说等。用高音琵琶伴奏的，侗语称为“嘎常”，一般称为“琵琶歌”。比起大琵琶歌来，它的结构短小得多，形式也较自由。青年人多在“行歌坐夜”时在火塘边唱，并多唱抒情歌。琵琶歌有两种：一种是只唱不说，篇幅较短，内容比较单纯，如《怀念毛主席》。另一种是有说有唱，发挥“说、表、弹、唱”四种技巧，篇幅较长，有连唱数夜的巨篇。琵琶歌每首句必双数，由上下两句组成一个单元，若干单元组成一首歌。每句字数一般要单数，多为七字、九字一句，也有三字、五字或十一字以上的，视内容而定。用三、五字为一句的，多用在一首歌的开头句，其余都要七字以上，最长的句子中多达三十五字。一句歌词可分若干节，末尾一节字数必须单数，前面各节必须双数。琵琶歌十分注意韵律，有外韵（亦称押韵）、内韵和腰韵（亦称中韵）之别。外韵，就是一首歌的双句的末尾字要同韵或近韵。一百几十行的“嘎常”，一定要一韵到底；“嘎经”则可完成一段道白后换韵。腰韵，是指下句的一、二、四字或六、八字要与上句末字同调，或近韵近调。内韵也称锁韵，是指一句中的各个音节之间的联结字要同韵同调，或近韵近调。一般是指每句倒数第三字和第四字要同韵同调或近韵近调。这是侗族琵琶歌特有的韵律。不过，有时为了不致因韵害义，在保持外韵的前提下，也可突破内韵、腰韵的束缚。琵琶歌的曲调，各地不尽相同。各方言区都有各自的曲调。这些曲调流畅，旋律性很强，一般都用本嗓唱。琵琶歌的旋律严格按照侗语的声调依字行腔，有明显的句读，主要是在延长音的伴奏中形成上下句。

琵琶歌的表演形式分为两种：“嘎锦”，是唱故事，说、表、弹、唱综合运用，曲目篇幅较长，有连唱若干夜的长篇；“嘎常”，是只唱不说，篇幅较短。琵琶歌演唱，歌手坐在凳子上，怀抱琵琶，在鼓楼里，火塘边，随处都可弹唱。一般由一男歌手自弹琵琶自唱，也有男子弹琵琶伴奏，女子演唱的。演唱叙事长歌时，先朗诵一段致意的道白，说些客套话，然后先以开堂歌叙述所要演唱的曲目的来历、意义，再唱曲目的主要内容，最后以“消散歌”结束。

来源于生活的《侗寨传奇》

在刚刚落幕的第五届全国少数民族曲艺展演中，由龙胜各族自治县演出的侗族琵琶歌《侗寨传奇》，一举夺取了一等奖。成为我市岁末文艺盛事。回想创作这个节目的过程，我深深感到，一个好的文艺作品必须来源于生活，从沸腾的生活中汲取营养，感受到人民群众奋发有为的精神，只有这样才能点燃作家的创作激情，写出无愧于时代的文艺作品。

2012 年 4 月，我得到一条线索：龙胜各族自治县庖田村有个侗族孤寡老人姚祖纯，全寨轮流赡养他，每户一天，从他 60 岁起，至今已经有 10 年。在大家的悉心照料下，他病痛没有了，人也精神了，还时不时搞点小幽默，他唱道："姚祖纯，身体好，一日三餐吃得饱。要是几日没得吃，死了的死了。"我觉得这是一个很有意义的题材，便同青年作家邓力洪赶往龙胜侗乡。

11 日去龙胜采风，是按图索骥。近些天桂林老是大雨阵雨，去龙胜的山道有坍塌，司机只好改道行走。近三个小时之后，来到美丽的县城。吃了午饭稍事休息，改乘县文化局的车子，直奔平等乡。前些年，平等乡是我们广西出版局的扶贫帮困点，我曾经到过。那次汽车行驶了 4 个小时。这次听说路修好了，却在改建，也不好走。

扎扎实实颠簸了两个半小时才到目的地。庖田村,是一个侗族小山村,有几十户人家。听说在10年前龙胜举办50周年县庆时,有人告诉姚祖纯,县里好热闹啊,有好多好多东西吃,随便吃,不要钱。他兴奋了,他激动了,决心去一饱口福。现实往往与理想是脱节的。等到他到了县城,热闹是看了,可是看得眼饱腹中饥,何处去找免费午餐?饥肠辘辘的他被一个好心同村人发现了,给了他一碗米粉。他回到庖田就大病了一场,卧床不起。乡亲们听闻他生病了,都来关心他服侍他。但大家都有农活要忙,自己的事情也有一大堆呢。于是村委会研究决定,轮流值日照顾他,每天一户按时送饭。在大家的悉心照料下,他的身体慢慢地好了起来。我们到时,他正在禾场晒太阳,有人给了他几个橘子吃。一位大嫂告诉我,刚才有一个老奶帮他理了发,所以看起来很爽神。在暖洋洋的太阳下,他坐在石磨旁边,我帮他照相,他一点也不认生。这时我看到全寨帮他送饭的一块木牌,上面写满密密麻麻的户主姓名,不禁感慨万端。

有些人误以为少数民族同胞整天就是在唱歌跳舞,再不就是生活在神秘兮兮的风俗之中,或者迷信,或者粗鲁,甚至有点野蛮。我决不浅尝辄止。我们需要色彩斑斓,而不是花里胡哨;我们需要内涵深刻,而不是惊艳猎奇。仅有点信手拈来的民族习俗,再加点阿哥阿妹的佐料是不够的,还要看到这种习俗的民族基因,表现出民族的传统和自信。

在采访的基础上,我读完了由苗延秀、蒙书翰主编的《侗族文学史料》,有70万字之多,感受了这个民族的优秀品质。结合多次到侗乡采风的素材,我决心表现侗族尊老爱幼、遵守“款”约的光荣传统,因为这与当代我们崇尚的社会主义道德观、价值观是相契合的。

这些年我们桂林民族地区涉外婚姻很多,少数民族青年到北京上大学的也不少,我很自然地构思了侗妹培英从北大带回未婚夫克林顿,并且双双给姚公送饭的情节。在结构中,又安排了克林顿进寨遭遇"武考"——唱拦路歌,喝三碗糯米酒的情节,颇富民族色彩;"文考"更是让洋小伙上了一堂尊老爱幼的民族传统课。故事新,开掘才能深。这个传奇故事,反映少数民族青年积极向上、文明求真的崇高精神,宣示中华文明在长期的历史进程中,薪火相传、生生不息,具有强大生命力和兼容性的高贵品质。我体会到,作家只有深入生活、热爱生活,才能认识生活、分析生活、提炼生活。我们的作品折射出的生活哲理一旦与现实社会紧密结合,形成文艺作品的深层精蕴,就能从崭新的题材中找到文艺创作主题创新的突破口。

看导演排戏

我没有进过专门的戏曲院校，与表导演专业无缘。但我又阴差阳错写了不少节目，在写节目的过程中，我将自己编织的故事，让虚拟的人物在我想象的舞台上演出。人物进出顺不顺，相互之间会不会“打架”，台词和场景是否协调……我让他们一次又一次表演，直到自己满意为止。这种土办法，我一直沿用到现在。

20 世纪 70 年代，我还是桂林市一建公司的一名工人业余作者，为纪念毛主席《在延安文艺座谈会上的讲话》发表 30 周年，领导让我写一个戏，给公司文艺宣传队演出。说实话，这之前我阅读剧本不多，只看过一些古装戏和“样板戏”，不知写剧本从何着手。好在，我有建筑工地的生活，在不长的时间里，我硬是编出了个注重建筑质量的小歌剧《责任》。公司请来市群众艺术馆的何红玉老师当导演。何老师很敬业，天天与演员泡在剧场（礼堂）里。有时何老师找到我，让我改动剧本不顺的地方，或一两句唱词。戏基本排好后，参加市里会演前，要请领导审查。记得那一晚也叫上了我，我悄悄地找了个偏僻的座位，坐了下来。整场演出从头至尾我没有看舞台，扒在前面的椅背上，没有看我编织的故事在舞台上如何演绎，一直到戏演完，全场响起了掌声，我才抬起头来。我听到有人说，这个戏不错，有教育意义。在小结会上，领导和同志们提了不少意见，有的说这里好，要发扬；有的说那里不行，要克服。我却讲不出名堂，因为我没有仔细看演出。回到家里，我进行了反思：今后我应该认真看导演排戏和演员演戏，这是我学习戏曲创作的极好机会。

慢慢地我琢磨出了一点道道，我发现导演可以归纳为两种类型。一种是“学院派”，他们比较理性，从他们口中常常说出一些生僻的字眼，显得很高深。他们排戏之前，要进行导演阐述，分析剧本和人物，并且要演员为剧中人写小传，做足前期功课。另一种是“山寨派”，他们大多是演员出身，有着丰富的演出经验，排戏时随意性很强，往往把戏排得很活。可说是各有千秋。

学院派排戏时，指出这场戏的关键在哪里，要达到一个怎样的效果，每个演员在这一场戏里的表现，从动作到感情要达到如何的程度。比如，有场戏导演要求女主演表现出“幸福感”来。那位女演员演一次，导演说不行，不够幸福；她酝酿了许久，又试演了一次，导演还是说不行，还是不幸福。我的天，哪门子才是幸福啊？女演员眼泪水都急了出来，但幸福还是没有出来。而山寨派不同，这类导演排戏之前约莫地想一想，把整个蓝图装在自己的头脑里，也只是一个简单的勾勒，他在现场会随时更改计划，有时睡了一晚起来，可能会有全部推翻的壮举。演员时常有抱怨，或者说某个动作做不了。这难不倒导演，你做不了，他马上做给你看，别忘了他是演员出身，他有着丰富的表演经验。在排演侗族琵琶歌《侗寨传奇》时，导演秦伦凤编好了所有的动作，包括那些优美的舞蹈语汇，演员并不要花太大的力气，跟着她做就是了。这得力于秦导12岁就进了文工团，在舞台上摸爬滚打30多年，练就了一身过硬的本领，表演方面拿得起放得下，自然得心应手。

前面说过，作为作者，我在写本子时，头脑中有个大概的想法，有个假设的舞台。导演拿到本子后，他会想尽一切办法演绎好剧本，这无可怀疑。那么，我怎样评判导演工作的好坏优劣呢？如果这出戏导演导得基本上符合我的设想，我就算他成功了，如果与我的设想相差甚远，体现不了作品的意思，我内心会暗暗叫苦生怨。只有一次看了导演导出的节目后，令我拍案叫绝，完全出乎我的意料。这就是壮族天琴弹唱《漓水谣》。《漓水谣》是由乐器天琴想到的要编这样一个节目。因为天琴造型美，音乐也美，天琴弹唱又是壮族的一个古老的曲艺形式，我们理应把它推向全国。天琴弹唱形式美，就必须有美的内容去“适合”它，我们遂决定写环保，表现桂林山水。于是就有了老外婆在漓江上捡废物的构思，就有了“漓江游船穿梭过，游客齐声夸外婆，捡垃圾的老人成风景，江上又添景一座，夕阳辉映身高洁，就像荷花盛开凌碧波”主题的升华和佳句的出现。唱词只有28句，但有场景、有故事、有人物、有行动，容量可不小。我心里想能排出一个像“表演唱”一样的东西就不错了，孰料导演李伟群别出心裁，上了16个演员，分成三组排列，把故事演到了极致，舞台设计美轮美奂。大幕一拉开，呀，掌声哗地响起，评委会主任刘兰芳忙问我：这是谁导的，服装是谁设计的，你们请了外援没有？可见效果不一般。我当时想，每一个节目都能导演成这样就好了。

看导演排戏，跟班久了，我似乎也能参与到导演之中。去年下半年，龙胜县文化局决定排演我写的《侗寨传奇》时，时间相当紧，我们必须打破常规，跑步前进。当时我把我的创作意图和导演小秦说了，我俩就在剧本稿子上筹划开了，一段一段来，一句一句来，将舞台设计表述清楚。这样，她在台子上摆弄时，不至于返工，起到了事半功倍的效果。这样看来,以后我是不是也能充当导演的角色了呢?

(小歌剧《责任》,桂林市一建公司毛泽东思想文艺宣传队演出,王佳英、孙祈阳主演,何红玉导演,获1972年桂林市文艺会演优秀节目奖。壮族天琴弹唱《漓水谣》由桂林市曲艺团演出,李伟群导演,晏艳编舞,获第二届全国少数民族曲艺展演一等奖、广西文艺创作铜鼓奖。侗族琵琶歌《侗寨传奇》由龙胜各族自治县文化局演出,秦伦凤导演,获第五届全国少数民族曲艺展演一等奖。)

2013 年参加马街书会纪实

整个蛇年春节我都在做一件事，有关曲艺的事，深深感到要做好一件事有多难。

事情的缘起是中国曲艺家协会 2013 年 1 月份发来一份电函，题目是“关于举办第八届河南宝丰马街书会曲艺邀请赛的通知”。河南省宝丰县的马街书会是全国曲艺界的交流盛会，已有 700 多年的历史。每年农历正月十三书会在宝丰县城南 7 公里处杨庄镇马街村北应河岸边举行，届时来自河南省和外省市的说书艺人负鼓携琴，汇集于此，表演亮艺，鼎盛时期演唱艺人达 1000 余员，观众达十多万人，形成全国民间艺术的奇伟景观。今年举办方邀请全国曲艺专业、业余演员参加，包路费、包食宿，并且还有奖，如今哪里有这样的好事？再则，桂林市专业剧团改制后，桂剧、彩调、曲艺三团合并为“桂林市戏剧创作研究中心”，曲艺演员演桂剧、彩调去了，曲艺显然被边缘化了。我很想让曲艺演员能有一个演出的机会。经过与广西曲协驻会副主席蒙海宽商量，遂决定报名参加这次比赛。我们发给了举办方 4 个节目的光碟，经过大会初选，1 月 30 日通知《瑶山飞燕》入选。为什么选定《瑶山飞燕》？我猜想有两个原因，其一是这个节目曲种是国家级曲艺品种广西文场，其二是演员只两人，包括 1 名领队，也就 3 个人，节省经费。比赛定于 2 月 20 日（正月十一）报到,21 日、22 日比赛。22 日晚间举行颁奖仪式,23 日上午离会。正是春节探亲出行高峰时节,行程在即,应该马上买票。演员叶春桃上网一看,到漯河还有票,但是时间太晚,从漯河到平顶山西站(即宝丰站),还有一段约两个小时车程的距离,大会有没有车接,可不可以在漯河住宿一晚?待我给河南省曲艺驻会主席鲁银海打得电话来,这边网上的车票已经没了!这么快,瞬息万变啊。接连几天都是没有票,真急死人了。鲁主席不断来电话问是否买到了车票,我们又托人四处想法子,事情毫无进展。鲁主席让我们紧盯京广线,在河南境内各站都行,特别看好郑州大站。大会要安排食宿,要印节目单,要拿奖状到北京中国曲协盖公章……车票定不下,一系列的事都受到阻碍,这可怎么办呢?

2 月 15 日,还买不到火车票,无奈之下,我给鲁主席发了短信:

> 鲁主席:经过多方争取,确实无法买到车票。经研究,我们只好放弃这次参演了。对于我们不能与会给你们的工作带来的不便,我们表示深深的歉意。
>
> 广西曲协(2013 年 2 月 15 日 23:23)

短信发出后,我立即接到鲁主席的电话,他说这太遗憾了,请我们考虑搭乘动车。按原通知精神,大会只能报销普通硬卧车票。但是桂林到河南没有动车,他说到衡阳上车吧。新的问题来了——要到衡阳转一次车,有无车票和转车时间是否恰当?想想,此路还是不通。

我认识鲁主席有些年头了,他是一个非常忠厚老实的人,他认准的事,是不言放弃的。他终于动员宝丰那边同意广西乘飞机赴会,但是回程票由我们解决。我上网一查,春节期间飞机票不但不打折,似乎还有所加价。为了顺利通过此方案,这时我作为领队主动放弃了赴豫,又节省了一个人的机票费。经请示广西文联曲协领导,同意此方案。于是赶快买飞机票。

2月16日上午,我们一边买飞机票,一边电告河南,鲁主席也放下了一颗悬着的心。可是,看官,事情有这般顺利就好了。中午,我突然接到演员之一(也是曲艺团原副团长)吴文龙的电话:李主席,河南还是去不成了!怎么啦?叶春桃父亲病危,她已经在赶往永福家乡的车上……我的天,怎么会是这样啊!

我只好给鲁主席挂了长话,报告这突然的变故。

看来这件事要到此结束了。

前面说过,鲁银海是一个不轻言放弃的人,他马上来电商量换节目。他说,我听说过你们还有文场节目,换一个两人的节目吧,还来得及。我又和蒙海宽商量,决定补上《奇山秀水美桂林》。那边同意了。这个节目由青年演员张佳曦、卢艳秋表演,比较成熟。但是他们有很久没有演出过,我叮嘱他们一边购买飞机票,一边赶紧恢复排练,双管齐下。上网一查,只有2月20日报到当天的飞机票,而且是晚上,我又请求大会派车到郑州接人。据说那晚小张和小卢半夜才赶到宝丰,没有能参加预备会,抽签也是请人代劳的。

演出顺利进行,问题又冒了出来——同样是车票问题,小张小卢到得了河南,从河南回不了桂林,又来问我咋办?因这回程由广西报销车票,就只能请示自治区文联了。领导同意购买郑州到长沙的动车票,长沙到桂林正好有普通硬铺车票。

2月24日,两个小青年平安回到桂林。

他们的表演荣获二等奖。

广西文场得以又一次在全国的曲艺盛会上亮相。

我轻轻地嘘了一口气……

小品是曲艺吗?

在我们的文艺舞台上,经常看到给节目标错体裁的现象,有的张冠李戴,有的含混不清,有的随心所欲安名目。其中比较突出的现象是将小品划归成曲艺类作品。

小品不是曲艺,而是戏剧。那么,什么是戏剧,什么是曲艺呢?戏剧和戏曲又有什么不同?广义上讲戏剧包括话剧、中国戏曲、歌剧、舞剧等。戏曲包括在戏剧里头了。狭义上讲,戏剧主要指话剧。话剧在欧美通常就被称为戏剧。戏剧与曲艺有什么不同?简而言之,戏剧是角色化的扮演,曲艺是说唱角色。戏剧是"现身说法",曲艺是"说法现身"。曲艺的定义是:"各种说唱艺术的总和。"中国曲协副主席、中国曲艺研究所所长吴文科 2017 年在桂林讲课,他给出的曲艺定义是:"曲艺是演员以本色身份采用口头语言'说唱'叙述的表演艺术。"这就比原来的内涵拓宽了许多,但没有脱离曲艺是说唱艺术这个本源。

曲艺表演形式最主要的特点是"一人多角",以叙事和代言相结合,并且以叙事为主,代言为辅;又是演员,又是角色,具有两重性。有一首《西江月》把曲艺的特点说得很明白:"世上生意甚多,唯独说书难习,紧鼓慢板非容易,千言万语须记。一要声音嘹亮,二要顿挫徐疾，装文扮武我自己，好像一台大戏。”说书是曲艺的一种。一个人表演了一台大戏，饰演了多种角色，这就是曲艺。那么，我们来对照看小品。小品有时间、地点和固定的人物，有的作者还标出布景、道具，俨然就是在写一个话剧，怎么能够算是曲艺呢？但是，权威部门至今没有公开表明态度，小品这个幽灵就一直在戏剧家协会和曲艺家协会之间游走。但从近年中国曲协所编辑的图书来看，从全国唯一的发表曲艺作品的《曲艺》杂志来看，里边还是发表了一些小品作品，应该是符合曲艺特点的小品，可否称之为“曲艺小品”？这个“曲艺小品”我概括有以下几个特点：1.从场景看，曲艺演出不受场地等条件的限制，一般不置景，更无须天幕，即使置景也是极为简单的图案式、象征式，实景一桌一椅即可，比如黄宏、侯耀文表演的《打扑克》，宋丹丹、赵本山等表演的《昨天、今天、明天》等。2.从人物看，曲艺有一人多角的特点，进戏出戏自如，有一个在售楼处看房子的小品，饰售楼小姐一角不变，而看房子的那个演员一会是个体小老板，转个身是家庭妇女，从屏风后走出来又成了教师，都是他一人饰演的，一人多角特点很明显。3.从故事情节看，话剧小品较“正”，曲艺小品没有话剧小品那么中规中矩，搞笑的成分比较多，喜剧效果浓郁。4.从人物语言看，曲艺小品的语言一般应有曲艺的韵味，幽默、搞笑、抖包袱是必不可少的。看曲艺小品，观众以前 2 分钟笑一次，如今几秒钟就要求笑一次了，难度越来越大。5.从演员与观众的交流看，曲艺小品可以直接走下舞台与观众握手交谈。我将以上 5 条加以综合运用，作为我划分曲艺小品和话剧小品的界线。自然，如果以后权威部门决定将小品归属划给剧协，我也表示服从。

曲艺必须说唱故事，长篇曲艺有大故事、长故事，短篇曲艺也要有小故事、短故事，那些没有故事的文本，只能算是歌词，如果将这种歌词用广西文场的曲谱谱上曲子，就是文场歌，不能算曲艺。这类作品，如果参赛，要归属音乐类节目评比。表演唱是不是曲艺？答：不是的。表演唱既有舞台表演的技巧，又有唱腔设计的运作，它以带有表演动作的说唱来叙述故事，塑造人物，表达思想感情，反映社会生活。它与民间音乐及各地方言有着密切的关系。其地方特色鲜明，最富群众性。它似乎很“像”曲艺，但它确实不是曲艺，因为它没有固定的曲牌唱腔和演出程式，没有自己独特的形态，自然也就没有了归属。这就是表演唱与曲艺最大的区别。2016 年有一个参赛作品，作者明确标为“桂北音乐表演唱”，应该说该节目音乐和演出效果都不错，在自治区参赛获得了曲艺类比赛高分。我百思不解的是评委是用的哪一个曲种标准来评定的？我想这个节目应该参加音乐类角逐，它也是会得奖的。在比赛中，节目单上面经常有什么“彩调表演唱”等不伦不类的名称，彩调是戏曲，本来就是表演的演唱作品，它怎么成了或者要强调是表演唱呢？又有什么“情景桂剧”“情景音乐剧”，是剧都是有情景的，为什么要特意加上“情景”呢，难道原剧是没有情景的剧么？那么可不可以来一个“京剧表演唱”或“情景京剧”呢？这种“混搭”是多么乌龙！

我这里必须申明一句，我不是一个刻板或者是吹毛求疵的人，我知道看文艺演出，只要群众喜欢的节目就是好节目，“千奖万奖不如老百姓夸奖”，我主张在基层演出能受到大众欢迎的就是好作品，哪怕你是“四不像”也行。但你的节目要是拿到一定的场合去参加比赛，还想得一个奖回去光荣光荣，那就只能按规矩办，没有规矩如何成方圆？

最后我小结一下，戏剧、曲艺类节目的体裁界定必须明晰，是曲艺就是曲艺，是戏剧就是戏剧。编导头脑应该相当清楚自己正在制作的作品属于何种体裁，按“这一个”体裁本质特性创作节目，不要搞什么“彩调表演唱”“情景桂剧”之类的怪名称，以其昏昏，使人昭昭。评委们也应该是戏剧、曲艺门类的专家，如若自己概念都不清不楚，如何去评判他人作品？文艺部门的领导更要知晓专业，指导有方、引导正确。这样我们的文艺演出活动才能健康发展，有序进行。

茅盾题写漓江出版社社名

昨天,漓江出版社编辑胡子博在QQ留言,问我:漓江出版社社名五个字,是如何请到茅盾先生题写的。我不知怎么就凭印象回复他说,好像是林焕平先生请茅公写的。只因为林老与茅公同是抗战时期桂林"文化城"的文化人,比较熟悉,我就这么"望名生义"了。小胡告诉我,听刘硕良先生说是(出版)局里请茅老写的。我有所怀疑,因为当时广西才一个广西人民出版社,我不知道已经成立了出版局,为局社合一,头脑中没有出版局的概念。我对自己没有根据的回答很不安,心里放不下这件事,就想请教"老漓江"陈肖人,谁知他家里的电话打通了,却始终没有人接。今天上午我又要通了退休后在梧州居住的漓江社原副社长廖玉华的电话,这才把事情弄清楚。

他说,20世纪70年代末到80年代初期,广西人民出版社发展壮大了,仅文艺编辑室就有陆里(主任)、刘名涛、郑妙昌、陈肖人、李文杰、王正宇、李萌、廖文、刘萌瑜、李宁、廖玉华等编辑,真是兵强马壮。不久在广西人民出版社社牌旁添加了一块副牌:漓江出版社。大家想到要一位名家题写社名,当时备选人有巴金、冰心、茅盾等名家,最后决定请茅公。这事由刘名涛张罗,他用公函的形式跟茅盾先生联系，不久就得到茅老题字，好像是一横一竖两条，是那种瘦金体，也就是现在漓江出版社大门口招牌所示。事后编辑室要给茅公发稿费，说实话，当时刚刚恢复稿费制度，标准很低，一篇文章一般就发个几元到十多元。发一点点钱给茅盾这样的名人，好像拿不出手，发多了又没有规矩，大家感到很为难。后来不知谁出了一个主意，到桂林请金石大师李骆公先生帮茅公雕刻了两方印章，寄给了茅盾先生，算是完成了这件大事。1984 年，自治区领导决定漓江出版社成为实体，迁址桂林。这块社名牌子随之挂到桂林。

廖玉华回忆完后，说："这事就是这么样的，我的回忆大约没有错。"

2015 年 6 月 6 日

短篇叙事曲艺作品时段划分

短篇叙事曲艺作品的特点是短而精，为达到此目的，我从艺术上做了概括，这就是：选材精当，结构精巧，形式精美，语言精练，即所谓“四精”。当然这些不是短篇曲艺创新精品力作的全部内涵，但也确是一个好的曲艺作品基本构成不可或缺的要件。

在具体写作过程中，掌握节奏相当重要。我向来认为有了材料，结构对于作家来说，是顶顶重要的。先写什么，后写什么，哪些明写，哪些暗写，高潮安排在何处，如何收尾，这些都需要准确地掌握节奏。曾看到有的作品，一开篇按部就班娓娓道来介绍背景、人物，所谓“铺垫”，说唱了四五分钟还没有进入“本事”，观众早就不耐烦了。我想写作也是有方法或者说诀窍的。假如能用比例尺衡量，现在参加曲艺比赛的作品规定长度不超过 12 分钟，我这里以一个 10 分钟的短篇叙事曲艺作品为例，在比例尺上的时间段是：头两分钟介绍人物，引入故事，提出矛盾；三、四分钟展开故事，矛盾有所发展；五、六分钟推进故事，矛盾胶着；七、八分钟矛盾尖锐化，可以“摔杯子”“拍桌子”“打架子”了；九、十分钟解决矛盾，圆满收官。故事结尾要达到意料之外，情理之中的效果。我这是列举有矛盾的段子而言，抒情性的节目不在此说。故事完了，矛盾解决了，作品戛然而止。

发扬工匠精神　打造精品力作

——短篇曲艺创新谈

习近平总书记号召文艺工作者要坚持以人民为中心的创作导向，要高扬社会主义核心价值观的旗帜，弘扬中华优秀传统文化，追求真善美的永恒价值。其目的就是要创作出有正能量、有感染力，能够温润心灵、启迪心智，传得开、留得下，为人民群众所喜爱的优秀作品。这是每一个文艺工作者努力的方向、奋斗的目标。短篇曲艺作品比较起长篇小说（评书）、多幕戏剧、电影电视剧等的鸿篇巨制来，似乎是雕虫小技，不值一谈。但麻雀虽小，五脏俱全，照样要有引人入胜的故事情节，起承转合、首尾呼应、刻画人物性格等文学创作基本要求。作为一个艺术门类，曲艺也有它的写作规律所在、技巧可循。如何创新曲艺的精品力作？这是每一个曲艺人应该认真思考的问题。

给我深刻启示的是央视播放的《大国工匠》。我极为赞赏“工匠精神”，我被工匠们所具有的高超技艺和精湛技能，以及严谨、细致、专注、负责的工作态度和精雕细琢、精益求精的工作理念所深深地折服。我老是在想，我们的曲艺创作，能不能从中学习到什么。我想精益求精、精雕细刻，聚精会神的精神，突出的是一个“精”字。我以为所有的工匠都是手艺人，手艺人强调的是手头功夫。我们不妨把曲艺作家比成工匠，即手艺人，也应强调手头功夫，使我们创作的作品的每一个环节都“精”起来，选材精当，结构精巧，形式精美，语言精练，从而推出思想精深、艺术精湛、制作精良相统一的精品力作。

一个作品选材精当是第一重要的。精当者，精确恰当也。我们已经进入中国特色社会主义新时代，我们的作品选材就是要书写和记录新时代人民的伟大实践、时代的进步要求，彰显信仰之美、崇高之美，弘扬中国精神，凝聚中国力量，鼓舞全国各族人民朝气蓬勃迈向未来。宏大的主题需要具体的作品来体现，曲艺可以贡献一己之力。曲艺的写作，题材要求因小见大，以点带面，两三个人物，是生活中新颖而别致的事件，具有典型意义。这样就能将一个小小的事件同我们大大的社会巧妙地结合起来，反映我们伟大时代社会发展的巨大变革，体现社会主义核心价值观，从而使作品的主题得到升华。选材精当就能提炼出深刻的主题，这是不言而喻的。举一个例子，有一次，我应个体劳动者协会之约写曲艺脚本，在深入生活时我发现一个个体修鞋店很讲求质量，由于生意好，店员中有人以次充好，有位师傅坚决阻止了这种做法。不注意质量的现象在各行各业中并不鲜见，似乎不值一提。我反复琢磨，认为只要好好提炼，这个题材能因小见大。我设计了一个两姐妹修鞋店，一天外国友人来修鞋，妹妹看见顾客催得急，就匆匆忙忙将一块次料沙胶用上了。姐姐进货回来，发现了这个问题，先是教育了妹妹，然后两姐妹赶到宾馆，从进进出出的人流中找到了这位外国太太，用耐磨胶帮她重新修补了皮鞋，这使外国友人大为感动。你看，这样一来，这个主题就不仅仅是要注重质量的问题，而是反映出我们文明古国一代年轻人继承传统，自我修炼，诚实守信的崇高品质了。这是荣获首届全国个体劳动者文艺会演一等奖的节目广西文场《月圆情深》的创作概貌。

其次是结构精巧。20 世纪 60 年代，郭沫若先生在桂林填过一首描写桂林七星岩的词，其中写道："长篇宏，短篇峭；多幕壮，独幕巧。"真是描写桂林山水的神来之笔。长篇小说结构宏大，短篇小说编制精峭；多幕剧展示壮美，独幕剧打磨精巧。我们的短篇叙事曲艺类作品与短篇小说、独幕戏剧有异曲同工之妙，我以为这应该在"峭"和"巧"之间，或者说兼备着短篇小说与独幕戏剧的写作特点，一波三折，三翻四抖，让故事尽量"峭"起来，而解决矛盾要"巧"，即通常说的"意料之外，情理之中"。这里，编织扣子、制造悬念，盘马弯弓故不发等手段，尽可以施展。精巧而不冗长，剪裁格外重要。一个篇幅如此短小的叙事曲艺作品，不可能也没有必要将故事的来龙去脉交代得十分清楚，那样显得很多余，有效的办法是切取生活中一个横截面，也就是将这个故事最精彩的部分拿出来呈现。有了适合曲艺表现的故事，也明白了在作品中呈现横截面的重要，下面就要看准切入点了。这一刀切在哪里？作者常常颇费踌躇。我有个朋友是个玉石爱好者，他对我说老早就知道"玉不琢，不成器"这句话，直到爱上玩玉之后才晓得这句话的分量。一块美玉只有经过琢玉艺人对玉料的巧妙构思和鬼斧神工般的琢磨，才能成为一件精美绝伦的艺术珍品。其中从哪里下刀却是雕琢的关键。富有经验的艺人，凭着一双慧眼，能认清玉料的本质，吃透玉料的品性，切刀时才能避免或减少玉料的缺点。下刀准确可以使一块貌不惊人的玉料大放异彩，然则切入不当使玉料报废的事也屡见不鲜。他的话给了我很大的启发。曲艺创作切入点应同此理。举个例吧，瑶族乐春鼓《诺言》写的是瑶族小孩盘蛟玩火不慎烧了村屯。事发之后，他的母亲留下一封还债“承诺书”，满怀歉疚带着他远走他乡。母子在外打工 12 年，积攒了一些钱，这时盘蛟已经长大，并且考上北大，终于能够回到瑶山，意欲还清债务。故事感情很纠结，时间跨度也大，切入点定在哪里好呢？我当时想，至少可以从三个地方切入：第一个地方是火灾发生现场，全寨一片火海，乱成一团糟，有的人要抓盘蛟母子是问，这两人吓慌了，写下“承诺书”，星夜出逃。第二个地方是母子在外打工，怀揣承诺艰难度日，望月思亲，饮水思乡，时刻想念家乡的亲人。第三个地方就是现在的切入点，即母子回到家乡，在寨门前受到乡亲们隆重热烈的欢迎。为什么选定第三个切入口？这是根据主题的需要和表演形式决定的。从第一个地方切入，也会写得很热闹，很抓人，但有开头没有结果，人物性格难以完成，主题深入不下去。第二个地方比较难跳出拾荒打工者一般苦难的表述。第三个地方能使矛盾集中交汇，直接表现乡亲们不忘在外沦落人的情感，也具备适合展示瑶族乐春鼓和民间舞蹈的环境。从这里我们可以看到，短篇叙事曲艺作品的切入点应定在这个故事的高潮即将到来之前，矛盾冲突各方条件已经具备之时。稍后故事就能很快进入高潮，人物性格得到充分展现，主题思想昭然欲揭。这也是我写作品时，三五句话之后立即进入“本事”的理由。至于那些背景材料的交代，高明的做法往往是在故事的发展过程中不露声色完成，这样就会大大节省篇幅。高潮过后，应立即安排一个你比观众高明的结尾，节目到此戛然而止，这就大功告成了。瑶族乐春鼓《诺言》，参加第四届全国少数民族曲艺展演，荣获最佳作品奖。

第三是形式精美。在衡量一个节目的思想性、艺术性、观赏性三性中，形式美包括艺术性和观赏性两个方面。不能吸引观众的节目,绝不能说是成功的节目。缺乏艺术性和观赏性的作品,无论思想上怎样进步,内容上如何出新,也不能打动观众。虽说这是舞台的呈现,但在写文学脚本时,作者就必须考虑到演出。我在写本子时,头脑中始终有一个舞台,情节如何铺陈,我是有所勾勒的。如果写的是少数民族题材的内容,民族服饰、风俗、舞蹈等更应纳入形式美构思之中。还是举例吧,侗族琵琶歌《侗寨传奇》是一个尊老爱幼的节目,写的是侗妹培英北大毕业后回乡执教,准备与外籍学友克林顿完婚。在婚宴上,他们首先给孤寡老人姚公送饭。脚本初稿写成后,总觉得形式还不够美。后来加上了颇具民族风情的侗族"拦路歌",将敬老爱幼的传统在三杯酒拦路中尽情地表达,整个节目顿时活跃起来,好看多了。近年传统曲艺在演唱形式上也有所改进,比如加上简单的布景、道具、适当伴舞,打上天幕衬景等,我以为这应该允许。但形式一定要为内容服务,不能外加可有可无之物,倘若一个快板配以30多人的舞蹈,显然喧宾夺主了。有个业余剧团大约考虑自己的快板配舞者太多,在报节目时干脆就标了个"舞蹈快板",我在当评委时提出,我们是用舞蹈的标准评定快板呢,还是用快板的标准来评定舞蹈?侗族琵琶歌《侗寨传奇》参加第五届全国少数民族曲艺展演,荣获节目一等奖。

第四是语言精练。曲艺是语言的艺术,语言精练是曲艺精练的关键之一。曲艺作家往往是运用语言的高手,侯宝林就被誉为语言大师。

写作时必须去掉故事中啰唆的铺陈,避免没完没了的交代。台上演唱一次过,观众倘若没有听明白,就不可能倒回头再听。这就要求唱词既通俗又有文采,绝不能文绉绉,晦涩难懂,准确生动是其要义。我在生活中比较注意学习民间语言,还在上高中时听过一首民歌:“自己喝酒自己筛,自己关门自己开,自己铺被自己盖,半边席子起青苔。”印象很深刻,时过50多年了,我还记得这最后一句,哪个文人编得出？来自民间的形象语言,富于生活哲理,有时一个比方胜过你讲半天的道理。我一向主张用打电报的思维来写唱词,做到字斟句酌,没有多余的字、词。一个短小的曲艺段子里头,你一定要煞费苦心写出那么一两句有表现力的漂亮的句子来,所谓“诗眼”。我在写壮族天琴弹唱《漓水谣》时,起初,为了刻画在漓江上捡垃圾的老外婆“高大”的形象,“提升”她的思想境界,写了不少大话空话,显得很别扭。后来从人物出发,认为一个农村老太婆,她讲求的就是实在,不必人为地拔高,遂缩减成了两句:“家里干净生活好,漓江清爽好迎客。”这下大家都说好,听得很舒服,符合人物身份。在写节目结尾时,我又犯了难,如何将主题深入一步？将老外婆平凡而高尚的形象突显出来？我花了两晚时间,经过反复琢磨,终得6句:“漓江游船穿梭过,游客齐声夸外婆,捡垃圾的老人成风景,江上又添景一座。夕阳辉映身高洁,就像荷花盛开凌碧波。”老外婆在江上捡垃圾,游船上的游客们纷纷夸赞她,而她呢,也成了漓江上的一道风景,她的形象镶嵌在桂林山水背景中,她的心灵像山水一样的美丽,她就是水中凌波盛开的一朵荷花,这情这景是何等的美妙啊。《漓水谣》参加第二届全国少数民族曲艺展演,荣获节目一等奖。

以上我谈到的选材精当、结构精巧、形式精美、语言精练,当然不是短篇曲艺创新精品力作的全部内涵,但也确是一个好的曲艺作品基本构成不可或缺的要件。

倾力打造桂林渔鼓优秀节目

——桂林渔鼓《梦圆》创作札记

桂林渔鼓2014年列入国家级非物质文化遗产名录。桂林市群众艺术馆被定为桂林渔鼓保护单位。命名光荣,赋予的责任和担当格外重大。如何在非物质文化遗产传承中,做好保护、传承、发展工作,克服重申报轻保护的倾向?我们一直在思考这个问题。

习近平总书记在文艺工作座谈会上的讲话之后,桂林有10多位作家到桂北高速公路去采风,这条公路从灌阳永安关到全州凤凰,恰恰与当年红军长征过桂北的路径重合。我参加了这次采风活动,回来后写出了桂林渔鼓《梦圆》。这个本子写的是:1934年红军长征经过桂北,与敌人进行生死存亡的战斗,部队西行后留下一些负伤的战士,他们扎根在少数民族地区,隐姓埋名,安于清贫,生儿育女,及至暮年。盘桂生就是其中的一员。他们继承革命先烈遗志,怀揣着伟大的理想,代代奋斗盼望梦圆。今天,与长征路线吻合的红色高速公路通车了,盘桂生的孙女——公路建设技术员,受庆典大会委派来请爷爷剪彩。在这庄严的时刻,盘桂生激动地公开了自己的真实身份,讲述当年流血牺牲的战斗情景,如今他亲眼看到平坦宽阔的大道从天边而来,把瑶乡和山外世界紧密地联结了起来,无比欣慰。节目将这一传奇故事,跨度80年的巨大历史内涵和瑶乡高速发展的现实融进作品,使我们看到"中国梦"在中国共产党领导下"革命代代如潮涌"中逐步实现。

《梦圆》虽然只有三四千字,但主题鲜明,意义重大,极富时代精神,而且2016年恰逢纪念红军长征胜利80周年的时间节点,桂林市群众艺术馆决定排演这个节目。

正在此时,我们接到征稿通知,中国文联、中国曲艺家协会将于7月1日党的生日之际,共同举办"向党汇报——庆祝中国共产党成立95周年优秀曲艺节目展演",这是全国性的高规格的展演,市群众艺术馆决心抓住这个绝好的机会,打造出一个优秀的节目来。我们设定了较高的标杆,给自己压担子,为达此目的必须努力拼搏。

节目有思想性是远远不够的,还必须好看,即具有艺术性、观赏性。为此,馆里成立了主创团队,由李侃、孙小良负责对剧本进行仔细的研讨、修改提高。又请经验丰富的老曲艺家阳继福、桂林渔鼓自治区级传承人(现在是国家级传承人)李蔚琛编写曲子,要求写出不失桂林渔鼓韵味,又要表现出特定内容的、有时代感的音乐。作品反复修改最后才定稿。接着选择导演和演员,再三斟酌后选定了国家一级导演刘夏生,以及渔鼓传承人韦海涛为导演,刘导多部作品曾获过全国大奖,主演选定曾定国、黄革萍,他们都是国家一级演员。一个短短的小节目,动用了3个国家一级导演、演员,这在广西演艺界,以前还没有过。他们也乐于加盟,我们戏称为"大厨烹小鲜"。他们果然不负众望,导演方面除了掌握以第三人称为主,第一人称代言为辅,具有一人多角的曲艺特点外,巧妙地运用渔鼓筒这一道具,一会儿拿它当瑶家装水的水筒,一会儿用它当成小钢炮,最后又演绎成庆典的礼炮,成为表演中的亮点。两个主要演员以往主演过多部获大奖的戏剧，功力深厚自不待言，出演这个节目，他们发扬工匠精神，毫不怠慢，在塑造角色时细细揣摩，在人物身份转换中恰到好处掌握分寸，做到是真正的曲艺演出。桂林渔鼓是典型的说唱曲种。一个节目一般演出十多分钟，这就需要高度凝练，惜墨如金，着重表现好故事和人物。这一唱段只有祖孙两人——流血牺牲为筑“中国梦”的老红军爷爷和为圆梦而茁壮成长接班的建设者孙女，他们在身份差异的表述中完成主题。在演唱时说与唱同等重要，在本节目中讲故事（说）甚至比唱更重要，所以道白同样是节目中精彩的组成部分。借助现代科学技术的力量，我们又在 LED 上花了不少功夫，天幕背景的变换营造时空的转变，尤其是当年红军激战湘江战争场景的再现，给节目增添了不少色彩，使观众在观看演出时有身临其境的感觉。

节目视频送到北京。展演组委会从全国各地报送的 83 个节目中，最终精选 21 个节目进京展演。《梦圆》名列其中。6 月 28 日，在北京民族文化宫，第一场展演一共上演 12 个节目，《梦圆》排在第 9 个。当晚演员超常发挥，剧场效果很好。《梦圆》是本场展演中唯一的一个少数民族节目，不但有庆祝中国共产党成立 95 周年的内容，还有红军长征的内容。内容贴切，演员俏美，服装艳丽，很有看点，充分展现了桂林渔鼓的艺术魅力。展演不设奖项，一律称为全国优秀节目。

此外，《梦圆》还参加了 2016 年湖南常德第二届全国“鼓书”优秀节目学术观摩展演；代表桂林市参加首届广西曲艺展演获得节目奖，并参加了桂林市纪念红军长征胜利 80 周年“丰碑永恒”文艺演出。《梦圆》上演后，受到观众、专家、领导高度评价，认为是贯彻习近平总书记在文艺工作座谈会上讲话创作出的思想性、艺术性、观赏性俱佳的优秀作品。

综上所述，通过创演《梦圆》的成功实践，在如何继承和发展非物质文化遗产的传承方面，我们认为应该继承传统曲艺的优秀基因，结合当代审美需求，对桂林渔鼓进行活态保护，创作出思想性、艺术性、观赏性俱佳的崭新节目，满足群众的文化渴求，使节目真正做到传得开，留得下，为人民群众所喜闻乐见。这是一条正确的路径。

考　官

桂林市某县专业剧团招聘一名编剧，聘请曾宪瑞、钟仕聪两位老师和我当考官。笔试在 2011 年 9 月 24 日举行。

在这之前我只当过戏曲、曲艺比赛评委，当考官还是大姑娘上轿——头一回，内心不免有点打鼓。我们来到指定地点，先熟悉情况。原来，现在的劳动人事制度已改革，凡是事业单位招聘人员，必须经过考试，通过笔试和口试两个环节，最后由领导敲定。我们这个环节是笔试，由钟仕聪头天命题。他出了题目后就被“关”在了宾馆，直到与我们见面才被“放”了出来。

社会对编剧的素养要求比较高，这回只有两名考生应试。考生和考官各在一处，互不照面。就是在我写这篇文章时，我也不知道考生姓甚名谁。

答题时间是 30 分钟。题目出得较好，包括基础知识和写作两部分。前部分是连线和笔答：我国古代四大名剧作者是谁，我国四大名旦是谁，《雷雨》《日出》《北京人》的作者是谁，彩调剧、采茶戏、莆仙戏、花鼓戏各是哪个省（区）的剧种，《王三打鸟》《女斩子》是哪个地方的什么剧种，等等。以上占 30 分。两位考生在这一环节，回答得差不多，四大名旦都只知道梅兰芳一人。下一道题要求考生写出八句唱词,可以默写出自己写过的戏中唱词。虽然只是短短八句唱词,由此我们完全能看出作者运用语言的功力。比如,意思的表达,情感的渗透,用语的准确,节奏的拿捏,甚至平仄音韵我们都仔细研读了。在这一环节中,两位考生只显出了稍微的差别。

重头戏是最后一条,要求写出一个小戏的梗概,题目是《山乡冬雪》。从题目看,山乡和冬雪是限制词,戏中必须具备,而且是情节的必然纽带,不是贴上的标签。这点两位考生都注意到了。小戏要有适合小戏的戏剧情节,有矛盾冲突,人物性格在冲突中发展。由于小戏短小,一般 20 分钟左右,受时间限制,作者安排情节常常是小中见大,结尾出乎人意料之外,但又在情理之中,给人以启迪,发人深省。第一位考生故事设计有新意。作者写在山村的一个下雪的晚上,赌徒丈夫又输了钱回家,他的妻子再次苦口婆心劝他戒赌,丈夫下决心从此远离赌场,他操起菜刀砍了一节小指头,以示明志。这个设计给人震撼。我们三人一致给了高分。第二位考生故事设计虽然紧扣主题,但事件比较一般,加上没有看清题目,命题要求写梗概,他却在写剧本,太具体细致了,以致时间不够,只好写上“未完待续”,留下遗憾。两位考生哪位折桂,要综合几轮成绩(包括面试成绩)才能决定。

这次经历,对于我来说是经验的积累,是学识的收获。我将这个过程写出来,给以后参加考试的同志做一个参考。

我怎样看“书”

——在桂林市某中学读书会上的演讲摘录

怎样阅读一本书呢？同学们拿到一本书后，从哪里着手？我是这么处理的，第一看书名、作者和内容提要，对书有一个大略的了解；第二看版权页，了解这本书是哪个出版社出的，什么时候出的，印了多少版，印数多少，定价多少，贵不贵。书上的条码含意丰富，这是为了便于有关部门统计数据用的，其中重要的元素是书号和定价。再看什么呢？一本书往往有前言后语，或者叫序言和跋。序言或前言往往是请别人写的，当然也可以自己写。后记和跋作者自己写的多，记述的是作者自己的经历和写这本书的经过。编后记是编者写的。我习惯于先看后记，然后再看前言。把这些搞清楚了，才从正文第一页读起。有句话说，不动笔墨不读书。大家读书时，最好能动动笔墨，做点笔记。理论书、技术书，摘抄要点；文艺书可以列表，以人物为线索，把事件串起来。外国文学作品人物名字难记，你可以先把主要人物的名字背熟，以后在书中遇到这个人物名字你就一跳而过，不必一个字一个字去读。阅读时我们要注意情节是人物性格发展的历史，书中的每句话、每一个情节，都是作者精心安排的，它说明什么，有何作用，你要细心体会。书读完了，掩卷而思：我从这本书中得到了哪些收获,有何教益?有的同学说,我不想一看书就接受教诲,我看书是为了消遣。有些书籍是有一种休闲消遣的功能,那是专供那些吃了无事做的人看的。我们是祖国的青少年,正处在长身体长思想的时候,我们需要优秀的文化滋养自己,使自己尽快健康成长起来。我认为我们看书是吸取营养,不是为了休闲,打发日子。

现在我们把话说回去一点。什么是书呢?有同学说,这还不好回答,我们书包里背着的一本一本的教材就是书。对的,这就是书。我们给它下一个定义吧。所谓书就是装订成册的著作。自然单篇的文章就不能算是书了,不好说你写了几篇作文就说我出了书。书的大小叫作开本。一般的书和我们的教材是 32 开本,32 开本里头分为大 32 开本,小 32 开本,如今又有了国际流行 32 开本。杂志是 16 开本,也有了国际流行 16 开本。小人书一般是 64 开本。开本是指一本书幅面的大小,是以整张纸裁开的张数做标准来表明书的幅面大小的。把一整张纸切成幅面相等的 16 小页,叫 16 开,切成 32 小页叫 32 开,其余类推。由于整张原纸的规格有不同规格,所以,切成的小页大小也不同。把 787 毫米×1092 毫米的纸张切成的 16 张小页叫小 16 开,或 16 开。把 850 毫米×1168 毫米的纸张切成的 16 张小页叫大 16 开。其余类推。一张纸的大小就是人民日报那么大,课后大家可以试一试。

现在世界上有各种各样的图书,不完全是通常意义的纸质图书了。我在法兰克福书展上,看到有可以吃的书,可以发出气味的书,还有唱歌的书,翻开书页就冒出火焰的书……五花八门,看得你眼花缭乱,目的都在吸引读者。20 世纪 90 年代,我在日本首次看到"电子书",就是多媒体光盘,只不过内容如同图书一样的编排。演示开始，电脑屏幕上出现一本书，书名是《大辞典》，翻译说这本书类似我国的《辞海》。这本《大辞典》有 8 本分册，内容十分庞杂。书页徐徐打开，目录一页页翻过，井然有序。演示者说，我们查一个“虎”字吧，鼠标轻点，“虎”字出现了。书上表明虎字有 2000 个词条。“啊，这么多?”我轻声说了句。部门经理铃木先生告诉我，数字 2000 是言其词条之多，而实际还不止这么多。接着屏幕上出现树形目录，子目录多多。更奇的是，书中有虎的形象——一只全身长满扁担花的吊睛白额大虫，突然跃居画面，龇牙咧嘴，很是凶猛。那老虎的嗥叫声如同巨锯锯大树，发出摧枯拉朽之声，振聋发聩，令人发怵。接着列出虎骨、虎皮、虎威等非常多的词语解释。若是成语，屏面上不但有文字说明，而且还配有图画。有趣的是，虎字在日本通“醉”字，于是又引发醉汉、醉鬼、醉意、醉酒等词条。下面演示“琴”字，词条则更多。除了介绍各式各样的琴，还讲解与琴有关的音乐家的故事。比如解读莫扎特时，你就在聆听他优美的作品中了解他的全部。一个“南北朝”词条把我们看得云里雾里，从朝政到乡野，从皇帝到名士，从风物到人情，从战争到农事，应有尽有，十分详尽……

自北宋庆历年间我国毕昇发明胶泥活字印刷术以来，人们在图书的出版印刷上进行了不懈的探索，“电脑图书”无疑是一个极大的进步，它使“书”的内容与形式结合得更加完美。但读这种书需要条件，你必须拥有电脑、手机，必须会操作，否则你就进入不了这个庞大的知识宝库。

要看的书太多，目前我们国家一年要出版数十万册书，莫说买不起，看不完，就是我们业内人士参加每年的书展，在书市走一遍都要两三天，真是书山书海！书籍是人类智慧和经验的总结。小到 1

加1,数数,大到航海、航天,遨游太空,应有尽有。我的建议是,第一读好课本教材,反复读、精读。没有读懂书,不算你读了书。童话寓言书籍使你富于想象,小说散文书籍使你洞察人生,侦察破案书籍满足你的好奇心,培养你破解矛盾的机敏,实用科技书籍教你致富发财,教育励志书籍助你坚韧不拔、刻苦成才,传记文学引领你登上历史的高峰,看世界潮流奔腾向前……凡有所学,凡有所读,皆有收获,都将成为你人生的宝贵财富。

有同学说,看书费力,我看电视、手机还不是一样增长知识。不错,如今电视、手机上的东西日新月异、丰富多彩,有的是信息,信息量大到要爆炸的程度。但是电视、手机毕竟具有快餐性,不能取代书本,这是因为:看电视、手机与读书是两码事。电视、手机有画面,有声音,生动形象,具体可感,看起来轻松愉快;读书作用于感官的是文字,文字变成直观可感的形象还需要进行加工处理。电视、手机画面有优于文字的地方,但不如文字的地方更多,例如人物的心理活动用文字描述可以细致入微,自然真切,但电视剧就只有通过人物面部表情、肢体动作及采用画外音的方法来表现。还有的东西电视哪怕用现代高科技手段也无法表现出来。举个例子,一部诗歌总集,第一篇就是“关关雎鸠,在河之洲。窈窕淑女,君子好逑……”我惊叹世上竟有如此美妙的诗篇,每当我读到她,眼前就不禁浮现出一幅多么美好的图画(你电视画面再美也美不过我心中的画面,因为我有自己的想象在里头),男女情爱被古人(而且很可能是民歌手)演绎得如此美艳绝伦,使后来多少爱情诗作黯然失色、相形见绌。你能说文学不伟大、不重要么?文学是高台教化,它追慕崇高,洗涤灵魂,使我们的心胸更开阔,眼光更远大,身影更高大。这和看视频时的感觉是不同的。而在桂林,800多年前王正功一句“桂林山水甲天下”，七个字，使桂林名播寰宇，它的影响力、生命力、穿透力，无与伦比，光耀千秋。我曾经问过好几位外地的朋友，问他们是怎么知道桂林的，都说是通过“桂林山水甲天下”这句话才晓得桂林的。同学们，这7个字不是电视，没有画面，却给我们留下了如此深刻的印象。要是用画面来表示，不知要好多镜头，多少光盘！

20世纪90年代，香港一家文化机构曾举办过一项“唐诗选举”的活动，从成千上万首唐诗中经过投票选择出最受欢迎的10首诗，依次是：孟郊《游子吟》（慈母手中线），杜牧《清明》（清明时节雨纷纷），李白《静夜思》（床前明月光），王之涣《登鹳雀楼》（白日依山尽），李商隐《登乐游原》（向晚意不适），孟浩然《春晓》（春眠不觉晓），白居易《赋得古原草送别》（离离原上草），李绅《悯农》（昨日入城市），李白《早发白帝城》（朝辞白帝彩云间），贺知章《回乡偶书》（少小离家老大回）。这十首唐诗凝聚着中华民族传统中最值得珍惜的、承袭的精华，也体现了中华民族人文精神所达到的一种全人类必须仰望的高度。我们只有认真阅读才能领会得到这种伟大。视频没有达到这么有历史高度的内涵。还有一个很有名的例子是《水浒传》中“鲁提辖拳打镇关西”：“扑的只一拳，正打在鼻子上，打得鲜血迸流，鼻子歪在半边”；“提起拳头来就眼眶际眉梢只一拳，打得眼棱缝裂，乌珠迸出”；“又只一拳，太阳上正着”。那不可一世的郑屠被打了这三拳之后，只有出的气没有入的气倒在地上不能动弹了。读者禁不住要为鲁提辖喝彩：“打得好！”我们还可以从字里行间体会到那郑屠每挨一拳的感觉：第一拳“却便似开了个油酱铺，咸的，酸的，辣的，一发都滚出来”；第二拳“也似开了个彩帛铺，红的、黑的，紫的，都绽将出来”；第三拳“却似做了一个全堂水陆的道场，磬儿、拔儿、铙儿，一齐响”。这些感觉上的东西，视频很难表现。只有读书时细细咀嚼，慢慢品味才能体会得到，显然看视频是达不到这种效果的。看电视、手机可以增长知识，但还是属于“快餐文化”；读书可以消遣，更让人沉思，如果用心去读就会不断提高文学欣赏水平和写作能力。读书与看电视、手机可以互为补充，互相调节，但绝不能互相代替，更不能以看视频代替读书。如果养成只看电视、手机，不读书的习惯，就会变得懒惰而思维迟钝。

被慰问

2012年6月12—15日，第七届中国曲艺牡丹奖鼓曲唱曲南方片比赛在广东省东莞市中堂镇举行。这个赛区有南方8个省区的32个节目参加角逐，共分4场进行。这之前，已有杭州赛区弹词评话滑稽小品类、天津赛区鼓曲唱曲北方片进行了比赛，这之后还有合肥赛区的相声小品“三书”(评书、快书、快板书)比赛。等4个赛区的赛事结束，综合各赛区的提名奖总评，才是最终的牡丹奖得主。比赛是激烈的，也是残酷的。作为我个人来说，心态很平淡。这些年我参加这样那样的比赛不少，也看得太多了，文艺节目的评比，标准难掌握，内部太复杂，你若想不开，说不定会被气死。

闲话少说。6月13日下午，我的手机响了，传来中国曲协研究部副主任杨晓雪小姐那柔美的声音：“李侃老师吗？你在哪？”我说：“是我，我在剧场看走台。”她说：“有一个通知给你。”我说：“请讲。”她说：“明天上午9点钟，请你到3楼315房来。”“315房是会议室吧？”“是的，是会议室。”“开会吗？”“曲协要给你举行一个小型仪式，给你颁发一封慰问信，还有一点钱。”我丈二和尚摸不着头脑，忙问：“这是怎么回事呀？”她大概一两句话也说不清楚，就讲：“你明天到了就知道了。”

一宿无话。第二天吃过早餐，我换了套衣服，于 8 点 50 分去到 3 楼。一会儿，评委陆续进入 315 房会议室（我纳闷了，我是有节目参加比赛的作者，怎么会被邀请到评委现场）。9 点整，中国曲协分党组书记、驻会副主席董耀鹏（他去年接替已到退休年龄的姜昆书记）宣布：在评委开会之前，我们举行一个小型仪式，给广西曲协的老主席李侃主席颁发一封慰问信，向他在文学艺术领域取得的突出成就表示衷心祝贺，向他长期以来对文联和曲协工作给予的大力支持表示诚挚感谢和崇高敬意。中国文联、中国曲协的慰问信由分党组成员、副秘书长曲华江送到我的手中，接着美丽的于涛小姐献上鲜花，第三项是由分党组副书记、秘书长刁惠香发放慰问金，她说："我这可是实的。"全场都笑了。董书记请我说几句获奖感言。我有感于中国文联和中国曲协的关怀、鼓励，脱口讲了 4 句大白话："曲苑耕耘数十年，酸甜苦辣入心间。来自人民为人民，老骥伏枥更向前。"

晚上看演出，我刚好坐在晓雪的后面。她告诉我，本来领导是要到广西上门慰问的，由于今年工作特别多，又没有合适的机会到桂林，就着这次我到东莞参加演出的机会，就把这件事做了。我问有多少人享此荣誉，她说全国有 20 来个人吧。是为记。附中国文联、中国曲协《慰问信》原文：

慰问信

尊敬的李侃同志：

您好！

在毛泽东同志《在延安文艺座谈会上的讲话》发表 70 周年之际，谨向您致以诚挚的问候和良好的祝愿！

在党中央的坚强领导和中宣部的有力指导下，中国文联和中国曲协认真履行联络、协调、服务职能，积极发挥组织、引导、服务、维权作用，在围绕中心、服务大局，面向基层、服务群众，把握导向、引导创作以及拓展渠道、开展对外民间文化交流等方面都做了大量卓有成效的工作，为推动社会主义文化大发展大繁荣、丰富人民精神文化生活、不断增强国家文化软实力和中华文化的国际影响力都做出了重要贡献。这些成绩的取得，充分体现了我们党对文艺工作的高度重视，对文艺工作者的殷切关怀。这些成绩的取得，凝结着广大文艺工作者，特别是老一辈艺术家对党和人民的无限忠诚，对文艺事业的无限热爱和无私奉献。在此，我们向您在文学艺术领域取得的突出成就表示衷心祝贺！向您长期以来对文联和曲协工作给予的大力支持表示诚挚感谢和崇高敬意！

2012年是我国文化改革发展进程中十分重要的一年，是全国文艺界深入贯彻党的十七届六中全会精神和第九次文代会精神的关键一年，让我们团结一心，拼搏进取，努力为推动我国文艺界大团结大发展大繁荣做出新的更大贡献，以优异成绩向党的十八大献礼！

再次祝愿您：工作顺利，身体健康，万事如意！

中国文学艺术界联合会　中国曲艺家协会

二〇一二年六月

攀爬两座山峰的人

——《钟仕聪桂林曲艺文学作品集》序

文艺创作是很个人的事业，它特别需要作家有较强的艺术悟性，还得具备勤奋精神。我以为本书作者钟仕聪，正具备了这两种可贵的品质。早前我只知道仕聪是戏剧家，曾经出版过《钟仕聪戏剧集》，并且担任过桂林市戏剧家协会副主席。他写曲艺文本是近年的事，是撞进曲艺园里的一匹黑马。前些日子，当他将这厚厚的一沓曲艺作品文稿交给我时，我确实吃惊不小。以我的经历，我写了几十年，才得到几十个曲艺唱本，他怎么不多会工夫，就出了这许多成果？

我开始仔细阅读他的作品，却不时想起生活中的他来。1967年，我被借调到市文联编辑部打杂，他在离我们不远的市歌舞团当演员，曾经好几次到我们这边来串门。那时我20多岁，他不到20岁，却是很精明干练的样子，能写一些演唱作品，稿子文从字顺，押韵上口，给我留下了很深的印象。据说他是1960年4月从家乡永福县堡里考入桂林市文场戏曲训练班的，曾受教于曲艺名家王仁和、刘玉瑛，并向桂剧、彩调等知名老艺人学习戏曲表演。1962年毕业分配至桂林市曲艺队任演员，演出过文场戏《双下山》《游湖借伞》

等。可惜好景不长,1962 年 5 月他声带长了小结,彻底失声了。1963 年,他调到市歌舞团工作。我听说他只上过初中二年级,他的学识是在当戏曲学员时自学出来的。沧海桑田,几十年时光匆匆而过,由于我们不在一个系统,有时碰上打一个招呼,也就过去了。我听说他从政了,当过桂林市郊区文化局局长,市人大常委会委员。他在郊区文化局工作时,致力于收集研究桂林的傩文化,颇有收获和心得,最终出版了《桂林百姓傩》一书。

我真正感到仕聪在弄曲艺是在 2010 年,那年 3 月 28 日,市文化局、曲艺团组织了近 20 位作家、编导,在灵川九屋黄梅召开创作会议,目的直奔当年的中国曲艺牡丹奖。到会的作者都拿出了作品,我展示的是瑶族乐春鼓《诺言》。仕聪没有拿出作品,但他提出了一个选题设想,他想写写桂林抗战文化城,想写何香凝先生。我一听他的打算,顿时眼睛一亮,觉得这是一个好选题。休会之后,他找到我,和我谈了他的具体设想,我表示高度赞许。记得我们谈到何香凝对着雪景画梅花,这里有白雪皑皑,红梅灼灼,色彩对比强烈,鲜艳夺目,我说你夫人是画家,你们切磋一下,这里应该出现高妙的句子。我们还对作品中寒梅、凝香、何香凝,三者融合的深刻寓意进行了揭示,他像找到了宝贝一样,显得十分兴奋。散会不久,他便拿出了广西大鼓《寒梅凝香》。我看到这个本子,真是大喜过望,认为这是一个难得的好曲本。由于时间的关系,《寒梅凝香》没有赶上当年牡丹奖的角逐。后来,该作品获广西曲艺文学奖一等奖,由桂林市曲艺团组织演出,参加自治区比赛,表演者叶春桃获广西青年演员大奖赛表演一等奖。

钟仕聪一炮打响,接着曲艺脚本源源而出,一发不可收。2012 年他创作出广西文场《文兰汇》,可称之为他的曲艺代表作。广西文场是国家级非物质文化遗产,是我们民族民间的瑰宝。《文兰汇》记叙县群众艺术馆馆长文玉双,为寻找失落在民间的广西文场传统工尺谱,引出一段感人至深的故事。说明非遗的保护和传承是何等的艰辛,甚至要付出血的代价。其主题思想十分可取。作品时间跨度大,几十年非遗的保护与传承,既曲折又充满悬念,内容不可不说纷繁复杂,作者删繁就简,巧妙缀连,硬是在不长的篇幅里谱写出一首文场的美妙赞歌。我向来认为曲艺不好写,唱曲文本更是易学难工。我以前为了把故事写完整,下笔洋洋洒洒就是一百多行,唱它个十五分钟以上是常有的事。但现在不行了,观众和组织者都不待见长作品。参加比赛规定不能超过 12 分钟,如若上电视,最多给你三五分钟。这就逼着你写短,一般来说,唱词不超过 50 行为宜。钟仕聪的唱曲文本,工于心计,做到了短小精悍,尽量将交代放在幕后。《文兰汇》要是将作品中的人物与敌人斗争流血牺牲保卫工尺谱的故事详细写来,那不是几十行唱词、一时三刻演唱得完的。曲艺看来明白如话,实则是一种提炼过的简约,很富于张力。钟仕聪做到了这一点。试举曲目开头为例:

春山滴翠兰飘香,
山路蜿蜒近瑶乡,
为找寻文场工尺谱,
走来了群艺馆长文玉双。

四句唱词,不但交代了时间、地点、人物、事由、景物,就连曲目的情绪基调都具备了,是何等的节省。一个曲艺本子,写好开头是至关重要的。简洁是才力的姊妹,那是需要功夫的。从这里,我们看到了钟仕聪的功夫。除了以上点到的两座本子外,他的《山村种兰人》《紫臣辞官》《牛县长建房》《壮家五更郎》等,都是不错的曲本。

钟仕聪曲艺创作起点高,后发力强,这与他浑厚的戏剧、曲艺底子,以及他聪颖有悟性、刻苦勤奋分不开的。这些年,他给广西曲艺不断地输送精品力作,值得肯定,值得祝贺。假如戏剧和曲艺是生长在同一座艺术山上的两个山峰,他既已登上了一峰,另外一峰也就不太难攀登了。借此《钟仕聪桂林曲艺文学作品集》出版之际,我衷心地祝愿他百尺竿头更上一层楼,有更多更好的为人民的佳作问世。

是为序。

2017 年 11 月 3 日

“漓江之声”一路走来

光阴荏苒，不觉间“漓江之声”走过了37个年头。37年来，桂林的群众文化工作者，和广大的市民朋友，与她同进步，共欢乐，有太多的感慨。

我是1979年调入市群众艺术馆工作的。记忆中1980年之前，桂林市每年八一建军节都举办民兵歌咏大会。1980年6月，市委宣传部和市文教办联合签发了《关于开展“漓江之声”歌咏活动的通知》，才正式定名为“漓江之声”。头几届“漓江之声”都是唱歌，大合唱居多，其次是小组唱、独唱。每年活动开始，我们群众艺术馆的职员全部投入其中，称为联络员，分片包干。是改革开放的春风给桂林的群众文化带来了生机，久违的艺术之花在百花园中绽放，全市人民开始投入到这一场全民文艺活动之中。这种盛况，在我的《在歌声中前进》一文中有所描述：“那些天，在叠彩山下，漓水之滨，无论是工厂、学校，还是机关、街道，从牙牙学语的幼儿到白发银髯的老人，都兴致勃勃投入到这一群众性的活动中。每当夜色降临，歌声此起彼伏，飘荡在大街小巷。”演出时，我们这些男士就在台子上扛钢琴、搬站台、拉幕布，虽然辛苦，但干得很欢快。当时演员服装很朴素，有的还穿着工装上台，基本上是工农兵演工农兵唱。

“漓江之声”一路走来，我是参与者、见证者，也是受益者。在1995年的“漓江之声”中，我将本市农业银行女职员舍身与持枪抢劫银行的歹徒搏斗的事迹写成桂林渔鼓《热血金穗》，作品上演后反响十分强烈，获得创作一等奖。而后桂林市曲艺团对这个节目进行了深加工，将它推向全国舞台，参加在呼和浩特市举行的第三届中国曲艺节。2001年，《热血金穗》荣获广西文艺创作政府最高奖——铜鼓奖。这是从“漓江之声”中走出来的具有代表性的本土文艺创作成果。“漓江之声”不断有优秀的本土文艺作品脱颖而出，有获全国群星奖的彩调《抬轿》、文场《人在春光享太平》，获全国社区文艺汇演银奖的舞蹈《苗山彩虹》，获全国少数民族曲艺展演金奖的侗族琵琶歌《侗寨传奇》等，在广西乃至全国都备受瞩目。

社会在进步，文艺在发展。广大群众不满足单纯的唱歌了，组织者顺应潮流，求变求新，开拓活动形式，以适应时代的要求和群众的审美需要。据我掌握的数据，1995年第十六届“漓江之声”，3天内共演出62个节目，其中合唱5个，小组唱、歌伴舞8个，曲艺5个，独唱2个，独奏1个，小品6个，诗朗诵1个，彩调剧1个，舞蹈33个。从中可以看到形式变化多样，舞蹈占了相当大的比例，“漓江之声”已由80年代的以歌咏演唱为主要形式转向多样化，并以舞蹈为重要形式。进入新世纪，“漓江之声”继续求变创新，除了固定的歌咏节目之外，还增加了山歌擂台赛、民间艺术表演、社区文艺汇演，青春热舞比赛，独、双、三人舞蹈比赛和地方艺术大展演等项目。近年有音乐创作节目比赛，舞蹈创作节目比赛，戏剧、曲艺创作节目比赛，特设“桂林小把爷”少儿才艺比赛。既然是创作节目，自然比学习模仿现成的节目要求高得多。这是“漓江之声”发展37年，组织者对参赛单位提出的高标准要求。目的在于出作品，出人才，创作出崭新的好节目，更好地为人民服务。

37 年的坚守，“漓江之声”已然成为桂林市一张亮丽的文化名片，我们欣喜地看到，这种大众文化与精品文化相结合、时尚艺术与传统艺术相结合、高雅艺术与民间艺术相结合、舞台艺术与广场艺术相结合的活动，就是我们桂林市广大市民歌唱祖国、歌唱新生活、挥洒豪情的激情广场。

毋庸讳言，“漓江之声”有辉煌，成绩令人景仰。但是也不是一好百好，作为老“群文”，我不揣冒昧也说两点看法。一个是体裁界定不清的问题。这个问题在我们广西群众文艺会演中，曾多次发生类似的错误，甚至闹出笑话。我了解到我们的评委中有许多人也搞不清楚什么是戏剧，什么是戏曲，什么是曲艺，什么是表演唱，什么是小演唱，小品是戏剧还是曲艺。那么他们在评论打分时，只能是以其昏昏使人昭昭了。我建议首先各县（区）文化馆长自己要搞清楚你所举荐参加比赛的节目是什么体裁；其次，会演办公室要做好初审工作，不但要审内容把好政治关，也应该把好体裁关。我要说的第二点是，评奖问题。这个问题很头痛。理论上我们要求公平、公正，但事实上很难达到。为什么？因为各人心中的艺术标准千差万别，不能统一。说评奖就要说到评委。评委的选择相当重要。我以为评委受三方面条件制约，一是水平，二是喜好，三是私念。水平体现在思想、艺术、学养方面，喜好受环境、性格、生活经验影响，私念是人品、人情影响的结果。“漓江之声”举办了近 40 届，应该有一整套完整的评奖机制。没有规矩不成方圆。要建立一个评委专家库。为什么要这样做？我看“漓江之声”评委总是那么几个老面孔（近年加进了区里的专家），缺少生气，应该加入新人，以增强活力。遴选一批有资历的、学养深厚的专家、学者入库，赛前摇号选人。不要以为这样很难做，政府采购就是这么办的，可以借鉴。要严格回避有作品的人做评委，要识破有的人既是评委又是作者或编导(只不过用了化名)，杜绝“打牌自摸”现象。要当场亮分，并且去掉一个最高分，一个最低分，取平均值，这样可以考验评委水平和公正度，使参赛者无话可说。不亮分就没有透明度，就会让人怀疑不公正不公平。大众评委一县(区)一人，也要认真严肃，工作坚持到底。有的单位演过自己单位的节目，聘自该单位的大众评委就走人了。县区一共 17 人，不能少也不能多，也要去掉一个最高分，一个最低分，取平均值。有一次吵闹就是由大众评委人数不够的原因引起的。我是一个老“群文”了，为了我们的“漓江之声”更有序、健康地发展，我抱着诚恳的态度，不回避问题，愿意与各位领导、同仁共勉。

2017 年

曲艺创新随想

——在一次文艺创作座谈会上的发言

曲艺是我们中华民族文化中一支重要的力量,它和所有的文艺形式一样,也是随时代而变革、创新、发展的。长期以来,有一个命题我们十分清晰,这就是:文艺是国家机器中的齿轮和螺丝钉,是党的工作不可或缺的一部分。曲艺在党所领导的文艺工作中,始终以"轻骑"这种特有的形式发挥着灵活机动的战斗作用,在解放战争年代如此,在抗美援朝时期如此,在和平建设年代如此,在改革开放的时代更是如此。因而说到曲艺作品的创新,首先内容要新,是时代多彩生活的反映。曲随时代,与时代同气相求,同步前进,为人民服务,为社会主义服务,三贴近等就是这种要求的具体体现。有的人说什么写作要远离政治,要表现自我。事实是,历朝历代有影响的文艺作品都是与政治息息相关的,脱离不了也远离不了当时的社会,而纯粹表现自我的作品也是不存在的,因为"自我"必定生活在一定的政治社会环境之中。

曲艺的形式必须创新,这是时代的要求。我读过宋代陆游的一首诗:"斜阳古柳赵家庄,负鼓盲翁正作场。身后是非谁管得,满村听说蔡中郎。"蔡中郎就是蔡邕,又名蔡伯喈,他是蔡文姬的父亲,广西文场传统曲目《五娘上京》(《琵琶记》中一折)演唱的就是他的故事。从这首诗看到，陆游说同胞们什么都别管了，身后的事也别想了，大家都来听说书吧。可见其盛况。我进而设想，宋朝那会儿说书（曲艺）十分盛行，曲艺人也非常多，就好像如今的歌手，歌曲和歌者数不胜数。但随着时代的流走，大浪淘沙，适者生存，慢慢地曲种减少了，有的曲艺形式合并或转移成了另外的表现形式，演唱的人也少了。这毫不奇怪，历史就有这般的筛选作用。广西鹿寨曾经有一个曲种叫作“讲圣谕”，就是宣讲圣旨，类似现在的中央宣讲团。随着封建社会的灭亡，这种曲艺形式自然就消亡了。纵观历史，从人民群众中发生发展起来的艺术品种灿若星河，根据自然法则，新陈代谢是其普遍的规律。没有死亡，何来新生？大凡优秀的、先进的艺术总会适时而变，与时俱进，不断完善自己、更新自己、超越自己的。应该说，我们曲艺打造创新力作，不仅是时代的需要，更是曲艺艺术本身发展的需要。从历史的高度上看，我们的曲艺创作就应该是与时代本质相融合的先进文化的具体体现。这是时代赋予我们的使命。

我们要保护非物质文化遗产，现在有不少曲种进入“非遗”名册被保护起来。我们保护“非遗”，不是要把它像文物一样供奉起来，越久弥珍，而是要改造它、创新它，使它焕发勃勃生机，服务于当代人民。这些年，曲艺被人家“借”走的东西还少么？许多电视台都在“讲新闻”，不都是评书么？我们应该反躬自问：我们向别种艺术学习了多少？在这里，“拿来主义”是需要的。只要不丢掉曲艺的本质、本源，允许借助姊妹艺术中有益的元素，为我所用。当然，我们在创造新的曲种时，一定要遵守曲种的要件定律，守正创新，不脱离“曲艺是说唱艺术”“曲艺必须说唱故事”“曲艺表演形式是一人多角”等铁律，更不能把其他曲种现成的唱腔曲牌照搬过来窃为己有。

革命历史题材宏大叙事中的曲艺表达

——创作桂林渔鼓《梦圆》《春暖瑶山》的感悟

一

中国共产党是伟大的党,她从1921年创立以来,就怀揣着为人民的根本宗旨,百折不挠,矢志不渝,战胜了数不胜数的艰难困苦,终于迎来了胜利。在成长过程中,我们经历的大小战斗数以万计,辉煌是用鲜血铸成的。最值得我们纪念的当数长征。红军长征一共穿越了中国15个省区,在不到两年的时间里,遭遇了400多场战斗,平均每3天就有一场战斗。所以说,长征是人类历史上罕见的一次不畏艰难险阻的远征。长征途中第一大仗是湘江战役,红军渡江之前是8万多人,渡江之后只剩下3万多人,牺牲人数达5万之众,战斗多么惨烈!而且阵亡的多是14岁至18岁的小青年。鲜血染红了湘江,民谣悲怆地唱道:“三年不饮湘江水,十年不食湘江鱼。”湘江之战名垂青史。

我决心写湘江战役,为了回报祖国,为了感恩社会。因为我就生活在桂北大地上,距离湘江不到两小时的车程。我有一种天然的使命感。我走近湘江,寻访,采风,阅读志书、党史,看了湘江战役三大陈列馆全部的展陈大纲。可能有同志问,写一个小小的曲艺作品,还用得着做那么多的功课么?我的回答是:只有全面、深入地了解,才能准确地反映。只有心系全局,才能发微见著,情动于衷。

二

其次是选材。选材必须精准,并且适合曲艺的表现形式。战争太残酷,战士太英勇,史实太厚重,故事太丰富。一句话,可以提供的素材太多,但短篇曲艺形式不适合样样都写,应该有所选择。在纪念湘江战役85周年前后的日子里,我们观看了很多反映战役的影视剧、报告文学、长篇报导,那些惊心动魄的故事,那些感人肺腑的细节,一再呈现,倘若我再来重复这些就没有什么意思了。我决不走老路,不吃别人嚼过的馍,一定要另辟蹊径。我曾经了解到湘江战役之后,部队西行,留下一些负伤的战士,他们在少数民族地区隐姓埋名几十年,生儿育女,及至暮年。桂林媒体曾经发起"寻找老红军"活动,找到十多人,都是90多岁的老人了,政府恢复了他们的身份,送他们回江西探望。我又进行了采风,走过正在建设的桂北高速公路,这里"恰好"与当年红军长征过桂北路线相吻合,被称为"红色高速路"。这两者有没有联系?感谢生活给了我丰厚的素材和想象驰骋的空间。我深切感到,现实是历史的延伸,在这条路上,曾经有我们红军战士洒下的鲜血,是他们用身躯为今天的康庄大道铺下了基础。我的设计倏然被点亮,一个传奇故事不期而至。我将三代人跨度八十年的巨大历史内涵和瑶乡高速发展的现实融进作品,而将血与火的战争场面退到了回忆中"情景重现",故事发生地就在红色高速路通车庆典的现场。我们看到“中国梦”在“革命代代如潮涌”中逐步实现，这就是《梦圆》的主题。这一唱段只有祖孙两人——流血牺牲为筑“中国梦”的老红军爷爷和为圆梦而茁壮成长接班的建设者孙女，他们在身份差异的叙事中完成各自的形象塑造。

另一作品《春暖瑶山》，原是我和合作者王布衣的一个电影文学剧本梗概。积累的素材更多。我们也没有把故事安排在血与火的湘江战役现场，而是放在红军已经过江进入瑶寨的艰难时分。我们读过刘伯承元帅长征与小叶丹彝海结盟的美篇，春暖瑶山的故事则是之前我党我军制定第一个少数民族政策的形象表述。因为头年白匪残酷地镇压了瑶民起义，致使瑶民敌视所有的汉人。如何化解矛盾，其中我们充分运用了一个细节，反动派把瑶民当成野兽，瑶字习惯用反犬（犭）旁，而红军奉瑶民至上，不拿群众一针一线，处处为瑶民做好事，还把瑶字改成了王字边。可这还不够，必须有震撼的行动，我们将矛盾层层推进，最后达到高潮，红军队长王其延甚至以生命捍卫民族团结，终于感动了寨主，解开了瑶民的心结，主动带领红军翻越老山界。这样精当的选材，深刻地突出了民族团结的主题。

三

再次，谈谈结构。我感到自己创作曲艺作品最难的是结构。由于短篇叙事曲艺作品的形式必须是短小精悍，因小见大，我写作时往往开头口子开得很小，深入下去，有意绕开又螺旋式推进，巧妙缀连，直到挖到深层次的社会底蕴。在宏大叙事中精选题材，而一篇曲艺作品写下来才几十行三四千字，必须惜墨如金，这就要重视从何下笔方能恰到好处地安排故事了，我称之为“横断面，切入口”。我有过这样的经历，一个作品题材准备好了，但从何开头，迟迟落不下笔，十分苦恼。以《梦圆》为例，它应该有多处可以开头，比如，惨烈的战争正在进行时，子弹呼啸，炮火连天，这肯定很吸引人；又比如，老爷爷八十年后回归故里，物是人非，是何等震动乡里，亦有情可抒，等等。但我最后选定的是红色高速路竣工庆典现场，小孙女来接爷爷去做通车剪彩嘉宾，这里最能表明我设定的主题：歌颂一代又一代的革命人为了复兴中国梦，不忘初心、前赴后继、一往无前的精神。而《春暖瑶山》开头则安排在红军与瑶民高度对峙之时，红军战士尽管疲惫不堪，仍帮助老乡救火，但视汉人为坏人的瑶民情绪激动，欲与红军拼死斗争。如何化解矛盾成了观众的期待，也就是作品的开篇。从这里我们可以看到，短篇叙事曲艺作品的切入点应定在这个故事的高潮即将到来之前，矛盾冲突各方条件已经具备之时。作品进入高潮，人物性格得到充分展现，主题思想昭然欲揭。这也是我写作时，为什么三五句话立即进入“本事”的理由。至于那些背景材料的“交代”，高明的做法往往在故事的发展过程中悄然完成，不留痕迹，这样就会大大节省篇幅，而且使作品富于张力。高潮过后，应立即来一个漂亮的结尾，安排一个你比观众高明的情节，俗称“豹尾”。作品到此戛然而止，这就大功告成了。

总之，用曲艺形式来表达重大革命历史题材，我们务必全面把握事件的整体，吃透精神，选材细小而精当，布局巧妙而峻峭，努力还原历史，达到使观众从中受到革命传统教育的目的。近年我看到有的作者也写革命历史，但浅尝辄止，只是假借了一个外壳，却不是宏大叙事中跃起的浪花，而是杜撰贴上的标签，如同假商品，经不起检验，究其原因，皆因没有深入生活，坐在书斋里生拼硬凑敷衍成篇，这哪还有不失败的？

2020 年 6 月 7 日

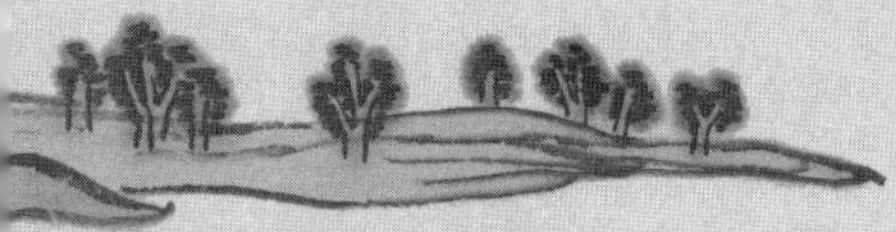

第三辑

人生旅途

从陆城到桂林

1957年盛夏，我离开了生我养我14年的故乡，踏上了人生的征途，算起来至今65年了！从踉跄学步，到耄耋老汉，人生漫长，该有多少回忆。

我要在长江边的新港码头乘小火轮到岳阳（新堤至岳阳的轮船每天一班，途经新港），大约需要4个小时的行程，然后从岳阳乘火车到桂林，又要十多个小时。我的挑子一头是一个小木箱，一头是一个旧竹篓子，装的是换洗衣服和书籍。送我的是大姑妈李桂贞，我当时寄居在她家里。我妈妈早于去年到江西艾曰慎阿姨所在的地质队帮人去了。姑妈清早起来做好了早饭，千叮咛万嘱咐，说初次出远门，路上要格外小心，不要和陌生人说话；还说你这一去，她不知什么时候才能看得见了……她饱含着深情，说得我心里酸溜溜的，眼泪水都流了出来。

我5岁在陆城小学发蒙，9岁时到在路口小学任教的四舅父艾美周处读四年级。那时我混沌未开，什么都不懂。有一天晚上舅舅买了火车票，让我去五里牌，原来这一天是他结婚的日子，舅娘在五里牌小学任教。婚礼很简朴，参加婚礼的我是男方唯一的代表。我在路口小学只读了一个学期就回到了陆城，不到十一岁就小学毕业了,未能考上中学。那时年幼无知,踯躅在陆城街头,整天就是玩,还学会了"打波"(一种赌输赢的游戏,筹码是香棍子)。我四岁时父亲去世,母子相依为命,我是我妈妈的全部。她为我的前途急死了,但为了生计,她要到乡下去帮人缝衣,交代我在家照顾好自己。她不下乡时,教会我独立的生活技能,比如生火做饭,带我去马鞍山砍柴,到戴家岭上开地种菜,还让我学习编织捕鱼的篆。

后来,我迷上了读书,大凡镇上借得到的书,我都搞来看,有《三门街》《粉妆楼》《薛仁贵征东》《薛丁山征西》《薛刚反唐》《罗通扫北》。一本《红楼梦》是残本,无头无尾不好看,我看不懂,没有看下去。新式书籍我看过吴运铎的《把一切献给党》,我还自己订阅了《人民文学》《文艺学习》杂志。小人书是我的最爱,或租或买,看了不少。这为我后来编撰十多本小人书脚本打下了基础。杂货铺刘汉爹喜欢听书,我每晚都到他的火塘边给他念书。由于不少字我不认识,我想蒙混,就"有边读边,无边读中间",但还是蒙不过去。我下决心砍柴卖,得了一块五角钱,跑到长安去购回了一本《四角号码新词典》,总算解决了认字难的问题。这本词典至今还留在我的书柜里,受到特级保护。那段时间陆城业余剧团很活跃,我的三舅娘葛正荣是剧团的台柱子,我看过他们演出的《梁山伯与祝英台》。在排演《白蛇传》时,她把我拉去饰演许仙和白素贞(白蛇精)的儿子,就是这个小子一阵痛哭,竟然将雷峰塔哭倒了,救出了妈妈,母子得以团圆。我猜想我演得十分糟糕,因为我没有听到掌声。

13 岁多,陆城油脂收购站挂牌,我被聘为收购员,派到谷花洲去收花生、棉籽、芝麻。油脂收购站的主任姓肖,一个很不错的一心为公的领导。记忆中他很爱美,将自己的照片放大挂在卧室和办公室墙上。多年后(大约是 20 世纪八九十年代),我回乡在长安短暂停留，谈话中我的堂弟李岳平说认识这位肖主任，我拨通了他的电话。他居然还记得我。他问了问我的大概情况，知道我在桂林某单位有点小职务，马上话锋一转，问我可否在桂林帮他推销一些粮食产品，原来他现在有了自己的公司。我心头一顿，老是想到以前的肖主任形象，怎么也和现在的肖老连接不起来。几十年啦，环境变了，人怎么会不变呢？

不久，陆城有朱子英、张福生二位开办的小升初补习班，本地和云溪、路口等地的学子纷纷前来就读。这时我在社会上待了两三年，回到教室，语文和算术成绩在班上明显排在前头，但还是未能上中学。这下我妈妈彻底着急了：这个儿子不能上学读书，这一世人不就完蛋了！同时着急的还有我的小姨艾曰勤。曰勤小姨是我妈妈最小的妹妹。1950 年她在临湘县中读初二时参军，在武汉服役两年，自感年纪小、学历低，主动要求复学，得到领导的大力支持。她先在武昌二女中读完初三，后考入武昌实验中学，高中毕业后，考入广西师范学院（现广西师范大学）中文系。她就读期间决定将我接到桂林上学。我收到她的来信，心情特别激动，真是漫卷诗书喜欲狂啊，马上收拾行装直奔桂林！

我到桂林后，1958 年上初中，由于深知人生的艰难，读书非常用功，成绩扶摇直上，并开始在报刊发表作品，以稿费贴补生活费用之不足。到 1961 年上高中时，竟是当年桂林全市初中升高中两个甲等成绩之一了。1964 年我在桂林中学高中毕业，满以为可以考上大学，在后来我见到的档案里高考填报表上，赫然盖着一个长条的红印章："该生政审不宜录取"。才知道后台早已封闭了我的求学之门。

随后我考入桂林市建筑工读学校，一年后破格选为教师，教材是中专语文课本。1969 年建校撤销后我到建筑工地当上了大木工。我一边做工一边坚持业余创作,发表了大量的文艺作品,1979 年被调入桂林市群众艺术馆当编辑。我负责编辑的《故事天地》杂志最多的一期发行量达到一百五十万本。

我 1988 年调入漓江出版社,1990 年任副社长,1996 年任党委书记,同时兼任中国曲艺家协会理事、广西曲协主席,直至退休。我出版过五本专著,获得过国家级、省级、市级几十项奖励,被评为新中国 60 年"突出贡献曲艺家"。

回到话题。回望我从陆城到桂林走过的历程,我深深地感谢生我养我的故乡土地,它深厚的文化底蕴润泽了我,同时我感到:一个人一生都在走路,但关键的只有一两步,走对了受益一辈子,这其中有自己的努力,更有爱我的亲朋好友、领导的扶植。要是没有我的小姨即时把我接到桂林,我人生的命运将是另外的一个样子。

儿时记忆(三章)

乡愁是对家乡的感情和思念。“床前明月光,疑是地上霜。举头望明月,低头思故乡。”每当我诵读李白《静夜思》,就不自觉地回忆儿时在故乡陆城的时光,那些熟悉的人,熟悉的事,熟悉的情,熟悉的景,便一下子涌上我的脑际,挥之不去。我懂得,对故土的眷恋是人类共同而永恒的情感。借湖南省岳阳市陆城文化研究会成立的契机,我将对故乡散珠碎玉般的记忆拾起,奉献在乡亲父老的案前。

一篇大字

20 世纪 50 年代,我的家乡陆城完小很重视传统文化教育,特别看重写毛笔字,功课表中就列有写字课,每个学生每天必须上交一篇大字。书写大字的内容是全校统一布置的。有一天,老师在黑板上写出 16 个字,让大家照写。这 16 个字是:“互相呼喊兄弟姐妹不是表现同学友爱。”这是怎么回事?原来当时同学间刮起了一股互认兄弟姐妹之风,哥哥姐姐,弟弟妹妹的喊声飘荡在校园,亲热得不得了;副作用是无形中结成了若干个小圈子。我在班上年龄最小,就被马辉华大姐认作了弟弟。马辉华是全校有名的品学兼优的少先队大队长,能够做她的弟弟,真是无上荣光。学校发现了同学中的结拜之风,采取了“提醒”这样比较温和的处理方式,让同学们自觉地退出“小团伙”。从那篇大字之后,同学间就主动切断了兄弟姐妹关系,当时我还有些不舍呢。这件事给我的印象很深,以至过了60年的今天,我还不能忘记这16个字的内容。我1957年离开陆城到桂林之后,再也没有见过马辉华大姐,据说她在湖南省农学院工作,也不知她现在生活得怎样了。

腰鼓队

陆城完小的腰鼓队成立得较早,大约是在1953年吧,由学校精挑细选了十多个同学组成。我被任命为指挥。所谓指挥,就是用钹发信号,比如说开始,我就打击三下钹“叭、叭、叭”,大家就“咚叭咚叭咚咚叭咚叭”,打了起来。要变花样,我就加快打出规定动作的钹点,指挥队员换节目。节目秩序是事先规定好了的,不会乱套。我们经常用课余时间加紧练习,由当初只会基本动作,到后来可以打出不少套路,终于能外出表演了。

那时,江南那边成立人民公社,让我们去参加庆典活动。某一天,我们身背腰鼓上路,我也不知道走了多久,由于我们都只有十来岁,从来没有走过这么远的路,直到走得我们腰酸腿痛才到达目的地——谷花洲。那里的社员等我们很久了,我们一到,顾不上休息,便开始了表演。大概社员们没有见过打腰鼓,很是新鲜,大家看得津津有味,我们表演得更是十分起劲。

庆典结束后,自然是主办方请我们吃一餐。记得是吃火锅,长江新鲜鱼炖洲上刚拔出的大萝卜，鲜、嫩、甜、香，那个美味无法用语言形容。几十年来，我一直在家乡之外游走，总是喜欢吃鱼炖萝卜，但再也吃不出那样的味道了，因为那是家乡的味道啊。

看社戏

陆城文化底蕴深厚，长期有一支业余剧团活跃在乡间，其地位在临湘全县也是数一数二的。我看过他们表演的《白蛇传》《梁山伯与祝英台》等。我的舅娘葛正荣是剧团公认的台柱子，她出演白娘子时，我曾饰演过她的儿子。我认为在通讯不发达的历史岁月里，没有新闻媒介，没有电视手机，我们高尚的传统文化，全靠这些口传心授一代一代传播延续下来。我小时候在家乡接受的就是这些传统文明，当然我还阅读了不少古旧小说。

陆城几乎每年都有“戏班子”来演出，一演就是好几个月。剧团用竹垫子编起围墙，搭起简易的戏台，上、下午各演一场。有一年好像是通城的楚剧团来演出，我们天天去看戏。看戏是要买票的，虽然只是5分钱一张票，但我们也没有啊。那时没有城管，剧团的人把守也不严，我跟着省堂哥就从烂了的竹垫洞里钻进去，找半截砖头垫在屁股下，老老实实看半天戏。我们看过《罗通扫北》《薛刚反唐》《穆桂英挂帅》等。有两件事印象深刻：

第一件是看了《甘露寺》后，觉得乔玄有一段唱腔特别好听，很想学唱。还是省堂哥灵活，他很快就唱会了。我就跟着他学唱，直到现在我还能哼上几句，歌词与京剧唱词几乎一模一样：“劝千岁杀字休出口，老臣启主说从头：刘备本是那中山靖王的后，景帝玄孙一脉流……”第二件是看过一出丑角戏，剧名叫作《蔡云山耕田》。说的是蔡云山某天去耕田,他找不到自家的八斗丘,一阵风吹过,原来是草帽盖住了。到中午时分,还不见妻子送饭来。抬眼望,却见妻子正分饭菜给过路的人吃。他气不打一处来。可是没有过多久,圣旨到了,他被封为七品县官。这是怎么回事?原来他老婆那天送饭途中,遇到微服私访游江南的乾隆皇帝,她将饭分给了饥饿的皇帝吃。蔡云山知道了这个情况,后悔莫及,心想半碗饭就换了个知县,倘若是一碗饭,那不弄个知府当当?事情已经过去了,先不说那些,他得练习练习怎么当县官。于是,他在堂前击鼓鸣冤,然后坐到堂上案前,一本正经地问:“下跪何人?”“你有何冤枉?”“将状纸呈上。”接着他又跪下:“启禀老爷……”他如此这般跑上跑下反复者三,累得不行,最后说当官好累,还不如种田痛快。我第一次见扮演农妇的是一个男人,很是奇怪,便到后台去看个究竟,只见那演员黑不溜秋,年龄不小了,说话做事女性化,实在没有什么悦人之处。现在,我在写这篇回忆,借助神奇的网络,想查查是否有《蔡云山耕田》这出戏,竟然没有查到。

我曾叛逆过

我的家乡陆城，是湖南省最北面长江边的一个小镇。这里是湖区，长期以来血吸虫泛滥成灾，青壮年都成了大肚子客，面黄肌瘦，甚至十室九空。毛泽东曾有诗句描写血吸虫肆虐后的悲惨景象："千村薜荔人遗矢，万户萧疏鬼唱歌。"

新中国成立后，党和政府非常重视消灭血吸虫的工作，发动广大群众利用农闲时分捡钉螺，并列于长期的工作职责。大约是1954年的某一天，居民组开会让每一家抽出一人去捡钉螺。我妈妈开会回来，她让我去出工。我一听就不高兴了，立即回绝说我不去。妈妈问我为什么不愿意去，我说参加捡钉螺的尽是女人家，我是一个男子汉，我不想和那些姑娘婆婆在一起劳动。我们争吵起来，到后来妈妈非常生气，拿出一把菜刀，扳在桌子上，说你杀了我吧，你这么大了，却不能替我分忧。她越是这样大叫，我越是不服从。我一气之下，就夺门而去，跑掉了。我当时头脑发昏，没有了解妈妈为什么不愿去出工。好多天后，有一位大妈告诉我，那些天正撞上我妈妈身上不干净，捡钉螺有时是要下到水田里去，对妇女很不利，会引发疾病。我当时年幼无知，又是男孩子，根本不晓得女人还有月经这码事。

没有带换洗的衣物，身上也没有一分钱，出门后往哪里去？我没有了主张。躲藏到镇上亲戚家不是不可以，但是妈妈很快就会找到。要跑就跑远点，让她找不到。我这样想着，就决定去桃林外婆家。那时我的三舅艾美周（华声）在白羊田教书，舅娘在桃林教书，两地相差十多华里。外婆和舅娘住在一起，带着小表妹顺娅。桃林我去过一次，有点印象，要途经路口、长安，大约有八九十华里路程。天气不错，我迈开大步沿着大路朝前走。走到又渴又饿时分，已经过了路口。在铁路旁不远，有一座大石山，有人喊话，放炮啦，大家快躲开。轰隆隆的炮声把我震醒了——我的大舅艾有为（胤舅舅）不是就在石山开山打石头吗，我何不去找他要口饭吃呢。石山很大，开山的人很多。我逢人就问，找我的舅舅艾有为，你还别说，我没有问几个人就找到了他。他和舅娘在开石头，挥着大铁锤，将那个有书桌大小的石头砸开。他们的儿子河清就坐在不远处玩耍。我叫了一声舅舅，他一愣，你怎么来了，就一个人？我支吾着，没有正面回答。他于是说，饿了吧，先吃饭。其时，他家日子也不好过，靠干苦力打石头为生，能有多少收入？舅娘就在工地立起了三个石头，支起了锅，一会儿，饭煮熟了，是一锅"梨子饭"——米饭很少，杂交在饭里的梨子很多，管它呢，填饱肚子就行。吃罢了饭，我又继续赶路。舅舅也没有问我去哪里。此地离临湘县城长安大约十多华里，过了长安，就有一条笔直通往桃林的公路，很好走。

傍晚时分，我终于来到了桃林小学，见到了外婆及舅娘。大家很高兴，外婆却犯了疑，因为我是空手而来，这不合常理。她一再追问，我只好如实招来。她们知道了详情，就说："你妈妈和陆城的亲人，找不到你，恐怕大家都要急疯了，这如何是好呢。"还是舅娘有主意，她想了想说，我去乡政府给陆城那边打个电话，告诉他们说你在这里。她又怕政府的人不愿意送信转告,补充道,我请乡长亲自打电话给陆城的镇长,他们应该是相互认得的。说完她就急急忙忙地走了。外婆说:“你今天怎么能够这样呢,你跑了八九十里啦,你妈妈丢了你这个儿子,她还活得下去么?你这个祸闯大了。”我听了也十分内疚。

第二天清晨,外婆让我吃了早饭,高低把我赶走了。她让我回去好好承认错误,求得妈妈的谅解。于是,我快步赶回陆城。天黑时分回到家门,我高声喊:“妈,我回来了!”我妈妈抱着我这个“失而复得”的儿子,大哭了起来。

2019 年 10 月 9 日

压岁钱

民谚:“大人盼种田,小孩盼过年。”小孩子为什么盼过年?因为过年有新衣裳穿,有好吃的、好玩的,还有压岁钱。这后一点很吸引人。

但压岁钱也不总是使人很愉快的。

我四岁丧父,从此与母亲相依为命。我是她的全部。她视我为手中宝,心之肉,磕不得,碰不得,更莫说动手打我了。可是有一次,她却对我大打出手,这与压岁钱有关,使我终生难忘。

我家世代居住在湘北的古镇,三国时候因东吴大将陆逊在此地拜帅而命名为陆城。陆城是水乡泽国,人寿年丰,文化底蕴深厚,过年的活动很多。大约是1948年,我五岁多了。春节到,家家户户放鞭炮,热热闹闹过大年。大人给了我一块压岁钱,我拿着钱一蹦一跳去街上买糖果吃。走到坳上,见黄家前厅有很多人里外三层围着起哄,我很好奇,便在外围观看。因人长得矮小,看到的尽是屁股和腿,根本看不到桌子上大人们在玩什么把戏。这时黄家“三胖子”大哥哥回头看到了我,也看到了我手中有钱,便叫我的小名,说我帮你把钱押上去,一块钱可以变成好多块钱。我不知道他们是在赌博,听说可以赚多多的钱,便高兴地把钱交给了他。不一会,他告诉我,钱输了去。钱没有啦,我霎时吓蒙了,随即哭出了声。三胖子哥哥没有理会我,我只好哭着走回去。一回到家,妈妈问我哭什么,我说三胖子哥哥把我的压岁钱输了。妈妈二话不说,把我揪进房里,将房门反锁上,对我开打起来。她边打我边说:“好哇,你这么小就去赌博,长大了那还了得!”“我还指望你成材,你这么不争气,气死我了!”我说是三胖子拿去赌的,他说帮我赚多多的钱,我又不晓得那是赌博,还会输钱。妈妈说,你不把钱给他,他会抢你的钱吗?不由分说,继续打,她说一个人沾上了赌博,这一世就完蛋了!我要让你长记性。她下手很重,打得很痛,我止不住号啕大哭起来。哭声惊动了全家人,六姨、七姨赶过来救我,大喊姐姐开门,但妈妈就是不打开房门,两位姨妈联合四舅华声用蛮力将房门拆了下来,终于救出了我。

我妈妈是一个平平常常的妇女,没有读多少书,没有多少文化,但她秉承传统家风家德,将朴素的道德观用在实际生活中,教育着自己的儿子。这次挨打使我刻骨铭心,永志不忘。几十年来,我行走在江湖,但终身不沾赌场的边,就连朋友、家人之间娱乐时“意思意思”都没有参加过。

戴家岭上

戴家岭在陆城老街背后，黄家祠堂旁边，离东门湖不远。我不知道如今它是否还存在，是不是被一条公路荡平了？记忆中岭子不大，就是一个二三十米高的土包包，岭顶约莫有二十多平米地盘。全岭荆棘遍布，杂草丛生。

20世纪50年代初期，新中国成立不久，我和母亲租住在陆城老街坳上一间小小的房子里，房东叫作云妈。其时我们的境况是孤儿寡母孤苦伶仃，记得我们最先是睡在稻草上，盖着别人送的一床旧棉絮。母亲不时下乡帮人家做衣服，以维持生计。我小学毕业后辍学在家，整天游手好闲无所事事，近似流浪。母亲看在眼里，急在心里，心想：这个崽长此下去，怎么得了！于是她瞄准戴家岭上的“空地”，带我去观察了一番，说：“你就把这块地开出来，种菜！”

母命不可违。第二天，我拿起镰刀扛着锄头到岭上干活去。十一岁的我和锄头把差不多高，我用力割荆棘时不会保护自己，手上脚上划出了不少血道道，疼痛不已。下工回来，母亲帮我搽了些红汞，算是最好的抚慰。戴家岭原是一个土山包，不知为什么竟有那么多的碎石子，挖地时捡石头花了不少工夫，锄头口也碰卷了。我将菜地分成三畦，平整土块，有点样子了。菜秧子是在便河湾找菜农讨的，省堂哥也支助了我一些。种下菜，每天要浇水。我用一个木桶和一个提桶挑着担子到东门湖去取水或就近打井水，每天上上下下要走好几趟。

人勤地不懒。菜苗苗很快就长高了，叶子菜绿油油，苋菜红灿灿。爬架子的菜需要插枝支持，我就去团鱼山、马鞍山砍竹子。待到豆角黄瓜茎长高，它们沿着竹条攀肩搂脖竞相上长，长长的蔓条上不时冒出小小的花苞儿，嫩嫩的果实就露出了笑脸。我就这样边干边学，竟把这"三分地"整得像模像样，自家吃的小菜可以满足了。我小小的心里充满着自豪感。甚至于想，以后没有书读，当一个菜农也可以维持生活吧。

戴家岭上的刺蓬很多，我那块地旁边不能种菜的刺蓬，我也利用起来了，挨着刺蓬点了不少南瓜（陆城叫北瓜），让南瓜藤在天然的瓜棚上自由爬行。真是无心插柳柳成荫，到冬天，盖满刺蓬的大雪融化后，我竟发现刺蓬里横七竖八躺着吊着十多二十个大大小小的南瓜，都是熟透的果实。这真是喜出望外。1954 年夏天，长江发生了特大洪水，一夜之间把陆城变成了水乡泽国。我在南门祖司殿看大水，洪水从桥头那边漫过来，我们在前头跑，洪水就在后头追，跑慢一点就有被洪水卷走的危险。这很像电影里头出现过的镜头。据说是新设乡的老飞机场那边长江段大堤缺了口子。南门的人都往坳上搬，一片狼藉。退水时，我还在南门吴新生同学家里捉过鱼呢。灾民太苦了，有的人家甚至揭不开锅盖。这时人民政府伸出了援手，给灾区人民发放了救济款，每人 3 块钱。这时我的南瓜派上了用场，居然卖掉了十多个，有点小小的收入。

我在种菜的同时，还学会了织篾，又去陆城油脂站派往谷花洲打了几个月的临时工，到 1957 年夏天背井离乡去了桂林。几十年后，我在漓江出版社分到一套房子，毗邻漓江边，环境十分优美。我忽然心血来潮，竟在江边开垦了一块河坡地，种上了菜。我的菜比附近菜农种的菜长得还要好。有年冬季，我地里的菜花标得老高，一株挨着一株，亭亭玉立，煞是喜人。一天，我妻子要下地浇水，看到有两个打扮入时的少妇正在摘我们的菜花，赶忙叫："喂，你们怎么摘我家的菜花！"谁知那俩妇人面无羞色，竟说："摘一点菜花，你也喊卵翻天！"真是贪心的无耻之徒！把我妻子肺都气炸了。我家的菜确实长得茂盛，菜农们十分纳闷，说：你一介书生怎么会种菜？我笑而不言，却在心里说：你们哪里晓得我有陆城戴家岭上种菜的童子功啊。（说明：近年漓江进行环境整治，江边所有的菜地被取消，我也洗脚上岸了。）

2023 年 5 月 30 日

织　篆

篆，一种竹制渔具。在我的视野中，外地没有看见过，应该属于陆城的非物质文化遗产项目，有保留传承的价值。陆城桥头一定还有老人会这般技艺。

20 世纪 50 年代初，我刚 10 岁出头，为了生计，先是学会了种菜，做到了蔬菜自给自足。接着开始学习织篆，因为这个篆可以换现钱。

篆这种捕鱼的器具，用竹子编成，形状像一个大葫芦似的篮筐，约有一米来长。将它放在湖泊或荷塘流水的缺口处，那些鱼儿随水流经篆须口进入篆肚里，就出不去了。放篆人来取篆时，打开篆屁股上的竹编盖子，那些鱼儿便悉数被斩获。

篆是竹子编织而成的。我首先跟着大人去青山里砍竹子。织篆的竹子用的是水竹，其粗细相当于手指头大小，修长笔直，节把均匀，很少疙瘩。砍回竹子，去掉枝丫，用专属的破篾刀破开来。麻烦的是，竹子要去掉外表那层绿色的“竹衣”。我达不到这个要求，曾经跑到桥头去瞟学。原来桥头师傅是将竹子放在水里浸泡几天后，再用刮刀刮去那层绿皮的。泡竹子污染环境，池塘里的水会发出难闻的臭气。当时大家环保意识不强，也就睁一只眼闭一只眼了。

破竹成篾是竹匠师傅最基本的技能。当初篾刀老不听我使唤，破出的竹条粗细不匀,很是难看。这没有什么诀窍,只能熟能生巧,做多了就自然会了。有一次,我恨自己太笨了,不是巧使力气,而是用力过猛,篾刀一家伙削到了我的左手大拇指,鲜血如注,痛得我跳了起来。这个刀伤疤痕许久残留在我的手指上,成为长久的记忆。多年后我读到孙犁的《荷花淀》,水生媳妇们破芦苇时,那芦苇条在她们胸前跳跃时的美景,在我这里压根就没出现过。

竹子破得细纷纷,因为去掉了竹衣,呈透明状。具体编织过程,并不太难,跟着别人有样学样。先编一个圆形的篆颈箍,插好破好的篾子,分上下两截,上头是篆口,长度占篆的1/3,下头是篆身,长度占全篆的2/3。用的是编织五股辫子的方法,按照需要安排行距。到了一定的程度就锁口。上半截是张开的篆口,呈喇叭形状。篆身就是一个大肚筐。篆尾只有碗口大小,要收口,配上盖子封紧。啊,对了,篆须是另外编的一个漏斗形的小件,安进篆颈处,这样就能使溜进的鱼只进不出。做到这一步就大功告成了。

还有一种花篮篆,它不用放在湖泊或荷塘流水的缺口处,而是用一根竹子插在水中央,因它两头有须口,那鱼自由进入,却不能逃出,也很得逞。

篆织成功了,管不管用,得试一试。那回遇上下雨涨水天,傍晚,我在后街花雨塘田坎挖了一个缺口,让鱼塘的水流向稻田,细心地安置好了我的篆。第二天天刚蒙蒙亮,我心急地去取篆,竟有不少鱼,其中还有一条不小的鳝鱼。这真喜出望外。

我学习织篆时间短,产量不多,在1954年发大水时全部卖给了湖北来的渔民,每个篆大约是一块五至两块钱,有一点小小的收入。

20世纪80年代和新世纪我有两次返乡的机会,我注意到陆城街上已经没有织篆卖篆的营生了。

难忘乡音

我十来岁时从湘北农村到桂林求学,5 年后第一次回乡探亲。临行前妈妈从家乡写信来嘱咐我,回到家乡一定要讲家乡话,不然乡亲们会笑话你"绿狗屎臭",意即显摆、忘本。这些年我好不容易才学会讲桂林官话,从用家乡话背语文课本,改成用桂林话背课文,可说是花了九牛二虎之力。这下又要我讲回家乡话,一时还转不过弯来。那天,我避开人群,跑到学校背后的山边,找了个安静的地方,对着大石头试着说一些家乡的常用语,可是没有了语境,一个字都说不出来。我心里很焦急。

回家的日子到了,在火车上,我一门心思默默地跟自己说家乡话,回忆与儿时玩伴在一起的欢乐对话。车过岳阳,再往前开两个站就是我要下车的路口铺。终于提着行李下车,忽然听到月台上有一个小伙子喊我的小名,我一看是我原来的邻居、同学,高兴地用家乡话应答着,很自然地叫出了他的诨名:"大尼姑!"(学名邹松清)这一叫一答,我的话就像开了闸的水,自然而然地流了出来,我和他拉起了家常,甚至连粗口话都说得出来了。我自己也感到奇怪。

陆城话不同于岳阳话,比正宗的长沙话相差甚远,土得有些粗俗。特别是有些独特含义的语言,只有本地小圈子的人才搞得明白,这正是它的个性所在。像我这样在"外面"多年,见过不少世面,学习过现代汉语的人,也无法将有些话翻译成通用的语言,即使弄出个大概意思,却失去了原汁原味。我的表哥吴福华(小姑妈的儿子)是华中工学院的大学毕业生,一直在河南某市电视台任台长,有一次恰好我俩都回陆城过节,我们谈起这个话题,他和我一样困惑。我们试图翻译一些家乡话,比如常用的"支吾六也"这句话,意思有点像是"东扯葫芦西扯瓜","王顾左右而言他",但又不准确、不全像,我们硬是翻译不出它的原意。当时我就产生联想,像我们这样的困难,是不是专事外国文学的翻译者,也遇到过?如果是,那翻译中"信、达、雅"三个字,真的很难做到,译文与原文在意思上一定会相差甚远,更谈不上有原味。

我结婚以后,曾经带着妻子亚平回过老家,后来又将老母亲接来桂林,嫁夫随夫,耳濡目染,妻子也慢慢听得懂一点家乡的土话了。有趣的是,她冷不丁还冒出一两句我家乡的话来。由于她是用桂林话操土话,就和外国人初学讲汉语差不多,有一种怪腔怪调的味道,比如说"索丽"(意即"美丽,漂亮"),"呷了嘎屁"(意即"吃了罢,吃了算了"),"连屁眼杈里都是劲"(意即"浑身上下有使不完的力气"),她一说这些话我就想笑。

年纪大了,思乡情切。那年姑妈过世,福华表哥约我回乡奔丧。走在乡间的小路上,迎面碰到两个小朋友,我朝他们笑笑,他们中的一个眯着眼睛看我这个"外乡人",问:"你是瞒啰?"这个"瞒"字,在我听来十分亲切,就是"谁""哪个"的意思。我说我就是陆城这里的人哪,他相当疑惑地看着我,摇摇头,表示"不会吧""没见过",我不由得叹了一口气,吟哦起:"少小离家老大回……"

家乡,60多年了,我离你而去,渐行渐远,视线模糊了,我只有在梦里回到你的身旁,回味着你那甜蜜的乡音。

1968 年在陆城

1968 年初，桂林“文革”硝烟弥漫，两派武斗逐渐升级，第一仗是在房地局开火。当时我审时度势，观望武斗不是一时三刻可以结束的，便决定和女友亚平跑回故乡陆城避难，就此完成婚姻大事。

陆城位于湖南最北面，长江岸边，因三国时期陆逊在此挂帅而得名。回到故乡，亲朋好友伸出热情的双臂迎接了游子。我们和母亲一道住在北门张元保家。元保的妻子秀英，是一个能干贤惠的农村妇女，待人很和善。其时陆城社会相对平静，我们也就安心了。第一件事是领取结婚证。我们手持单位证明，来到镇公所，接待我们的镇秘书杨兴邦，是我小学同学，办证非常顺利。我记得兴邦家住在便河湾，父母是种菜的。他有一个姐姐好像叫作杨善明，早就嫁到北京去了。便河湾还有一个我的同学叫作方云亭，家里也是菜农。

安顿下来后，我们面临的首要问题是吃饭问题。我妈妈是乡间的裁缝，她张罗着做生意，并把亚平带到湖北艾家墩一带去当帮手，可以解决两个人的口粮。我就在家里种菜、捉鱼、捉柴。捉鱼这个词好理解，因为鱼是活物，要捉住才能上手。但家乡人称砍柴叫作“捉柴”，就不好理解了。典出何处，没有答案。我想将那一根一根柴枝砍回来，也未尝不可说把它们“捉拿归案”。捉柴要到马鞍山，或者到刺浦汉、青山里，路途不近，一天的收获只有两捆柴火。我在离家去桂林前曾经砍过柴火，重操旧业，还算得心应手。那时我与赵光璇同住一屋，他父亲也是经常去砍柴的，每次回家，脱掉“戎装”，赵伯伯都要吟哦两句：“脱我战时袍，着我旧衣裳。”这是《木兰辞》里的名句，我后来才晓得的。

种菜我也不生疏，去桂之前，我在戴家岭上种过菜。对耕耘、撒种、浇肥等程序稔熟于心。我种的菜基本上可以自给自足。有趣的是捉鱼。有一次我跟一个大伢子去洲上（新设那边老飞机场的泛称）捉鱼，这个地方是他先瞄好了的，确认有鱼才喊我去。我们先将一条小溪的两端堵死，然后把这段溪水戽干，那些无法逃遁的可怜鱼儿，就被我们悉数捉拿了，每人竟有小半提桶收获。六、七月正是禾苗抽穗杨花的季节，田野的蛤蟆（青蛙）健硕肥壮，我又跟着别人去捉青蛙。工具很简单，一个手电筒，一根约莫三尺长的竹片。我们捉青蛙的地方在沙窝一带。黑夜，那些青蛙都出来乘凉了，我们听到叫声，用手电光一照，它就不动了，然后挥起竹片将它打昏，收入囊中。当时受宣传影响，人们普遍认为青蛙是害虫，捕捉青蛙的人不少。可现在青蛙也平反了，列入益虫的名录里头，绝不会有此事发生了。

我们这回在陆城一共滞居了好几个月，一直到8月下旬，我供职的桂林市建筑学校连发两道金牌（电报）催我回校“复课闹革命”，我从报纸上和友人处得知，桂林的武斗并没有完全结束，但也只好打道回府了。我们在桂林火车北站下车，就看到荷枪者三步一岗五步一哨立在月台上，心想：坏了，世事难测。

新的考验开始了，此是后话。

2017年11月24日

1986年清明返老家

今天翻阅资料,看到我1986年返乡时的一首短诗,兹录于后:

老家行(1986年4月5日)

一别故乡三十年,
归来旧貌换新颜。
依稀山水历历在,
多情父老声声唤。
开轩面圃话桑麻,
举酒欢聚数逝川。
拭眼相看远游郎,
羁鸟恋林又回还。
又回还,意缠绵,
折枝踏英辨从前。
数典忘祖是罪人,
况复我辈心诚虔。
做片千丈归根叶,
返璞归真得自然。

记得我曾经将这首诗投稿给了临湘《长安诗词选》，在第二期上发表过，但有改动。诗写得很一般，算是当时真实心境的反映。由这首诗引起了我的回忆。

上世纪国家改革开放之初，平反了无数冤假错案，“地富反坏右”分子撤掉了帽子，我们这些“可教育好子女”能够自由地舒心地生活了。我当时已经调到桂林市群众艺术馆，任《桂林文化》杂志编辑部主任，负责刊物的日常工作，并于前两年作为桂林市文化系统唯一的先进工作者代表，出席了广西壮族自治区先代会，去年又入了党。这时我就产生了想回到老家去看看的愿望，因为我离开故乡至少30年了，乡愁常常偷袭着我脆弱的心灵。我的表哥吴福华（小姑妈的大儿子），从华中工学院毕业后，一直在河南新乡工作，已任新乡市电视台副台长。我把想回故乡去看看的念头对他一说，正合他意。我俩稍稍地做准备，我又趁着到长沙、武汉出差的机会，挤出两天时间，向领导请了假，绕道在清明节前一天回到了陆城。我俩见面很是兴奋，乡亲们也很高兴。记得晚上我们睡在同一个床铺上，聊天聊地，说了很多的话，从遥远扯到了眼前，历数世态炎凉。祖国翻天覆地的变化。

第二天一大早，堂弟岳平带了一干人来到，要接我们去农村老家分水坳拜坟山。岳平是我二叔的大儿子，他家有六兄弟，全是男丁。他们住在临湘县城长安镇，都发展得不错，有的还当上了厂长、干部。这次他们开来了大小五辆汽车，买了很多鞭炮。人多势众，一齐浩浩荡荡向分水坳进发，我说不出当时的心情，心里是既高兴又打鼓。分水坳属文桥乡，离陆城只有15华里路程，坐汽车一会儿即到。岳平头天已经通知了村里的党支部书记李名航（这三个字我不知道是否写对，发音如此），他们早做好准备在等候我们了。这个李名航很不简单,20 世纪 50 年代初他还是个小青年,民兵队长,后来成了党支部书记,一直干了几十年,用李岳平的话说,国家主席换了五任,村里的书记还是他,坐得稳妥妥的。名航哥和我是一个派(辈)分的,名字派分。从前有印象,样子还记得。他见了我们很热情,陪同我在村里走了一遭,还走过我家破败的老屋,旁边建起了新屋。我对名航哥说:“新中国大家都开启了新的生活,历史早就翻开了新的一页。共产党推翻三座大山,为人民谋幸福,我是举双手赞成的。”

下一个节目是上山拜祭祖坟。山路弯弯,荆棘遍布,我们边开路,边上山,很是费劲。鞭炮声吵醒了寂静的山岭。我的父亲李少白是 1946 年在他 30 岁时去世的,那时我只有 4 岁,什么也不懂。解放前跟着大人来过,新中国成立后,就再也没有来过了。祭拜完毕,这时下起了麻纷细雨,我是最后一个下山的人。这时还有五六位长辈站立在田畈的寒风细雨中,等着我。年岁最长的一位说:是曾佑(我的乳名)吧?我说是的。他说,你走遍天涯海角都不要忘记你是我们分水坳的人啊,记得常回来看看……我看到他们的眼里分明饱含着泪水,我也不禁流出了眼泪。

中午,名航哥负责办了四桌,宴请了村子里的长辈到场。年龄最大的长妈已经 92 岁了。在那还比较困难的年代,在乡下,不知他们是怎么在短时间内备齐了这许多的菜肴,我最喜欢吃的是家乡的土菜,比如洋姜,坛子菜等。饭后我自然付了费用,不能让名航哥出人出力还要出钱。

我在写这篇文章时,掐指一算,从那时至今又过了 35 年,什么时候我再回到我那可爱的故乡?

2021 年 3 月 10 日

桂中79班——和谐家庭

20世纪60年代初期,我们在甲山桂林中学上学,学校离城较远,所有学生实行寄宿制。我们班有30多位男同学,挤在一间集体宿舍里,十多个架子床分两排沿墙而立。同学们主要活动地在教室,到宿舍就是睡觉。从下晚自修到熄灯铃响,这段时间是宿舍最快乐的时光。陈乐生会拉二胡会唱歌,我们往往起哄要他表演节目。一次,大家都上了床,他一个人站在寝室中央唱开了:

清凌凌的水来蓝格莹莹的天,
小芹我洗衣裳来到了河边……

这是歌剧《小二黑结婚》里的插曲。他模仿女声,用的是假嗓音,唱得声情并茂,还辅以捋长辫子的动作。这时,架子床上下铺一个个从被窝里钻出脑袋笑声不断,都在叫好。一会,铃声响了,我们就带着他甜甜的歌声进入了梦乡。

冬天很冷,那时我们垫的是席子,只有一床盖被,大家就将被子脚头用绳子捆绑起来,借以保暖。我们好不容易睡热了被窝,又到了早晨。一个个都想多睡一会儿,冬天赖床是年轻人的通病。这时，班主任唐雨老师——一个和善的中年人，就出现在宿舍门口，他慢条斯理地说："同学们，大家起床了，不要留恋被窝。年轻人要朝气蓬勃，勇于克服畏难情绪……"他不像有些班级老师那样，毫不客气动手掀被窝，只是不厌其烦地说教，一直说得大家不好意思而起床为止。直到前不久我们班毕业 50 周年聚会，还有同学说起这事，可见大家印象有多深。

那时，卫生条件不是很好，宿舍时有臭虫现身。有一个同学很爱干净，经常翻开被窝、床板寻找臭虫，有一天他找到了一个臭虫，并且用玻璃瓶子装上，让大家参观。他说他要观察臭虫的生存习性，为今后生物学研究做准备。想想，年轻真是多梦的季节。

学校离城远，小病小痛可以在校医室解决，要是遇上急性病就麻烦了。有一次，从女生那边传来消息，说是有一位同学生病了，校医诊断是急性阑尾炎，要立即送去城里医治。我们四五个身强力壮的男同学主动请缨，充当护花神。没有汽车，更没有公交，我们就借了一架板车，铺上被子，让病号睡好。甲山到城里有四五公里路程，道路不平整，又是夜晚，大家小心翼翼护着板车，生怕颠簸了病号，给她增加痛苦。来到医院，医师做了急救处理，我们才返回学校。这时东方已经泛白，天快要亮了。

三年的学生集体宿舍生活，大家友爱互助，组成了一个和谐的家庭，成为我人生难忘的记忆。

八角塘纪事

桂林知名文化学者凌世君女士赠我她的新著《漓江两岸的流年碎影》,看到第40页,高兴地读到《风光了千年的八角塘》。书中记叙了八角塘的前世今生,并且有闲笔称在20世纪50年代到80年代,八角塘曾居住过桂林不少的名人,如林半觉、覃绍殷、郁钧剑、毛荣生等等,不好意思,我忝列其尾。

我1957年从湖南老家跑到桂林来,投奔外婆和阿姨,先在社公巷住了几个月,其后到高中接近毕业,5年多的时间全住在八角塘,先是在3号,后来搬到了24号。这是一段青涩而又充满激情的岁月,我的文学梦就是在这里萌生的。记得那时我特别喜欢读书,阅读占据了我所有的课余时间。我的阿姨艾曰勤,当时在广西师范学院(现在的师大)中文系就读,不知怎么办到了图书馆的一个小组借书证,一次可以借8本图书,能够打发我一周的课余时光。我的书包里总放有课外书,上学放学老是在边走边看书。晚上做完作业后,要读书到深夜。为了不让油灯照射到早睡的外婆,我用衣物遮挡住灯光。我规定自己每天要读完一本书。周末和假期,更是我读书的大好时光。吃完早餐,我挑着水桶去伏波山还珠洞下河,洗净头天换下的衣服后,盛满一小担水,就山上的尼姑庵前石桌旁看书了。

月月天天，周而复始，乐此不疲。我看的书很杂，而且分阶段性，这一段时间看侦破小说，比如苏联的《打靶场的秘密》等，下一段时间就看童话、神话、民间传说，比如《天方夜谭》等，换一段时间又看外国文学名著，比如《牛虻》《钢铁是怎样炼成的》等。当时因为年龄小，经常是囫囵吞枣，不大理解书中的深刻含义，甚至对那些描写景物的段落，不喜欢的就跳过。但现在回想起来，大量阅读对我还是起到了很好的作用，起码说朗诵顺口了，词语量增多了。我装订了一个"优美词语本"，将我认为好的句子及词语抄录下来，写作文时常常"借用"，这引得同学们刮目相看，我自是很得意。也有这样的时候，我看人家的作品，不意产生联想，觉得文章中这样的内容自己也经历过，或者是这样的内容很感动自己，也想让它去感动别人，就产生了写作的冲动，于是放下书本，铺开稿纸写了起来。一篇看了革命老妈妈陶承《我的一家》后的推介文章《可敬的革命家庭》就写了出来。这是我发表在《桂林日报》(1959 年 3 月 29 日)上的第一篇文章。那以后，我写作更勤奋了，什么诗歌、小说、散文都写，大约写了十多本作文簿。也发表了一些文章。有一晚是国庆节前夕，我思潮涌动，通宵夜战，终成一首长诗《国庆颂歌》，后发表在桂林中学的诗刊《春潮》上面。这就是我文学创作的起步。

住在八角塘时，1958 年我在桂林四初中上初一。那是我们国家最困难的时候，底层老百姓更是缺衣少食，艰难度日。当时我们住校寄宿同学大都是自己带米去学校伙房"搭饭"，以节约菜金。我们到临竹大队田地里捡来农民漏收的花生，拌在豆酱里当菜。长期没有吃上油水和青菜，有一次一个姓莫的同学半夜竟呕出了一条蛔虫。一天上课时，有一个卖油堆的老太婆在教室外叫卖，莫同学偷偷去买了一个油堆来吃，班主任莫秀英老师对着他呵斥："太不像话了，上课还吃东西！”小莫小声顶嘴：“我一个星期没有吃到油水了，吃一点油你也看不开。”说来心酸。那时确实是穷啊。我妈妈在师院帮人做保姆，一个月只有20多元收入。凤北路、八角塘那一带的居民有不少人常年在工人医院卖血，我妈妈也跟着别人去卖血。好像100CC是12元，还有一张肉票。后来为了贯彻“我们也有两只手，不在城里吃闲饭”的最高指示，我妈妈回了湖南老家，这时外婆和阿姨也去了南宁，我一个人留在桂林，就更困顿了。我到处找工做，去过东城电科所撤建厨房当小工，还跟着房东谭娘娘去大河圩卖过米粉。八角塘留给我一生中最困苦的记忆。

八角塘确实有不少文化名人，最有名的当数林半觉，他的金石篆刻水平应该在中南甚至全国都很有名。他的儿子林汉涛，当时在武汉上艺术学校，我曾经隔着围墙看他画画，更多的时候看他背着画板外出写生，很是羡慕。八角塘的文化记忆突出的是“三代歌咏队”。这与徐承翰老师有关。他大我一轮，我上小学时，他从湖南过来，已经是“社会青年”，在街道做着不领工资的“扫盲校长”工作。因而我一直到现在还叫他“徐校长”，他发表音乐作品也经常用“笑长”这个笔名。1959年10月，他经过考试成了城市公社专职的扫盲教师、街道干部，这才在桂林扎下根。他有家学渊源，从小就热爱音乐。他在桂林市首创街道老、青、少“三代歌咏队”，每周教唱一首歌，那时我就跟在他的屁股后头学唱歌了。我有感于此，写了一则消息，发表在1961年8月29日的《桂林日报》上：“为了活跃群众文娱活动，三皇公社文化站每周星期二举行红歌教唱晚会。开展这项活动几星期来，先后教唱了《红色娘子军连歌》《洪湖水，浪打浪》《毛主席走上天安门》等。到会的有五六十岁的老人，也有几岁的小娃娃。”我还知道徐老师一直未离开过基层，他上过多所音乐函授学校，在好多位音乐家门前拜师学艺。他创办了“叠彩音乐学校”，又创意和实施了辖区多项音乐活动，培养过很多音乐人才，现在有的已经成为大学教授。他共创作了 500 多首歌曲，出版了桂林童谣《月亮巴巴》等。更为奇特的是，在 1990 年叠彩区人大选举中，他在预选不是候选人的情况下，竟选成了区人大副主任。后来他就在这个职位上退休了。他是桂林市群文工作年限最长、经验最丰富、功底最扎实的“文化符号”，值得我们景仰。

不久前，我因事到八角塘走了一圈，这里昔日风光不再，湖面大大萎缩了，没有了从前的清澈湖水，有的是荒乱和垃圾。我不由得重重地叹了一口气。

1974 年第一次游漓江

1974 年 7 月,我所在的桂林市一建公司根据上级的安排,举办了一个展览,我和卢纬诚等一干人抽调参加这项工作。布展结束,领导认为同志们这一段时间很辛苦,便奖励我们去阳朔一游。7 月 5 日上午 7 点 40 分乘车去阳朔,然后从阳朔坐船回来。我带着女儿李黎(5 岁多),卢纬诚带了他儿子小柯(好像比李黎大一点),一路同行。为什么要从阳朔逆水返桂,我记得是在桂林没有买到顺水的船票,画家们建议车去船回,船逆水慢行,看风景更享受一些。领导没有意见。桂林至阳朔 83 公里水程,车行 1 小时半。稍事休息,11 点 30 分乘船(桂轮 3 号)返桂。晚 5 时半到达兴坪,宿公社招待所。7 月 6 日,5 点从兴坪启程,当时天还未大亮,但月亮皎洁明净,照在四周群山之上,幽静至极。李黎睡眼惺忪,说:“这么亮就把我喊起来了啊!”上得船来,只见船舱里全是小板凳,一长排一长排,密密匝匝地放着。由于我们是返航逆水行舟,没几个乘客。记得当时的票价是每人 2 元,自然不包饭。早上 6 时在兴坪开船,航速很慢,我们把两岸风景看了个够。漓江两岸奇峰挺拔,江水清澈,看后使人心旷神怡,悦目爽心。清晨,兴坪四周群山白雾缭绕,有的山尖尖在白雾上浮出,像才蒸开锅的馒头,别有情趣。岸边,凤尾竹像绒毛扇一样在水面轻轻地拂来划去，画出波圈。山坡上，丛林里，不经意间点染着三五个瓦房，亦是水灵灵，娇滴滴。我们乘坐的机动船，发动机的突突声把沉睡的漓江吵醒了。远处有早起的渔翁开始下船干活，一声“哎哟呢”，歌声传了好远好远……

当年，我妻子的大姐夫汪医师下放在杨堤卫生院工作，我提前打了电话给他，说我要乘船经过杨堤回桂林，大约时间是多少。第二天，只待我们经过杨堤时，他已经踩着跳石走到了河中间，他手里提着一条约莫两三斤重的鲤鱼，让我带回桂林孝敬老母亲。我说，我们要到半夜才能到达城里，恐怕那条鱼活不了那么长时间。船老板忙说，不碍事，他有办法。只见他将鱼绹好，放在一个网筐里，然后吊在船尾水中。他说船桨划动，河水有回旋力，把鱼往前推，鱼死不了。半夜回到桂林，果然如他所说，那条鱼还活蹦乱跳，好得很。

我平生第一次游览漓江，饱赏了桂林秀丽的山光水色。桂林山水甲天下，真是名不虚传。

2023 年 10 月 29 日

圆　梦

1964年那个闷热的夏天，我从桂林中学高中毕业了。那时，我们怀揣着上大学的美好梦想，日夜复习功课备战高考。平心而论，我的学习成绩还算可以，尤其文科更好一些。考试结束，然后是漫长的等待。终于有一天，传来了放榜的消息。我和苏理立同学在榕湖畔图书馆前，邂逅接到北大录取书的某同学，他不无得意地说："你们很快就会接到通知的。"又等了一些时日，却等来了未被录取的通知。许多年之后，我工作单位领导让我检查自己的档案，并嘱咐将不实的材料撕去。这时我才发现在我的高考报名表上，赫然盖着一个长方形的图章："该生政审不宜录取。"真相由此大白，心想既然走先一步的"政审"关没有通过，为什么还要我们煞有介事地复习备考呢？

先前我读过高尔基的自传体小说《我的大学》，知道他16岁时憧憬上大学，但理想无法实现，喀山的贫民窟与码头成了他的"大学"。落第之后我进了建筑公司，当了一名建筑木工。我没有自暴自弃，在社会大学里一刻也没有懈怠，读书和写作一直伴随着我。经过十多年的打拼，终于走进了文化部门，成了一名编辑。我虽然阅读文科教科书不少，但知识成碎片状，难于形成系统，内心深处企盼着进一步的学习机会。这一天终于盼到了,1981 年我国开始实行高等教育自学考试,这是一个“个人自学、社会助学、国家考试相结合的高等教育形式”,我立即报名上了这所没有围墙的大学。那时,我任《故事天地》编辑部主任,刊物期发行量超过了 100 万本,可想编稿和发行工作多么繁忙。我白天根本没有时间去看书,往往下班后不能吃饭就赶到王城听广西师范大学老师的辅导课,晚上超过 12 点后睡觉是家常便饭。高教自考宽进严出,考试题目和打分标准全国统一,辅导老师没有命题权,划出的重点范围很宽泛,我们学习掺不得半点假。一般说,文科靠背功,我那时年近 40 岁,记忆力赶不上小青年,背书很困难,只能下死功夫。但我有灵活的学习方法——旁听,记得有次考试前夕,我跟着一个自考自学小组复习,女将们一个个可以说是“背神”,一问一答如行云流水,就连标点符号都能准确背出来。这时我就坐在她们旁边静听默记,入耳入心,节省了我不少时间。我虽然是“推着走”,12 门课程总算都能及格。我最不担心的是写作课,心想自己文章都发表了一大摞,这点小作文还不是坛子里捉乌龟——手到擒来。谁知大学作文有其章法要求,和报刊上发表的文章竟是两码事,我勉强得了个及格,才 62 分。看了成绩单,竟然吓出我一身冷汗。

经过 3 年的奋斗,我终于拿到了毕业证书,圆了我一个大学梦,也为我后来的进一步深造打下了基础。

2015 年的一天

2015 年 12 月 19 日,一个平常的日子。

清晨,生物钟提醒我:6 点 45 分,起床。

第一件事,量血压;134/72mmHg,正常,近几天情况大抵如此。

洗漱之后上楼顶侍弄盆花盆菜。今年入冬以来,桂林雨水太多,我栽的菜花秧子全都死光了,剩下菠菜、莴苣尚好,都在尽力抗争,勉力生长着。使我满意的是一株柠檬,竟然结果六七十个之多,现在果实都长黄了。网上说柠檬切开后泡上蜂蜜可以保存,慢慢泡水喝,这是上等润喉润肺滋补品。我摘了全部柠檬,扯了两蔸莴苣,就下楼回家吃早餐,夫人已经做好了准备。

早餐前后,照例浏览手机微信和翻阅报纸。第二届世界互联网大会在浙江乌镇召开,吸引了我的眼球,我看到我国在世界的地位愈显重要。此次峰会对于推动全球互联网更好地发展具有深远意义,网络空间的互联互通,共享共治,一定能开创人类发展更加美好的未来。而北京再次发出雾霾红色预警,中小学、幼儿园"停课不停学",超过九成学生在家在线学习。看了令人揪心,雾霾在我国怎么一下子就变得如此猖獗了呢,真的没法治了么?又看到今日《桂林日报 · 文化报导》刊《李侃曲艺创作又获丰收》短文,这是记者张弘前几天采访我的文章，我今年光是在独家全国性《曲艺》杂志就发表了5件作品，算是小有成绩，心中一阵窃喜。

9点30分，起程去铁西看望年逾九旬的老妈妈。这是我每天雷打不动的作业。一年四季，没有节假日，没有星期天，风霜雨雪寻常过。路经菜市，买菜后去替老母亲煮一餐饭，看看她生活上有什么需要解决的事。陪她聊聊天，她最喜欢回忆几十年前在老家的日子，都是一些陈年发黄的故事了。她尚能自理生活，下午就由她自己热好饭菜。有人说我很幸福，还有老母亲在世，我只能说这是我应该尽的义务。我把这当成我每天的身体锻炼。

午睡后必须去一趟单位，前天出版社将这届班子拟就的"十三五"工作规划送到我手中征求意见。我仔细阅读后认为总体感觉不错，从内容到行文都比较好。没有太多的挑剔。我甚至感到兴奋，如果五年后能够实现此规划，我们漓江出版社将会浴火重生，成为广西乃至全国出版行业一颗熠熠发光的明星。

退休后，我没有忘记自己是出版行业的一员老兵，只要是社里需要，我总是尽力而为。对于这份规划，我也提出了一些建设性意见，我这就去亲自和社领导谈谈。

晚上，看完新闻联播之后，没有我喜欢的文艺节目，我就走进了书房，打开了电脑，我想到了还有两篇稿子要完成。约稿方宽宏大量没有限我交稿时间，我可以慢慢写。快要年底了，先写一篇年终总结式的文字吧，我立即在电脑上打出了一行字：2015年的一天。

（载2016年1月3日《桂林晚报》，"一天"征文）

熟能生巧之眼水篇

作家桂林一剑发了一篇博文《一刀准》，引发了我写这篇短文的愿望。

记得我在建筑学校当学生的时候，有一天，老泥工李师傅(带徒弟实习的教师)带领一帮学生砌好了一个露天舞台，校长王定起走过来，瞄了一眼，说："这个舞台台口左边高，右边低，大概相差14公分，要返工。"说完，他就动手拆砖头。他才拆了两块砖，李师傅就来了，他很生气，大声说："你拆我的砖干什么！"王校长说："台子砌歪了，歪了14公分。"凭你肉眼看一下就晓得歪了14公分？李师傅是有几十年工龄的老泥工，他显然不服气，立马拿水平尺来测量，果不其然，真的是14公分！我感到神奇，忙问校长如何练出了此等功夫。他告诉我，他12岁当学徒，学木工，每天都在弹墨线看木直，看线条一般不会不准。我知道，新中国成立后他被保送到武汉城建学校深造，是一个文武双全的新型知识分子，所以他具有理论和实践两方面的优势。这件事给我很深的教益，在我下放建筑工地当木工的那些年，我经常想起要练就王校长那样的"火眼金睛"。一般来说，泥工没有木工那么细腻，我就常到泥工工场，看他们做的活路，比如他们安的门窗框，我会悄悄地看是不是上下左右成方成正，然后用随身带的吊锤检验我的判断。这样试多了,也就获得了经验。记得若干年后,我们漓江出版社建宿舍大楼时,有一天我来到工地,见一位师傅正在安一樘厕所门框,我看了一下,就说:“你安的这门框上宽下窄,大概相差4公分。”还好,他只是用狐疑的眼光看了我一眼,没有反驳我,自个拿着吊锤测量,随即便做了修改。我相信他心里在想:“这个书记怎么也会建筑活?”平素,家里从大瓶倒油到小瓶里,我是从来不用漏斗的,虽然没有卖油郎那两下子,但也不会灌在瓶外。

下面就说到我在桂林一剑《一刀准》的留言了:熟能生巧。我曾经参加一次保龄球比赛,意外地获得一等奖。有人问了:“从来没有看见过你打保龄球,为什么你打得那么准?”我说:“你大概不晓得我在建筑公司当过好多年的木工? 眼水早就锻炼出来了。”我把这事说细一些,那次是广西民族印刷厂到桂林来拜年,请了我们漓江出版社和广西师大出版社部分同志,还有几家业务联系单位,约有四五十人吧,我们先是吃饭,吃饭之后就被邀请到南环路河边的保龄球馆打球。那时打保龄球成风,很是时髦,我知道我们之中有不少人是高手。比赛开始,分组淘汰制,每组决出的尖子最后总决赛,争得名次也不是那么容易。孰料到我获了个一等奖,奖品是一台厨房用的多功能搅拌机。当时搅拌机这玩意才时兴,又是多功能的,怕值三四百元。社里的人都没有见我打过保龄球,怎么一下子玩得出了彩? 答曰:有木工底子,“童子功”。一剑读了留言,又有质疑:“当木工可以练出眼水,但练不出手上玩球功夫啊。”这个问得好。记得我曾经在《手头功夫》一文中,描述过技艺之人“手头功夫”如何了得,木工的感觉是相当灵敏的。我打保龄球时,开头两下我确实摸不准,主要是力气大小掌握不匀称,虽然瞄得准,但不能击倒所有的保龄球。后来我改变了策略，用一种很沉稳的力量扫了过去，果然中的，一排瓶子纷纷倒地臣服。

我相信，闻道有先后，术业有专攻，各行各业中都有自己的能工巧匠，练出点“绝招”不是太难的。

自行车的快乐时光

我从上世纪购买第一架自行车算起，至今40年了，我没有一天离开过它，我一直以为骑上自行车是我人生的快乐时光。

70年代，我们还在桂林内燃机配件厂居住。那时那里很偏僻，离城里大街较远。我在建筑公司当工人，工地分布在城市的东南西北，有时在瓦窑，有时在长海，走路很费力，也很费时。我多想有一架自行车啊。一天，工区里分到几张自行车券，我很幸运抽到了一张。那时我们工资低，但交通工具是生活必需品，节衣缩食咬咬牙就买了下来。这架“红棉”车子，是现在很少见的高架车，骨架硬朗，气势不凡。推回家来，别说我们多么喜欢。我每天骑着它去上班，节省了大量时间不说，一边走一边看看两旁的风景，特别爽神，甚至是一种享受。骑车到工地，车上沾满了灰尘，我总是偷空把它抹得干干净净，还学会了简单的修理，比如补个轮胎什么的。

车子不能老是我一个人享受，它是全家的福利。星期天女儿从幼儿园回来了，我就骑上车子，前面搭着女儿，后面坐着妻子，到十字街人民电影院看一场电影，这是我们家当时最大的文化消费了。看完电影，就在影院对门小馆子吃一碗汤圆。每次汤圆端来后，我们就让女儿先吃，并且问她吃得完么，她说吃得完，于是又放一碗在她的面前，又问她吃得完么，她说吃得完，于是乎再放一碗在她的面前，再问她吃得完么，她还是说吃得完。我们就看着她津津有味吃着汤圆，直到吃得撑住，自己才开始吃。看一场电影，吃一碗甜酒汤圆，就是当时小家庭很大的享受。想想，当年我们的生活是多么简单，原来简单是幸福啊。

有了单车，也可以帮帮人，我们的宿舍离城里商店较远，骑车跑一趟比走路省时得多，帮邻居搭点日常生活用品是常事。有时内配厂的人遇上我，就想搭顺风车，我也乐于做个雷锋。一天，老师傅满孃在路边走着，看见我，喊道："小李，搭我一截吧！"我答道："好咧。"车子停了下来，我一只脚点在地上，满孃快步赶上我。我问她："是搭死的，还是搭活的？"所谓"死的"就是她先坐在单车后座上，我再起速向前走；所谓"活的"就是我的车子不停下，她跳上后座往前走。她回说："搭活的。"我听她这么说，就慢慢"发动"车子朝前走，并且叫她快跳上车。谁知她说她跳不上来。我说："你跳不上来，那就搭死的算了。"她立即申明："我不要搭死的！"这下我纳闷了：搭活的你跳不上来，搭死的你又不愿意，那怎么办啊。搞了半天，她才表示她是要搭"挨"的，不搭"死的"。我说这还不是一个意思。她说搭"死的"话不好听。原来，她是要图吉利，我误会她了。后来，我每走到满孃搭车的那个地方，就想到这件往事，几乎要笑出声来。

那年我们去"长征"

1966年伟人第八次接见红卫兵之后,"革命大串联"的浪潮还是那么汹涌澎湃,不过更多的人选择了步行串联。我所在的桂林市建筑学校,有十多位老师和学生也组成了一支文艺宣传队,目的地是广州。他们邀请我参加,我正是闲得发慌,就高兴地加入了这支"长征"队伍。我们抓紧时间排出了十来个流行的节目,记得是请了市歌舞团一个姓李的女老师来辅导。节目火药味很浓,第一个就是"拿起笔,做刀枪,集中火力打黑帮"。最后一个是《壮锦献给毛主席》,节目结束时,由我捧着折叠整齐的壮锦出场,4个演员抓住壮锦的4个角,顺势这么一扯,一幅美丽的壮锦就缓缓地展现在观众的面前。演出达到高潮。

打好背包就出发。第一天从桂林瓦窑动身,还没有走到二塘脚就提不起来了。大家相互鼓劲,坚持才能胜利。终于走到了雁山。接待站安排了我们住宿,大家匆匆吃罢晚饭就到圩场去演出。圩场很黑,有人用竹竿挑起一盏汽灯,照亮了一块空地。这时桂林医专的宣传队也来了,便协商和我们"同台"演出。演完后,立即回住地,倒头便睡。第二天一早我们便吃饭赶路了,那天的目的地是阳朔县,路程要比头一天远多了。

当我们走到阳朔的时候，意外地遇到先于我们动身的学校“水上长征队”。这支队伍8个人从桂林环湖景区借来两艘游艇，搭好船篷，带上粮草，从桂林城的漓江起程，顺江而下。在我的印象中，他们应该走了好多天，怎么才到阳朔？上前打问：“蓝色波罗的海的水手们，你们怎么才到这里？”回答说他们划船很辛苦，现在粮草已绝，上岸寻求补给。大家说，你们这样搞不是办法，眼看天气渐渐转冷，蜷缩在小艇上恐怕冻病。他们权衡再三，决定弃舟走路，将游艇托人捎回桂林。

走路，现在叫作徒步，确实有许多优点，第一，锻炼了身体，刚开始每天只能走二三十里，后来四五十里，再后来七八十里也不在话下。脚打起了泡，晚上挑穿泡，第二天照走不误。走得轻松，吃得饱，睡得也香。第二，所见所闻，增长了知识。长征不但是播种机，同时也是收割机。我们一路走去，我很注意沿途的风俗人情，比如当地有什么趣闻逸事，少数民族的生活习惯，衣着和语言特色，这些在城市里和课堂上是得不到的，我有空就做点笔记。另外，宣传队有10多人，平常大家接触并不多，这次聚集在一起，加深了相互的了解，增进了友谊。我还向卢伟诚学习了吹木叶，丰富了自己的生活。

在行进途中，各地公社级所在地，都设有接待站，因是主席请客，不但有饭吃，还有新被窝睡觉。想想我们每人背着一床棉被很多余，便在一个叫作倒水的地方将被子邮寄回桂林。后来，到了梧州，遇到了熟人，他们说，你们还走啊，走到何时才能到广州，不如坐船。我们一合计，就决定坐船了。这种小轮船只能装几十个人，男女睡在一个船舱统铺里，各占一半地盘，中间只有一块十来公分高的小隔板。大家也相安无事。我们就从梧州坐船到了肇庆。

据说佛山是全国红旗卫生城，给我的印象是特别干净。在这里进饭店，我第一次领略了先吃后付钱的经营方式。我思忖，饭店是怎么避免逃票的，服务员又是怎么计算收钱的？原来他们是按菜碗大小定的价钱，服务员端了哪些菜给你他心里有数。你休想作弊。

终于到了广州。我是第一次到这种级别的大城市，真是繁花似锦，人山人海，目不暇接。在文化公园，我们见到红卫兵狂热追捧阿尔巴尼亚人的场景，简直是要把这些外国人抬了起来。现在回想起来，真是好笑——据说当时是我们豢养着这个国家，我堂堂大国为什么要这般捧着它，它对世界共产主义有多大的贡献……还好，我没有去参加那个“抬阿”的队伍。

到了广州，有几个地方是必须要去朝拜的，首要的是“广州农民运动讲习所”。有何凭证知道你到了这个地方，办法是在你的证件上加盖一个纪念章。卢伟诚和何强可担此重任。当时是盖章的队伍长得没法形容，他们排了老半天也没有到窗前，这如何是好？卢伟诚心生一计，拉着何强到盖章的窗口，这时窗口十分混乱。卢伟诚爬上高处，大声喊道：“我们都是红卫兵，要遵守革命的纪律，要自觉地排好队。这样吧，我们先整顿好队形，按次序盖章。来，这位同学排第一，（他把何强拉到了最前头）下面一个一个接着排！”何强将一沓证件递进了窗口。我们躲在旁边偷笑了起来。

一晃，47 年过去了，当年长征时的情景还历历在目，而卢伟诚和何强早已去世，我却在深夜回忆那段峥嵘的岁月，心里五味杂陈。

（附：1966 年桂林建筑学校参加“长征”人员名单：周端花、周丽君、王岚、文海源、谢爱莲、许燕、周勇青、何强、卢伟诚、骆世英、李凡、李侃、胡仕骙、谢华德。）

2013 年

保姆三章

第一章

现如今的保姆难请，也难对付，不是身在其中者，很难体会个中滋味。她是老母亲今年所请的第四个保姆了，昨晚她们吵了起来，缘由是有一碗吃剩的莲藕肉汤，保姆要倒掉，老妈说放冰箱吧，明天早晨可以下面条。保姆不依，老妈坚持。保姆奋起，端起碗就往厕所倒了去。老妈见保姆如此暴殄天物，又态度横蛮，不免心痛，就开始唠叨。保姆打电话给我，说老妈妈站在她房间门口，骂了她一个半小时。我一听这就太夸张了，老妈妈年岁 90 多，不可能站立一个半小时。我耐心劝说保姆，老一辈人都有勤俭节约的习惯，她要明天早晨就汤下面，你就让她吃面算了。保姆说她不喜欢吃残汤下的面，我就讲你吃别的好了。怎么劝说，她气也难平。最后她说她要走。我说，你要走我也没得办法，明早晨再说吧。

今天一早我就去了铁西小区，和保姆谈不拢，那就结账走人吧。我是按照日历一天一天数她工作的日子，一共是 22 天，其中她休息了三晚，就算两天，工资照发。她提出她还有两天未休息，我说在中介说好是一个月休息两天的，即便是一个月休息四天，你一个月没有做完，怎么还能要那两个休息日的工钱呢？她又提出来要按阴历计算，我感到很新鲜，但仔细一想，她可能是担心阳历有月大31天，而阴历总是一个月30天，不会蚀底。但数天数的计算方式，不会牵涉到月大月小。这时我突然感到我面对的是一个不简单的农妇，原来想多给她一两天工钱的想法瞬间打消了，必须振作精神来对付她，看她还有怎样的名堂。她问我，她一共做了三个星期是不是，我说对的。她说三个星期是三八二十四天，我甚觉奇怪，我讲一个星期是七天，三个星期是三七二十一天，你一个星期八天是怎么搞出来的？她说，从星期一到下星期一是不是八天，我说是的。她说从下个星期一到再下个星期一是不是又是八天。我听到这里，真是万分佩服这位农妇女士了，她用嘲笑的口吻说："还讲你是知识分子，这点都算不清楚？"我在心里笑了，她出了一道小学算术中的"植树问题"让我来解答。我告诉她，你怎么把星期一重复计算两次呢？她看到我识破了她这一招，不说这个了。又提出她交的中介费100元，让我出。我正告她，是你找中介为你介绍工作，你交给他们100元，是你给他们的中介服务费。我来中介找保姆，交过了我应出的100元服务费，你是看到了的，你不要混为一谈。她无话可说了。最后我交钱给她，她又毫无道理地说要多给两天工钱。我对她说，由于她的胡搅蛮缠，我原本是想多给她两天的钱，现在决定不给了。她节外生枝，忽然提出要去中介，我说好的。可是为时还早，中介要到9点半才上班，去了也要等。我不想她提着行李老在我这里待着，她毕竟有五十多岁了，出来打工也不容易，可恶之人也有可怜之处，就多给了她一天的工钱，她就走了。

保姆啊，保姆，我对你说什么好呢？

第二章

8月18号下午,中介又给我家介绍了一个保姆,平乐人,五十一二岁。我说可以吧,就去把她带回了。她跟我走在路上,说今天也要算一天,我讲行吧!

昨天(21号)下午,我到铁西,她对我说,李叔,明天我回去啦,我说是家里有事吧?她说我不做了。我说为什么呢。她讲她老公打了两次电话,让她回去,说这里的工资太低了,回家帮人家包装柿子,80块钱一天。我说,那我就一个月加200块给你吧。她说不行,还是要回去。今天一早我就去和她结账,付4天工钱给她。她说一个月是上26天班,应该用月工资除以26天得出每天的工资数,再乘以4。我说一个月是30天,走到哪里都是这个规定。她又说一个月有4天休息,她没有休,没有休的钱,要发给她。我说你才做了4天,就要休息4天吗?还不休就要发钱,太没有道理嘛。我高低不给她这个钱。想想上一个保姆一个星期算8天,这一个保姆一个月要算26天,真是使人哭笑不得。她走了,她到底是回去包柿子,还是到别的人家里面去做,我到现在也搞不清楚。

我的感觉是这样的保姆,简直把我家当成了她的伙铺。

第三章

上个保姆走了,她做的时间比较长,有两个月。我又开始在三个中介所之间游弋。好在大家都熟悉了,不用寒暄,见面即是招呼:

"李老师,你又来了?还是老规矩?"我点点头:"是咧。"

我正和中介小莫谈话,坐在旁边的一个女士听后说:"我去你家做吧。"原来她就住在附近,还是小莫的"狗肉"(朋友)。我约略地问了问她的情况,她姓黄,52岁,丈夫去世两年了,有一个小孩已成人,在外地工作。她有基本养老退休工资,当保姆完全是在家闷得慌,想出来活动活动,也得点外快。我一看她干净干练的样子,就定了下来。她跟我去家里,骑了一辆共享单车。保姆在城里有共享单车,也算是新鲜事;相比之下,我骑的单车就"颇落"(差火)得多了。到了我老妈家,先见过老人家,见老人能基本自理,交谈几句后,把房间里里外外看了一遍,见有保姆单间,有24小时热水,有洗衣机、电冰箱、电视机,她决定留下。她和我谈妥工钱,就说条件了:她说她有点风湿,要用热水洗菜,我说可以;她说她每天要泡脚15分钟,我说可以;她说她要用电热毯,我说可以;她说她每个星期天要去做礼拜,我说可以;她说她要睡午睡,我说可以;她说如果老人住院,她不会送饭去医院,我说可以;她说她喜欢吃水果零食(申明不用我的钱),我说可以;她说她有时要煮营养品(加中药,自己出钱),我说可以。她对我的回答感到满意。可能有朋友会说:提出来这么多条件,你这还是请保姆吗?我有这样的决定,缘自她一句话,她说:"李老师,我这一生做错了一件事,就是这么晚了才晓得信天主教。"我在想,信教的人,心地肯定是善良的,只要她对老人家好就行了,别的什么都好说。于是,她随即回家取来被窝和床垫、床单,当晚就在我妈妈那间保姆房就寝了。

一宿无话。

第二天一早,她的电话打了过来:"李老师,我不打算做了。"我没有问她发生了什么事,为什么不做了。我急急忙忙赶去铁西,老妈妈说保姆下去吃米粉了。我问发生了什么事,妈说蛮好的,昨天晚上俩人很早就睡觉了。

她回来了,走进房搂起她的东西就走,留下一句话:“李老师,我走了,对不起。”

我没有挽留她。

我一直到现在也不知道她为什么要走。

2017 年 12 月 13 日

哀母文

2019 年 3 月 27 日下午两点多钟,我刚上床午睡,正迷糊,手机铃声突然响起,我一看是聚福缘老年公寓李东凤阿姨打来的电话,心脏骤然紧缩。因为李阿姨没有文化,她对我说过,一般情况下她不会打电话给我。我上午 11 点多钟才离开公寓,她这个时候打电话给我,想必凶多吉少。果然她第一句话就说:“李老师啊,奶奶刚才走了……”

真是晴天霹雳,差一点把我击倒。我立即叫上才从医院回来的妻子亚平,她听了这个消息后大哭起来,我们赶忙奔赴老年公寓。

母亲是年前 12 月 25 日跌跤大腿骨折的,先是在中医院住院 20 天,后转到聚福缘老年公寓,不幸罹患褥疮,遭了大罪,痛苦万分。侄女周青四面打听,八方求药,又从江西到桂林陪护治疗,接着她的父母周德刚、肖山也来帮忙。但这个褥疮一旦形成,就相当顽固,很快成蔓延之势,最后达到疮面惨不忍睹的局面。公寓里有经验的阿姨说,老人大概也就是这几天的事了。这些天,我的心有一种从未有过的疼痛感。生离死别是人生最难逾越的关隘,何况是母子骨肉之情。

我的妈妈艾友莲,身份证出生日期是 1920 年,而实际是 1918 年古历六月初七日，到 2019 年整整 100 岁。她去世时，应该是老家陆城最长寿的老人了。她出身名门望族，却在人世间吃尽苦难，顽强奋斗了一个世纪。在这次跌伤之前，她从来没有住过医院，身体一直很好。她勤劳一生，看淡世事，求得自己的正直为人。她对我的教育是两句话："闹人的莫呷，害人的莫做。"这是我们家乡的方言，意思是有毒的东西不要吃，整人的事情莫去做，这就将对己及对人两方面都说到了，使我终身受用。

我 4 岁时父亲去世，由母亲一手将我拉扯大。回忆妈妈，要说的话很多，我记得格外清楚的有这么几件事。

20 世纪 50 年代初，不到 10 岁的我被送到离家乡陆城约 20 华里的路口铺上小学，那时我的四舅艾美周在那里当小学老师。学期结束，放假那天舅舅去了舅娘那边，临走时他叮嘱我，让我在学校等着，说是我妈妈会来接我的。开初，我还和一些同学在校门口玩"跳房子"游戏，慢慢的天暗了下来，我的玩伴一个个都不见了，就剩下我一个人，于是我急得哭了起来。正当我万般无助的时候，只听到我妈妈从相隔几条田坎那边，边喊着我的小名，边跑了过来，我喜出望外，立即奔向妈妈的怀抱！

我们母子回到陆城，天已经完全黑了下来。经过社会一场大的变革，妈妈租住在一间狭窄的小房子里，房间摆了一张床，几乎没有什么家具，炊具全是别人送的。睡觉时我才发现床铺上铺的是稻草，上面只有一床单薄的被窝。放寒假不久就要过年了，这个年怎么过？当时可愁死了妈妈。幸好有一位乡干部要编织一件毛衣，有人介绍让我妈妈帮他赶工。那些天妈妈日夜编织毛衣，年前终于完成了任务，得了 3 块钱工钱，我们总算有了过年钱。

家乡陆城虽然是一个小镇，却是一个古城，三国时候曾经是大都督陆逊挂帅之地，因而得名。小镇文化底蕴深厚，家家户户无一例外都送子女上学，即便最后上不了中学、大学，也要拼命送儿女读完小学，口头禅是："长大后总该认得招牌和票子吧。"那一段时间，为了生存，我妈妈下乡去帮人缝衣服，靠一根针维持我们母子的生计，艰难度日。我从路口铺回来后，在陆城读书没有长进，上不了初中，忙于砍柴、种菜、织渔篆，再就是玩耍。我妈妈看到我这个状况，非常着急，于是她在1956年跑到江西我六姨艾曰慎所在的地质队打工（帮人当保姆），紧接着在七姨艾曰勤的支持下，1957年把我从乡下弄到了桂林，跟着我外婆住在八角塘。那时我妈妈帮人才20多块钱一个月，自己在食堂吃饭从来只吃5分钱一个的素菜，有时人家开完饭，好心的食堂炊事员把剩菜都给了她。这样她每个月寄出给我至少13元。到1959年，我妈妈也从江西来到了桂林，在广西师范学院（现在的广西师大）中文系帮人做保姆，我们母子总算团聚了。

在桂林，我先在解放东路小学复读六年级，后考上四初中，上了一个学期的课，初一下学期起就转学到了六初中。由于深知妈妈的不易，我读书还算用功，成绩一直排名在班上的前列。这期间，我酷爱文学和写作，开始在《桂林日报》上发表文章，也收入了一点点稿费。1961年夏天，我初中毕业考上了桂林中学高中部。后来我从班主任唐雨老师那里获知，当年全市初中升高中考生中，只有两名甲等成绩，我是其中之一，还有一名在一中。而乙等成绩全市只有一人。我们上初、高中时候，正是我国"国民经济暂时困难时期"，正在吃"长饭"的年龄，我们的肚皮基本上是瘪着的，油水也极少。有一个周六晚上，我回到家里，一进门就闻到一股久违的肉香，妈妈端出一小碗肉来，放在我的面前，连连说："吃吧，吃吧，趁热的吃吧。"我好生奇怪，这年头哪里来的猪肉啊。我问妈妈，她却说，你别问，只管吃吧。第二天我从同屋的谭阿姨处得知,原来她是去工人医院卖血了!是谭阿姨介绍她去的,谭阿姨也在卖血。工人医院附近的几条街当时有不少的卖血者,据说每100CC是12元,另外还有肉票补助。我知道了真相,心如刀绞,我是在喝母亲的血啊!不久母亲卖血送儿读书的事传到了故乡,亲朋们坚决要母亲回去,说乡下再穷再苦,还不至于到这一步田地。那时,社会又出了新招,说什么"我们也有两只手,不在城里吃闲饭",我妈妈遂回到家乡。我工作后,将她接来桂林,是在十一届三中全会之后不久,这一晃眼有30多年时间了。

虽说是,人活一世终究要离去,但轮到自己的母亲,我是多么的不舍啊,她太艰难了!真是:

任劳任怨胼手胝足一根铁针缝缝补补度光阴,

可歌可泣栉风沐雨几度鬻血勤勤恳恳育后人。

我舍不得你呀,妈妈。

遥祝母亲在天堂安好!

二两猪肝

早晨9点半钟，我从桂林安新小区骑单车前往铁西小区。这是我每天早上的功课。我边走边想，今天该做点什么菜给老妈吃呢？老母亲高寿，身体尚好，生活起居还能自理。我每天必须过去看望她，帮她买菜并做好中午的饭菜。她吃什么菜颇费思量，因为她的牙齿全掉光了，稍微硬一点的食物就吃不动。我在菜市转了三转，最后决定买二两猪肝，中午就让她吃猪肝汤粉吧。

铁西市场大约有10家肉店，摆在摊子上的猪肝尽是完整的两大片，老板都不乐意切二两给我。好不容易见到有一个摊子，有一块小一点的猪肝，我就请他切一半给我。那老板是个中年汉子，大声说，这一点就七八块钱吧，切了一半剩下的不好卖了，不能切。我只好走开去。又到别的摊点探寻，还是买不到。于是又回到原先那个摊子前，用寻宝似的眼光看着那点猪肝，又用乞求似的眼光望着中年汉子。他无所谓似的说："现在100块钱都不算是钱了，你还在乎这七八块钱，不就买回去算了！"我对他说："我不是在乎这一点钱，是吃不完这么多。"他感到奇怪："这点猪肝你还吃不完？"我说："不是我吃，是给我老妈妈吃。她今年97岁了，我想煮一碗猪肝汤粉给她吃。”那汉子一听我这一说，只“哦”了一声，提起刀就切了下去，边说:“你又不早说!”他称好秤，收取三块五毛钱，交猪肝给我时轻轻地说了一声:“我们都是有娘的人啦!”

王迪考上大学了

王迪给我们打来电话,他说:“爷爷、奶奶,我在网上查到,我录取在重庆工商大学。”我们多日悬着的一颗心,终于落到了地上。

王迪不是我们的孙子,但他一直称我们夫妇为爷爷奶奶。

大概是七八年前吧,我们从桂林市铁西小区搬到了安新洲,将原先居住的房子出租了。开始租给了几个卖手机的小青年,他们没有住多久。房子空了出来,一天,来了一个中年人,中等身材,鼓鼓墩墩,看上去很老实。他说,他叫王中权,夫妻两人从重庆市忠县农村过来打工,靠贩卖小菜维持生活。他们有一个小孩,在电表厂那边上小学。我们见他们夫妇忠厚的样子,看过身份证,便签订了租房合同。这套房子位于一层,紧邻铁西菜市,他们在门口就能摆菜摊,又可以照顾家里,比较方便。王中权每天天不亮就踩着三轮车去五里店进货,他进的都是能够放上一两天的菜,他说叶子菜不经放,很快会烂掉。他妻子小张早早地就在门口摆开了门板,占好地方,等丈夫拉来的菜一到就忙开了。小王迪放学回家,总是主动帮助妈妈看摊、做家务。他小学毕业时,我问他成绩如何,回答是年级第一名。我遂对这个农村孩子刮目相看。

进初中,他就近报名十七中(即铁西中学),学校看他成绩好,很是欢迎。过了一两个学期,就要考虑上高中的事了。王迪很想上桂中。他父母没有什么文化,问我桂林哪所中学好,我自然推荐我们夫妇的母校桂中。那时桂中录取新生要本市户口(现在要不要我不知道),王迪的父母犯难了。一天,他拿着一张地摊小报给我夫人看,小报上说可以帮忙上户口,收费5000元。我夫人第一反应这是一则骗人的广告,她说:公安局是政府部门,按政策规定办户口是不会收钱的;还有,广告上写的如若没有办成5000元不退。这不明显是诈骗嘛。王中权一下子蹙紧了眉头。我夫人想,王迪这孩子不错,应该好好培养,总不能因为户口问题将他卡在好学校的门外。于是她做出了一个大胆的决定:亲自出马去帮王迪上户口。她对王中权说:上户口的事,让我来试一试,前提是不花钱。她首先摸清了农村孩子到桂林上户口的路径,道路上有哪些庙宇、菩萨,然后找熟人、找朋友,忙了好一阵子,总算有了眉目。最后,户口落在什么地方,颇为踌躇,在当前这种社会状况下,谁愿意接纳无亲无故不熟悉的人呢。没有别的办法,我们只好让王迪的户口迁到我家里。我们也考虑过,他的户口到了我家,万一出现意想不到的事故,我们就要担责任。登记时,户籍办事员问迁移人与户主是啥关系,我们只好扯谎说是姨表的什么什么人。我们没有扯过谎,心里很发怵。王迪2010年11月将户口迁到我家,第二年他就进了桂中高中部。王中权对我们千谢万谢,但我们至今未收过他一分钱,也没有吃过他一餐饭。

屋漏偏遭连夜雨。就在王迪进桂中不久,他远在重庆农村的奶奶在经过一个建筑工地时,不幸被木料砸伤。王中权是独子,他立即回乡照顾老母亲。没有过多久,他妻子也回了老家。王迪一个人留在桂林,每天自己煮饭(或吃快餐)、洗衣、上学。这种状况是从他高二开始的。当城里的父母百般呵护注重孩子营养时，王迪只能艰难度日。一个盒饭涨到8元时，我曾经打电话和王中权交流，他才将王迪的生活费从每月400元提高到500元。中秋节到了，我夫人见王迪一个人很孤单，特意叫他到餐馆吃饭；春节临近还给了他压岁钱和购书券。我也给他送过一些课外书籍。我们经常询问他的学习情况，知道桂中强手如林，他不能像在十七中那样名次排前，跌到了年级几十名，便主动去学校访问班主任，了解他的具体困难，有针对性地对他进行帮助。高三下学期，我们希望王迪的母亲到桂林陪他复习和高考，但她终究没有来，使这孩子考试那些天还在自个忙煮饭、洗衣，也没有什么加菜之类。他一直毫无怨言。

王迪在网上查到了他被录取的消息，第一时间告诉了我们，我们又将这个消息转告了他的父亲。他的父母十分高兴。今天我对王迪说，你接到正式通知后，就要迁走户口了，回到重庆上学，以后也会在那边工作，我们就很难看到你了。他马上说，我会经常回来看爷爷、奶奶的，这里还有我很多的同学呢。我不会忘记桂林。

2014年7月30日

去鲁家村采风

一年一度的桂林“漓江之声”群众文艺会演,又在紧锣密鼓的筹措中。应秀峰区文体局、文化馆之邀,让我和桂林市艺术研究所的戏剧作家唐建华,去到鲁家村走走看看,为秀峰区写节目。给我的任务是写一个曲艺或演唱节目,给建华的任务是写一个小品或小戏。

做命题作文是一件十分头痛的事,尤其是写节目。一般说,我们必须先读那个单位至少两年的总结,了解背景材料,捕捉有用的素材。但这往往很枯燥,又徒劳。其次,单位领导总希望你能将所有的好人好事尽情表彰,无一遗漏。这事实上是不可能的。经历多了,我自有自己的方法,心里明白不可能让节目去唱总结,还是先接触实际,多听听鲜活的故事。

我知道鲁家村原来是一个“豆腐村”,以吃豆腐鱼闻名。这里地理条件优越,紧挨着芦笛岩和桃花江,风景异常美丽。两年前,秀峰区决定整村撤除,建设一个新的鲁家村。这个想法得到大部分村民响应,靠开餐馆发财的毕竟是少数几户人。

6 月下旬的一天下午,我们来到鲁家新村。远远看去,昔日的平房农舍不见了,曾经拍摄过电视剧《西游记》师徒仨过坝的外景地也不复存在，代之而起的是侗式风雨桥和新式农村小洋房。我们在文化馆李凤兰、刘新铭两位馆长的陪同下，与年轻的村领导座谈，又进村参观新街新房，观看规划图。村主任说，明天村里要举行大型招租会，将有城里的老板前来签约。就此，分定新房的村民们将陆续入户安居，会有一番热闹的景象。

我们需要的是故事、是细节，这很难寻觅。说到当初做动员，区里工作组的同志几乎几个月没日没夜泡在村里做工作，真是磨破了嘴皮，跑脱了脚皮，自己掏腰包是常有的事。可是，舍不得老屋、舍不得坛坛坛罐罐的人就是不愿撤退，有的甚至于以跳河相威胁……如今新鲁家村摆在了大家的面前，有谁不高兴呢？

我们受到感动，但如何将我们的感动变成文艺节目，搬上舞台，从而去感动大家呢？心里一下子还没有底……

后来我写出了《瑶寨新歌》，并根据此节目改写成散文《瑶乡新绣》（见本书第一辑），大家从中可以看得出鲁家村变迁的影子么？

江边即景

今年过年,因疫情笼罩,情况十分特殊,我们遵照上级的指示,不串门,不上街,不乘坐公车,全天窝在家里。但宅久了,也难过。想到,我们这是漓江边,风景无比秀丽,空气格外新鲜,就到阳台上吐吐气吧,活动活动身子骨。

楼下,沿着漓江一条林荫道宛若彩带飘然而至。以往在这里散步、休闲的人儿熙熙攘攘,今儿个却缺少了生气,空荡了许多。看,前方有一对青年情侣跑了过来,步伐轻盈,有说有笑,很是甜美。可惜他们戴着口罩,我看不清楚他们的面貌。后面是一对老夫妻,肩并着肩悠闲地走着。不一会有一个牵着小狗的漂亮姑娘蹓了过来,正从那对老夫妻身旁经过。老头儿开言了:“喂、喂,小姑娘,什么时候了,你还牵狗出来啊?”姑娘说:“没有谁讲不可以遛狗啊?”老头说:“瘟疫流行,动物很容易携带病菌,这还要特别说明吗?”姑娘说:“我的狗狗好干净的,不会带病菌的。”老头说:“人还不干净吗,你为什么要戴口罩? 你的狗狗为什么不戴口罩?”“狗狗戴口罩? 我没有见过,我的狗狗不习惯!”说完姑娘拉着狗朝前走去。“唉。”老头儿叹了一口气,说,“看来这里也不安全。”便拉着夫人,急急地走开了。

2020年1月27日

女儿在幼儿园的日子里

女儿出生后，作为双职工，我们要上班，无人照顾她，对她的抚育就成了问题。最先将她放在妻子亚平所在的桂林内燃机配件厂托儿所。那里的阿姨都是职工家属，没有多少文化，不能教学，仅仅是看管。我去探视过多次，小朋友都坐在痰盂上，有拉没拉小屁股将痰盂磨来磨去，和朋友交谈玩耍多是在痰盂的移动中进行的，成为一景。尤其在冬天，教室正中烧着一盆火，用一个木架子罩着，由于管理不善，安全事故时有发生。有一次一个孩子钳了一粒火子，直接就放进我女儿的后颈窝，烫起了大泡，痛苦至极。那个孩子经常闯祸，好像就是一个阿姨的儿子。

后来，桂林地区办起了幼儿园，地点就在现在的桂湖饭店山背。听说可以全托，一周接回一次，我们认为这里肯定对抚育孩子好处多多，便立即去办理了入园手续。这时女儿才两岁半，我们实在不舍得，但又没有办法，只得狠心送去。我们和她做了大量的"思想工作"，把幼儿园描绘成了小朋友的无极乐园，除了有吃有玩，还有老师带领大家唱歌跳舞画画学知识，等等，就是没有说爸爸妈妈不能陪在身边。我们第一次送她去时，她还挺高兴的，我们和她及小朋友玩了好一阵，后来要走了，她却高低不让，哭着拉着不放我们走。

阿姨想了个法子，让她背对我们时，我们就趁机溜掉了，但我们心里确实难过。

像所有的家长那样，将一个两岁半的娃娃丢在那样陌生的地方，谁放得下心？于是，我们只要一有空，就去看她，包括早晨、中午、晚上，都是偷偷摸摸去观察。阿姨对我们的行为很反感，有次被女儿发现跑不了，亚平已骑在单车上了，谁知女儿飞快跑到单车前拦住不让走。场面很僵持。我们要偷看她在做什么，早上起床看洗漱，中午看午睡，晚上看就寝。我们看到了什么？说几件吧。两岁半的宝宝，怎么懂得放蚊帐？一晚上要关多少蚊子在蚊帐里面，数也数不清。小孩的肉又嫩又鲜，不知喂饱了多少蚊子！洗澡，阿姨坐在一条水沟旁，让全班孩子脱光了衣服，排成一长队，一个一个来，每个孩子是三瓢水：第一瓢水淋湿身体，第二瓢水擦肥皂，第三瓢水冲干净，然后各自穿上衣服。这样怎么洗得干净身子啊。所谓的做游戏，有时也是大放羊，有一回在操场上，有一个大班的孩子就把我女儿推倒了，手臂跌脱了臼。刚好亚平去地区医院（现在的博爱医院）看病，听到外科诊室有一个小孩在哇哇哭，哭得十分揪心，像有一种心灵感应，她跑了过去，远远见有一个女人抱着一个小孩，那小孩穿的花衣服怎么像我们女儿的呀，走近一看，还真是我们的女儿，原来她手负伤了，阿姨带她来就诊。我们立即将她接了回来，静养了半个月才送回去。在幼儿园，小孩极容易感冒发热，每当这时，不管是白天还是黑夜，是夏天还是冬天，园里总是即时打电话到厂里（当时私人无电话），厂里的大喇叭马上叫了起来："王亚平，王亚平，请注意了，你小孩在幼儿园生病了，阿姨让你赶快去接孩子。"这时不管是多么夜深，是下雨还是下刀子，我们立马骑单车过去。

幼儿园离我们的住地有三四公里路程,我们飞也似的赶到。有一次是大半夜,由于夜色太暗,亚平走路不慎跌倒,裤子跌破了,脚也跌出了血。女儿刚去幼儿园,头半个月老是扯着嗓子在哭:“妈妈呀,我要妈妈啊。”阿姨说她是开园以来哭得最久的孩子。但有一点却是比在家里大有长进,那就是吃饭,阿姨说幼儿园的孩子都是抢饭菜的,比赛呢。有一次她吃了15个饺子,这是班上最好的成绩。回到家里,我们一看,脸蛋蛋明显长胖了一轮。她还学了几支舞蹈,并到厂托儿所教弟弟妹妹。这就是收获。星期六是小朋友们盼望的节日,当天下午,阿姨早早地将孩子们收拾干净,食堂大妈做好了包子,每人分发两个。阿姨让小天使们坐在园门口,等待各自的父母来接。他们一遍又一遍齐声高唱:“今天就是星期六,妈妈来接小朋友。”孩子们的心情可想而知是何等急迫,都希望爸爸妈妈早一点来接自己。一旦谁的爸爸或妈妈来了,合唱的内容立刻成了“拍手歌”:“××的爸爸来了”“××的妈妈来了”。被接走的孩子瞬间高兴得跳了起来,拿着两个包子扑向他的家长,其他小朋友便一齐向他投去羡慕不已的眼光。通常我接了女儿来到厂宿舍自家平房门前,老远老远女儿就大声呼叫了:“妈妈,我回来了!”妻子正在做菜,一边擦着手,一边高兴地奔向女儿,那高兴的劲儿就没法提了。也有失误的时候,有一次我因为要加班,下午在家里留下一张字条,让亚平早一点去幼儿园接孩子。可是她那天也有事,没有看到我留下的字条。直到下班后,她才发现两人都没有去接孩子,这才疯了一样奔向幼儿园。此时幼儿园只剩下我女儿一人了。老师感到蹊跷,就牵着她朝园外走去,竟走到了大街上四会路口。亚平见到老师和孩子,想到最后只有女儿一人站在园门盼望我们的凄凉场景,千万个自责和着眼泪一齐涌出。那天晚上，女儿几次说梦话："小朋友都走光了，就剩下我一个人了啊……"我听后如锥刺胸般难受。

女儿就这样在幼儿园待了四年，直到上小学。

2019 年 10 月 18 日

我在桂中当上了班学习委员

1961年7月,我结束了3年的初中生活,经过考试顺利地进入了桂林中学。桂林的多所中学,原来都是有名号的,比如中山中学(九中),汉民中学(一中),逸仙中学(二中)。桂林中学是一所老牌的学府。学校前面不远处,有一条横跨在桃花江上的小桥,同时也改成了德智桥(现在叫作胜利桥)。我校20世纪50年代曾经一度因接待越南的烈士子弟,改名为越南学校。越南学校撤走后,大概一、二、三、四、五等字号的中学名都排完了,又不愿意让桂林这所老字号的学校排名要尾巴龙,于是干脆就叫"桂林中学",这当然是我的主观猜测。每当有家乡或外地的亲朋听说我就读在桂林中学时,总是问:"桂林市那么大,就只有一所中学么?"我要费许多口舌才解释得清楚桂中的由来。

闲话少说,言归正传。我们进得桂林中学后,一切都很新鲜。分班,分座位,与班主任及科任老师见面,这些程式化动作都做完了。有一天,是一个下午课余时间,班主任唐雨老师召集全班同学在教学大楼前的草地上开会。夕阳正在西下,草地染上了一层微黄,风景很好,气候宜人。唐老师说了,会议的主题是:选班干。这时我们进校不久,同学之间接触不多,都还不熟悉,不了解就讲不出意见，提不出名字来。大家等待唐老师拿主意。唐老师是老牌班主任，这种情况不知遇到过多少回，可以说胸有成竹。他不紧不慢地开始提名，从班长、小组长行政职务提起，大家自然没有什么意见。年岁大一点的人大概也有所了解，20 世纪 60 年代，正是以阶级斗争为纲的年代，家庭成分不好的子弟，在这种场合肯定个个都是缩头乌龟，谁还奢望当班干，老师提谁就是谁了。下面要选业务干部，职位有：学习、生活、劳动、文体各委员。大家还是听唐老师提名吧，我正在打野，忽然听到唐老师提名我为学习委员，我竟然大吃一惊，连忙说："不行，不行，我不行。"停了一下，我又说："学习委员要学习成绩好，我不行。"一旁，唐老师笑了。他说："你的成绩不好吗？你怎么晓得的？我可是看了你们中考成绩单的。"接着他告诉我，当年桂林市高中升学考试，全市仅有两名甲等成绩，我是其中之一。还有一名在四初中，是一位姓宋的同学，他进了市一中。全市考乙等成绩的只一人，他就是 78 班的文同学。其余的都在丙等以下。我说不可能吧，他说确实如此。多数同学是语文考差了，作文是给下农村同学的一封信，许多同学没有同学下农村，不知从何写起。还有同学掌握不了书信体的格式，吃了亏。而当年录取线，不但要看总分，还要看各科的分数，语文分要达到 85 分才能评定为甲等。我听后，没有说话了。我就这么当上了学习委员。

2019 年 10 月 3 日

看电影琐忆

从1949年新中国成立，到1959年国庆10周年，期间经历了多次政治运动，特别是“反右”运动。中国的电影人虽受到过短暂的挫折，但他们心怀希望，扬起风帆，以极大的热情和真诚投入电影创作之中，生产了大量在中国电影史上占有重要地位的经典之作，史称新中国电影的第一个黄金时期。如《五朵金花》《董存瑞》《林则徐》《柳堡的故事》《祝福》《红旗谱》《林家铺子》《上甘岭》《女篮五号》《舞台姐妹》《冰山上的来客》《李双双》《烈火中永生》《早春二月》等，献礼片达到30多部。还评出了22大明星，电影院摘下了外国影星的照片，换上了我国明星的大头像，一时间，我国的电影事业又红红火火了起来。

十多岁的年纪，正是求知若渴的时代，谁不想多看几场电影呢？在城里看电影，不比农村在野外，不买票，银幕正反两边都能观看。城里电影院无法混入，只有老老实实买票。老实讲，像我这样的贫困生，吃饭和交学费都成问题的家境，哪能指望拿多少钱去买电影票啊。我那时在桂林市六初中就读，被选为学生会的宣传部长，手里有了一点点小小的权力，于是我就向学校建议：包场看电影。校领导很支持。但我们一个学校包不下整场人数，于是我就去找五初中商量。五初中负责文娱活动的老师叫作秦高中,是一个教体育的越南华侨,矮矮的个子,黝黑的皮肤,人很爽快,我们一拍即合。于是,我们一个学生,一个老师,就经常把两个学校的师生拢到一起看电影了。包场看电影,票价相当便宜,分摊到每个同学只要 5 分钱,大家都可以承受。许多年后,当我和原来是五初中学生的爱人说起这回事,她笑道:“我说哩,当年我们五初中怎么老是和六初中一起看电影呢,原来是你搞的鬼!”

我 1961 年到位于甲山的桂林中学上高中,与五初中包场看电影的短剧随之结束,但喜欢看电影的初心没有改变。甲山离市中心大约五公里,平素根本没有时间进城看电影,只有星期天才能到电影院观看。我又动起了脑筋。一个星期天上午,我在人民电影院门口踯躅,看到巨大的宣传板报里开辟有《观众园地》专栏。专栏编辑附言告知:凡采用的观众电影评论,一经发表,即赠送电影票。我想竟有这样的好事? 我不禁喜出望外。于是马上买了一张电影票,看了一场电影,这就算是“投资”。看完了就跑回学校宿舍写观后感,写好后又跑到电影院稿箱投稿,忙得不亦乐乎。稿件落款,不知什么缘故,我没有署自己的真实姓名。

没有过几天,学校门卫兼收发老卢,在吃午饭时来送信,他手里摇摆着一封信在隔壁班问:“哪个同学叫葑菲,葑菲是谁啊?”他的问话被我听到,我伸头一看,正是我的信。便说:“这是我的信。”他把信交给我,嘟囔着:“搞这样一个名字,害得我找了半天。”其实那天我随手写这个名字时,也没有多想,只是认为这是两种菜名而已。后来查字典才晓得这个词还有引申意义:因其根有时略带苦味,用为鄙陋之人或有一德可取之谦辞。觉得意思挺好。我将信封拆开,里面有一油印短笺,意即某某同志,你的稿件已经我们采用,现寄上电影票两张,以兹酬谢。这两张电影票是空白票,持票人想看哪场电影,可在该场电影开演之前去影院划号选座位。

下一个星期天,我早早地就进城了。一上午连续观看两场电影,可说是天大的精神享受!看完电影回到宿舍,又忙着写观后感投稿。星期天我就这么翻来覆去地搞,那一阵真让我看了不少电影,基本上把我国当时优秀的电影看完了。

大量观看电影,增长了我的见识,开阔了我的视野,提高了我的写作水平,这是我人生阶段性的重要收获。

2018 年 2 月 1 日

饭罐上的红薯

10月29日吃晚饭的时候，桂中七十九班的同学们为一件事情深感诧异：每个人的饭罐里都意外地添加了两块红薯。一位工友说："你们饭罐上的红薯是张祥麟老师放的。"消息传开来，有的同学就去问张老师。张老师诚恳地说："红薯是你们劳动得来的，为什么一定要给我一份呢，我怎么能'剥削'你们的劳动果实？"同学们"不服气"了：上学期种红薯的时候，当时整好了地，就是买不到红薯藤，张老师知道后，就叫几个同学跟着他去自家的地里剪薯苗。同学们还记得，暑假的一天，太阳火辣辣地蒸烤着大地，张老师和同学们一道在红薯地里翻藤、锄草。他穿着背心，满背都晒起了大个大个的水泡，同学们都劝他休息，他只是笑了笑，没吭声。现在红薯丰收了，按照惯例，跟班劳动的老师也应该分得一份。分红薯的时候，几个班干也为张老师可能不要红薯而发愁，谁知他想了这个办法"平均分配"给同学们哩！眼看又要分花生了，有同学提议，这回一定要强迫张老师接受。

张祥麟同志是1961年从部队转业来桂中任教的，是市里的先进工作者。他工作上一贯兢兢业业，一丝不苟，特别是他关心别人胜过自己的精神，使得很多教师和学生大为感动。这里记叙的只是他许多优秀事迹中的一件。

（原载 1963 年 11 月 6 日《桂林日报》）

派发小广告的女人

这是一个下雨天,早上九点多钟,我骑着单车出门,在桂林安新小区菜市前遇到一个派发小广告的女人。这女人高矮约莫一米五左右,年龄大概在50开外,瘦削的身材,花白的头发。她拿着两个32开的小本本,就往我的单车篓子里放。我一向对派发小广告的人很反感,便说:“喂喂,莫乱发这些乱七八糟的东西!”她说:“先生,你帮我销两本吧,我一上午要发800本,今天下雨,担心发不完了。”你发不完,关我什么事?我正想说这句话,一看她满头的水珠,可怜巴巴的样子,就把话咽了回去。

一会我从菜市出来,她还在市场门口发广告。我好心地对她说,你是不是到人流密集的地方——比如说黑山市场——那边去发,这里人员这么少,你一上午发不了几本的。她告诉我,那边她去过,也不行。我问怎么不行?她说那边的人好恶的。我想派发广告还怕什么恶人呢,要就要,不要就拉倒,不都是这样子么,又会恶到哪去?她说了,他们很讨厌这些广告。我这才看到她派发的广告是有关医药的内容,一本是《清肺宁嗽丸》,一本是治风湿骨痛的《草原神》。“他们说,你发这些药书给我们,你是个瘟神,不吉利,还把书砸回给我。”啊,是这么回事?我进一步了解她的情况。她告诉我,每天她从早晨7点半到11点半，要派发800本，可以得50块钱，凡下大雨天只好歇着，一个月能够得到1000多块钱。我顿时感到心塞，为了生活，底层的人多么不容易啊。中国还有多少这样的人呢，他们是否属于精准扶贫的对象……于是我发起了悲悯之心，说："你多给一些本本我吧，给我一大沓吧，我帮你去处理。"她大概也猜出我这个"处理"就是丢掉或销毁，忙说："不好，不好，我的工作我要做完的，要对得起50块工钱。不麻烦你了。"她在这么困危的情况下，还在坚守职业道德，却对照出我心中的"小"来。我感到羞愧。

她走了，在麻纷细雨中，努力地完成她的任务，她不停地派送，不停地说："先生，帮我销两本吧，我一上午要发800本呢……"

我的眼里噙满了泪水。

寻找桂林大剧院

昨天(2015 年 11 月 20 日)晚上,作家王布衣邀请我去桂林大剧院观看话剧《乌龙山伯爵》,由他的哥哥开车接我。布衣说你应该了解了解现代话剧发展到了一个什么程度。那就去吧。

先是下午 5 点传来的消息说戏票售罄,我便做了休息的打算。谁知 7 点半钟他告诉我买到了戏票(估计是这时黄牛将戏票放了出来)。演出是 8 点开始,我有点犹豫,怕时间来不及了。布衣说,演出前还有宣传,应该来得及。开车的人也是一位作家,他说从市区到大剧院可能要 40 分钟到 1 个小时。昨天一天下大雨,晚上虽然没有下雨,但道路很滑,司机不敢开快车(后来我们见到两起车祸)。到临桂城已经是晚上 8 点 10 分了。司机以前白天到过大剧院,凭经验朝西走,可是越走越黑。几人不免埋怨桂林的新城怎么会是这个样子,何时才能亮起来。车上没有导航,朋友只好打电话给已经在剧院拿票的同志,对方说他也不大清楚如何走,又都是新命名的街道,什么宏谋大道念都不好念,更没有什么标志性建筑,他只说你们看到"彰泰 1 号"就好了,还说了一两个我们听不懂的房子名称。

我们在黑暗中摸索前进。据常态我想剧院方向应该有光亮,但是在广袤的天空看不到一丁点亮光。朋友见到路旁有大大的宣传牌，以为是路标，就对对方说，我们在“2998”的地方。我提醒他：“老弟，这是房产的广告，每平方米售价最低 2998 元。”哈，我们已经旋昏了头。不知怎么的，走啊走，又走到小十字街汽车站来了。问过警察，他说你们走两个红灯路口，有一个工商行，再拐弯。于是我们又开始寻找工商行，但也没有找到。

真的想放弃了，又不甘心，因为朋友说拿票的还在剧院等我们，要做个交代。朋友下车再问问路人，却是一个讲东北话的青年。我笑说：“你莫问到北方来搞传销的人了。”司机说：“我想也许是。”这时司机想起他一个学生是临桂人，仔仔细细问了地方。这才搞清楚大致方位、道路。

终于找到了大剧院，就在“彰泰 1 号”对面。这里的剧院静悄悄，门口黑咕隆咚，没有灯，也没有见标识，小汽车倒是停了不少。我们急着找地方方便，朋友与剧场内的持票人联系，那人说快散场了，我们就不打算进去了，因为安检还要时间，也影响别人。

这时是晚上 9 点 45 分，我们即打道回城。

可敬的革命家庭

——介绍小说《我的一家》

《我的一家》是陶承同志一家四十年来的革命斗争史,是一部用血写成的革命史诗。

该书描写陶承同志的丈夫欧阳梅生同志,为了党的事业,夜以继日地劳碌奔波,艰苦奋斗,流血牺牲的事迹。描写了陶承同志本人对革命事业坚定不移,忠实于党的高贵品质,还有陶承同志的儿女们的革命斗争故事。也写了一些早期的共产主义战士的革命斗争史迹。写得悲壮,因而是近年来最惹人注目的一本小说。少年战士欧阳立安在白色恐怖的时代里,卷进了革命的浪潮,当了交通员。每天,他把党报和文件秘密地送给工人,经常机智地躲过敌人的盘问。爸爸牺牲了,他跟着妈妈到了上海。在上海,他成了革命干部,领导工人罢工,与工头做斗争,写标语,撒传单……后来,立安被捕了,但他表现得很坚强,受尽酷刑,始终没有一句口供。敌人叫来叛徒对证,立安目光炯炯地痛骂叛徒"无耻"。在法庭上,他对着伪法官说:"我可以告诉你,中国革命一定会胜利,国民党迟早要灭亡,不错,我是共产党员!就是筋骨变成灰,也还是百分之百的共产主义者!我为共产主义,为人民而死,死而无怨!"就这样,立安等二十三位同志，在一个风雪交加的晚上被匪徒们枪杀了！临刑前，战士们高唱着《国际歌》，高喊："共产党万岁！"

立安的弟弟应坚、小稚鹤，妹妹本纹，他们在革命斗争中也都是勇敢、顽强的。

这就是陶承同志的一家，光荣的一家，为人类解放事业浴血奋战的一家。大家都应该读一读这本书。

（这篇文章写于我上初一的那个寒假，发表在1959年3月29日《桂林日报》第三版。它是我在报刊上发表的第一篇文章。）

其然物语

前言:2007 年 3 月 11 日小外孙蔡其然降临这个五彩斑斓的人世,她给我们带来了无穷的欢乐。其后的日子,小其然游走于三个家庭、六个大人之间,使我们的一切都改变了。两岁一个多月进了幼儿园。朋友们爱说我在享受天伦之乐,我笑谈是天伦之累,虽累犹乐。高兴时,我也随手在我的博客里敲上宝宝其人趣事,日积月累就有了许多文字,现选择一部分披露于后。

打电话

我家的电话机放在大厅的一个墙旮旯,蔡其然很喜欢去那里玩。有天我听到她在打电话,便跑过去看,只见她像模像样在说:"毛宁宁吗,喂,喂,哦,哦,嗯……"就这么"哦,嗯"了十多声,然后接着说:"正在吃饭,听音乐,就这样,嗯,嗯,再见!"她真是在打电话吗?我走近一看,只见她把电话听筒倒拿着,扛在肩膀上,原来是在学大人的样子打电话哩。(2008 年 9 月 27 日)

怎么又有点想吃了

女儿买了一盒非油炸小饼干给蔡其然吃，食品厂投小孩所好，小饼干做成各种各样的形状，名曰“好多鱼”。今天早起其然就找她姥姥要“好多鱼”。因为吃牛奶、鸡蛋等规定动作尚未完成，姥姥就不给她吃零食。其然说：“宝宝看一下。”这要求不过分。姥姥说：“就看一下，现在不吃，好不好？”其然说：“好。”姥姥将饼干盒给她看。其然拿到饼干盒，打开看着饼干，又说：“宝宝摸一下。”这也不过分，姥姥说：“宝宝可以摸一下，但现在不能吃，等会才吃，好吗？”其然回答：“好。”那些小动物的确可爱，她把玩了一会，说：“怎么又有点想吃了！”接下来姥姥只好让她吃了几个。

有点像摸着石头过河啊。（2008 年 12 月 31 日）

获了二等奖

今天联达商场举行了一场生动的幼儿“搬运”比赛，蔡其然欣然前往。参加比赛者均是 1 岁半—2 岁的小宝宝，其规则是小朋友要独立将 20 片包装的嘘嘘乐（M/S 型）尿不湿搬运到 10 米远的地方，放下后跑回来再搬，时间 3 分钟。在规定的时间里搬得多者为胜，并决出一二三名次。其然迟到了，临时补上报名，被安排在后头参赛。当时是，现场热火朝天，选手们的亲友团呐喊声此起彼伏，战斗很是激烈。有一个两岁的小男孩很能干，在规定的时间里完成了 19 包，远远超过了其他小朋友。这气氛感染着小其然，她看得异常兴奋，不停地发出“噢哟”的惊叹声,还向那个小男生竖起了大拇指。

轮到其然上场了。她的妈妈在起点“供货”,爸爸在终点“接货”。比赛一开始,妈妈就塞给她两包尿不湿(约 1.5 公斤),其然毫不犹豫抱起就往爸爸那边跑,她一趟又一趟地跑,不知疲倦,还说:“还要跑,再拿。”可是忙中有错,一不小心中途跌了一跤,她想将两包一起抱起再跑,但她拿了几次都抱不住。她不晓得是可以只拿一包的,站在那里不知所措。还是一位阿姨拾起落下的那包帮了她,她才继续往前跑。跑到后来,妈妈看见她明显累了,听见她发出喘息的声音,便只递给她一包尿不湿。爸爸心疼了,其然搬运到他那边,他就亲一下她,以示慰问和鼓励。有个阿姨说:“这个小妹妹瘦是瘦,还蛮有力气的啵。”

统计结果,小其然搬运了 17 包,名次也确定了下来。差不多有 30 个小朋友参加比赛,最后一二三名各取一个,蔡其然是第二名,她获得的奖品是 L 号 44 片嘘嘘乐一包,L 号 22 片嘘嘘乐一包及安婴儿 400 克奶粉一罐。

蔡其然载誉归来,姥姥奖给她美味馄饨一碗,我们让她坐在奖品之中摄影留念,并将她的二等奖奖牌放在我的文华奖奖牌和铜鼓奖奖杯旁边,让它们交相辉映。(2009 年 1 月 4 日)

我叫两岁半

一个星期六的上午,女儿带其然参加亲子群聚会。在路上,女儿告诉其然见到小朋友要做自我介绍,就说:“我叫蔡其然,我两岁半了,我想和大家交朋友,让我们一起玩,好吗?”前面两句话是常说的,其然表述应该没问题。女儿又告诉她,介绍完后可以为大家唱首歌或是背首唐诗。

谁知到了西山公园,小朋友便一起玩起了吹泡泡,不自觉地取消了自我介绍环节。玩了一会,大人们招呼小朋友吃东西,这时有人提议,让小朋友做自我介绍。女儿便让其然先来,并且提示她,你告诉大家你叫什么名字,多少岁了。其然站着开了口:“我叫两岁半。”她话音刚落,全场一阵爆笑。女儿说你告诉大家你叫什么名字呀,看见大人们笑作一团,她有点发蒙,愣了一下,接着才说:“我叫蔡其然,我想和你们交朋友,让我们一起玩,好吗?”说完她还把双手摊开,头一歪,做了一个潇洒的动作。其然得到了大家鼓励的掌声。然后有人说,你表演个节目吧。话音未落,其然就开唱了:“我们家里养了一群小鸭子,我每天早晨赶着它们到池塘边,小鸭子见到我就嘎嘎嘎地叫,再见吧小鸭子,我要上学了,再见吧小鸭子,我要上学了。”这是她的传统保留节目,唱得字正腔圆,她又一次得到大家的掌声。

平常很明白又说得很顺溜的话,为什么今天对接有误了?等她表演完,女儿问她,宝宝你叫什么名字呀?她明白地回答:“我叫蔡其然。”看来这两岁半的小人刚才是真的有些紧张了。

小闲人

今天下午,其然在厅里忙忙碌碌玩着。我问她:“宝宝,你在忙什么呀?”她说:“小闲人在走来走去。”提起她自称小闲人,有个缘由。小朋友大都喜欢翻抽屉、翻包包,其然也不例外。她还喜欢到厨房翻菜篮子、弄瓶子。厨房有刀有煤气,燃火的时候特别不能让她进来。只要她有想进厨房的意思,我夫人就说:“厨房重地,闲人免进。小闲人,走开。”她就跟着说“小闲人,小闲人,走开”,并自觉地走开去。

但厨房对她来说,充满诱惑,她经常在门口徘徊,想进来探究一番。一天,她妈妈在厨房里做事,她又踱到了门口。女儿见这时没燃火,便说:“宝宝,你是不是很想到厨房里玩?”她说是。女儿说那就进来吧。这一开禁,就不得了啦。先是一一拉开抽屉看瓶子,后是翻菜篮子看有什么果菜。玩了一会准备走了。走到门口,还回头问了一句:“不闲人免进了?”意思是以后可以随便进厨房了。她爸爸听后对她说,不是这样,有火的时候,大人忙碌的时候,小闲人还是要免进的,她“哦”了一声,不知是否听懂了这个意思。(2009 年 3 月 3 日)

人·领导

蔡其然两岁多进了市机关幼儿园,每天下午我们做好了饭菜,就赶到榕湖畔幼儿园。因为她妈妈要到六点钟才下班接她,我们就在湖畔找一个地方喂饭。那天我们在图书馆前坐下,开始了喂饭。一会,从榕湖饭店桥上那边走过来一伙男男女女,大概是下班的职工。姥姥说:“宝宝,我们让一下,让那些人走过去。”其然朝远处看了看,说:“姥姥,那不是人。”怪事,那不是人,是什么?她接着说:“那都是领导。”我听了笑出了声:领导不是人么?(2009 年)

练习汉字四声

我上学的时候，没有学过汉语拼音，后来为了写诗写戏曲台本，自学了一点，懂得不多。我不知道现在学校是什么时候开始教小孩四声练习的。我认为懂得字有四声这对学习汉字十分重要。今天早晨，小外孙蔡其然因咳嗽未愈，没有去幼儿园。她在楼下玩，我听到她好像在唱歌，像是练声似的发出“一移乙意”，甚觉奇怪，便去和她说话。我试着说，宝宝，我们现在来玩新的游戏，什么游戏呢，就是把一个字说成四个字，四个声音。姥爷先说，宝宝跟着说，好吗？她说好。我念“妈、麻、马、骂”，又念“猜、才、彩、蔡”，她就跟着我像唱歌一样唱了起来。唱了好多个字后，我见效果不错，便因势利导，说：“宝宝你能不能自己念出一个字的四声呢？我们来试一试。姥姥姓王，王字的四声是怎样的呀？”她想了一会，便说：“汪、王、往、忘。”我很惊奇，但表面却平静地说：“对了。那花朵的朵字呢？”“多、夺、朵、剁。”我一直试了她十多个字，可说屡试不爽。当然我选的都是好做的功课，有意不难倒她。这一天蔡其然两岁七个月又两天。（2009 年 10 月 13 日）

穿衣服的玲罗拉嘞

今天上午在省立艺术馆看了一场演出，这场演出有一个长长的标题：“2010 年桂林市专业剧团综合业务考评暨第四届广西戏曲曲艺青年演员大奖赛第一届广西舞蹈杂技青年演员大奖赛（桂林赛区)选拔活动桂林市曲艺团展演”。

蔡其然有生(3岁4个月)以来第一次在正规剧场认真地看完一场约两小时的演出,没有跑动,没有吵闹,没有上厕所。因为她这次来有一个“神圣的使命”——要看“穿衣服的玲罗拉嘞”,要和寨主、阿孃、盘蛟照相,还要和盘蛟说几句重要的话……

瑶族乐春鼓《诺言》是用瑶族音乐谱曲的,曲子里不断出现衬词“玲罗拉嘞”,小其然就称这个节目为“玲罗拉嘞”。剧团原先排练时,我女儿用手机拍下了节目,后来桂林电视台又拍了个送审的样片。前面那个没有穿演出服装,后面的穿了演出服装。其然不叫穿服装,而叫穿衣服。今天去看的《诺言》,自然成了“穿衣服的玲罗拉嘞”。其然是《诺言》狂热的追逐者,每天至少要看5遍以上,并跟着唱,自然她早已会唱了。

今天《诺言》被安排在最后一个演出,演完之后包括编剧等演职人员上台亮相,然后和自治区来的专家评委合影。合影完了演员都去后台卸装。我先拉住叶春桃(饰演阿孃)和其然照了相。见吴文龙(饰演寨主)已脱了外衣,正忙,拉过他就和其然照相。饰演盘蛟的张佳曦我是从地下化装室请出来的,照了相,其然却低着头不说话。我说:“宝宝,你不是有话和盘蛟大哥哥讲的呀?”其然这才问:“大哥哥,你有创可贴么?”问得小张摸头不知脑。其然接着说:“你不要跪那么久了,会跪出血的。”小张这才恍然大悟,笑了起来。

这一天,小其然看了“穿衣服的玲罗拉嘞”,又和自己想见的寨主、阿孃、盘蛟等明星见了面,她感到十分高兴。她对我说:“姥爷,我还想看穿衣服的玲罗拉嘞。”(2010年8月6日)

武松为什么想睡午睡?

三岁多的小外孙蔡其然喜欢听故事。我每次给她讲故事,如果是重复的故事,就会换种方式说,提示她,让她自己接下去,参与其中。这种变化,有时会出现意外。

比如说《武松打虎》,我说:“从前,有一个大力士,他的名字叫作武松。有一天,他要翻过一座大山,什么山呀?”她说:“景阳冈。”我说:“对的。有人对他说,景阳冈上有老虎。武松他怎么说呀?”“他说我不怕,我是大力士。”就这么往下讲,讲到武松喝醉了酒,迷迷糊糊朝山上走去,他看到一棵大松树,大松树下有一块大青石板,我说:“武松想,我好困啊,我好想睡一个午睡啊。武松为什么想睡午睡呢?”其然答:“他今天在幼儿园里没有睡午睡。”我吃了一惊,怎么扯到幼儿园里去了,但我又想小孩有小孩的思维,不要打断她,就问:“是老师没有让他好好睡午睡吗?”她说:“不是,老师要大家闭上眼睛,不要说话。”我说:“武松怎么样呢?”她答:“武松睁大眼睛,大声说话,大声唱歌。”“哦,还大声唱歌?唱什么歌呀?”其然大声唱了起来:“我们家里养了一群小鸭子,我每天早晨赶着它们到池塘去……”显然,她这是把他们幼儿园发生的事嫁接过来了,我几次要打断她,她都不理会,坚持唱完。她唱完后,我才把故事往下接:“武松一倒在青石板上就睡着了……”

我甚至想,以后我讲故事,她若插进来,生发开去,编进她的想象,我就让她往下编,这不正是锻炼她口头创作的极好机会么?(2010年9月5日)

这个人我认识

其然正玩得起劲，忽然电视上播出陈宝国和他的夫人共同做的广告："装房子、买家具我只来居然之家。"其然遽然停止了玩耍，指着电视对我说："这个人我认识。"我感到很奇怪，便说："你怎么会认识他？"她说："他是卖鸿茅药酒的！"（2010 年 3 月 7 日）

喜　欢

前天（2010 年 12 月 5 日）晚餐蔡其然不认真吃饭，她在餐桌前一口饭也没有吃，椅子还没有坐热就跑了。她一下子去喝水，一下子给妈妈打电话，一下子去拿玩具。她姥姥生气了，决定整一整她，说："你不认真吃饭，我不喜欢你了。"开始她不以为然，还认为姥姥只是说说而已。她跑到姥姥面前表示友好，说"姥姥我喜欢你"，姥姥不像往日那样说"我也喜欢你"，而是说："我不喜欢你，你走吧。"她觉得问题有点严重，不再东跑西跑了。我趁机喂她吃饭，她老老实实大口吃了起来。祖孙的"矛盾"没有解决，其然又走到姥姥面前化解："姥姥，我改正错误了，认真吃饭了。你帮我打毛衣，我喜欢你。"但姥姥还是没有说喜欢她。这晚还不到 9 点，我就把她弄上了床。我给她讲了盘蛟的故事，让她安静下来。她对我说："我想爸爸了，我想妈妈了。"又说："我喜欢爸爸，喜欢妈妈，喜欢爷爷，喜欢奶奶，喜欢姥爷……"后来补了一句："也喜欢姥姥。"我洗完澡去看她，她仍未睡着，但不像往日那样乱动，静静地躺在那里，像有心事。我把她的表现说给了她姥姥听，她姥姥这才去陪她。她一见姥姥过来了，欠着身子说：“姥姥，你喜欢我了？”姥姥心一软，眼泪都快要流出来了，挨着她睡下，说：“宝宝要听话，姥姥喜欢你。”她这才慢慢地睡着了。